Jürgen Ehlers

Die Schlange von Hamburg

Bisher vom Autor bei KBV erschienen:

Mann über Bord
Mitgegangen
Neben dem Gleis
Die Nacht von Barmbeck
In Deinem schönen Leibe
Der Spion von Dunvegan Castle
Blutrot blüht die Heide
Hamburg Krimi-Reiseführer
Nur ein gewöhnlicher Mord
Der Wolf von Hamburg
Die Hyäne von Hamburg

Jürgen Ehlers wurde 1948 in Hamburg geboren und lebt heute mit seiner Familie auf dem Land. Seit 1992 schreibt er Kurzkrimis, die in verschiedenen Verlagen im In- und Ausland veröffentlicht wurden, und ist Herausgeber von Krimianthologien. Er ist Mitglied im »Syndikat« und in der »Crime Writers' Association«. Sein erster Kriminalroman *Mitgegangen* wurde in der Sparte Debüt für den Friedrich-Glauser-Preis nominiert.

Jürgen Ehlers

Die Schlange von Hamburg

KBV

Originalausgabe

www.kbv-verlag.de
E-Mail: info@kbv-verlag.de
Telefon: 0 65 93 - 998 96-0
Fax: 0 65 93 - 998 96-20
Umschlaggestaltung: Ralf Kramp
unter Verwendung von:
© Stefan_Weis und © Max Diesel – www.fotolia.de
Redaktion: Volker Maria Neumann, Köln
Druck: CPI books, Ebner & Spiegel GmbH, Ulm
Printed in Germany
ISBN 978-3-95441-359-1

Die Schlange

Und hier haben wir die Schlange.«

Wo war die Schlange? Der Film war mit einer Nachtsichtkamera aufgenommen. Man sah einen dünnen Ast vor dem Ausgang der Undara Lavahöhlen in Queensland, Australien. War das die Schlange? Nein, die Schlange saß auf dem Ast. Sie bewegte sich jetzt.

Eine zaghafte Frage aus dem Publikum: *»Ist die giftig?«*

»Ähm – ja. Wenn sie bedroht wird, beißt sie ohne Warnung zu. Bei Menschen führt das Gift manchmal zu leichten Lähmungen. – Da ist noch eine. Auch eine ›Braune Nachtbaumnatter‹, Boiga irregularis. *Diese Biester sind extrem schlank, eher wie Würmer, aber sie können über zwei Meter lang werden.«*

Die Schlange erschien in Nahaufnahme. Im Infrarotlicht der Nachtsichtkamera leuchteten ihre Augen als helle Punkte. Tausende von Fledermäusen flogen durchs Bild. Die Schlange wartete. Dann plötzlich schnellte sie nach vorn – ins Leere.

»Jetzt guckt genau hin!«

Das Bild wurde ziemlich dunkel, die Fledermäuse rauschten unscharf vorbei, aber im Zentrum des Bildes lauerte die Schlange mit ihren leuchtenden Augen. Ihre unnatürlich großen Augen. Wie Puppenaugen.

Ein Raunen ging durch die Gruppe.

Wieder hatte die Schlange zugepackt, wieder vergeblich.

Der Führer erläuterte, dass einige Schlangen sofort erfolgreich seien, andere dagegen ziemlich lange brauchten, bis sie endlich ihre Mahlzeit gesichert hatten. »*Sie glauben vielleicht, sie habe keine Chance, weil die Fledermäuse so schnell sind. Aber das täuscht. Die Schlange ist schneller.*«

Und dann war es soweit. Die Schlange hatte eine Fledermaus gepackt. Einige Sekunden pendelte sie mit der Fledermaus am Ast hin und her, bis sie plötzlich gemeinsam zu Boden stürzten. Frauen kreischten. Ein Mann im Publikum lachte. Die Kamera schwenkte hin und her, aber die Schlange war mit ihrer Beute verschwunden.

Der Tote in der S-Bahn

Sonnabend, 5. November 2016

Der Tote war ein junger Mann, vielleicht 25 Jahre alt. Er saß im zweiten Waggon der letzten S-Bahn der Linie S3 in Richtung Stade, 0:28 Uhr ab Hamburg Hauptbahnhof, und als Hauptkommissar Bernd Kastrup am Tatort eintraf, war er bereits seit schätzungsweise zwei Stunden tot.

»Schön, dass Sie gleich gekommen sind!« Der Kollege aus Niedersachsen, ein junger Mann, den Kastrup nicht kannte, begrüßte ihn mit Handschlag.

Kastrup brummte irgendetwas Unverständliches. Er wäre lieber im Bett geblieben, als sich mitten in der Nacht auf den Weg ins Nachbarland zu machen. Zum Glück hatte irgendjemand kurz vor Buxtehude bemerkt, dass die S-Bahn mit einem Toten unterwegs war. Wenn sie bis zur Endstation weitergerollt wäre, bis nach Stade, hätte er rund 75 Kilometer fahren müssen, und das wegen eines Toten, der ihn möglicherweise gar nichts anging. »Ist das nicht eigentlich Ihre Leiche?«, fragte er.

Der Kollege schüttelte den Kopf. »Er hat seinen Ausweis in der Tasche. Der Mann wohnt in Neugraben. Und das ist eindeutig Hamburg.«

»Aber es gilt das Tatortprinzip.« Kastrup hoffte einen Moment lang, dass der Tote vielleicht in dieser Nacht einen Ausflug nach Buxtehude oder Stade hatte unternehmen wollen.

»Der Tatort war auch in Hamburg. Der junge Mann war auf dem Nachhauseweg. Es gibt inzwischen eine Vermisstenmeldung. Seine Eltern haben sich gemeldet.«

»Seine Eltern?«

»Er hat noch zu Hause gewohnt.«

Kastrup seufzte. »Jedenfalls dürfte die Todesursache diesmal ziemlich eindeutig sein«, sagte er. Das Messer steckte noch in der Brust des Toten.

Der Mediziner sagte: »Mehrere Stiche ins Herz. Keine Abwehrverletzungen. Es muss alles sehr schnell gegangen sein. Er hat übrigens in Hamburg studiert.«

»Sinologie?«, fragte Kastrup. Auf dem Boden lag ein blaues Buch mit dem Titel *Das Neue Praktische Chinesisch*.

»Betriebswirtschaft. Er hatte mit Freunden gefeiert und war jetzt auf dem Weg nach Hause.«

»Woher wissen Sie denn das alles?«, fragte Kastrup verblüfft.

»Telefon. Als der Sohn nicht pünktlich nach Hause gekommen ist, hat die Mama gleich herumtelefoniert – erst die Freunde angerufen, dann die Polizei, und so ist sie schließlich an uns weitergeleitet worden.«

* * *

Als Bernd Kastrup in Hamburg im Präsidium eintraf, war es 7 Uhr morgens.

»Du brauchst einen Kaffee«, stellte Vincent fest. Hauptkommissar Vincent Weber war Kastrups ältester Mitarbeiter.

Ja, er brauchte einen Kaffee. Oberkommissar Alexander Nachtweyh, der wie üblich als Erster zum Dienst erschienen war, hatte die Kaffeemaschine längst in Betrieb gesetzt. Das ganze Zimmer roch angenehm nach frisch gebrühtem Kaffee. Alexander schob Kastrup einen Becher hin. Der trank schlürfend ein paar Schlucke. Dann berichtete er.

»Es ist also tatsächlich unsere Leiche«, sagte Vincent.

Kastrup nickte. »Der Tote heißt Marvin Roland. Er ist Student, 25 Jahre alt. Nach allem, was wir wissen, hat er gestern mehrere Lehrveranstaltungen an der Universität Hamburg besucht, ist anschließend mit Freunden zusammen ins Theater gegangen, ins *Hamburger Sprechwerk*, dort haben sie *Tod eines Jägers* von Rolf Hochhuth gesehen …«

»Wie passend!«, sagte Alexander.

»Nein, das war überhaupt nicht passend. Marvin hatte keine Ahnung, was passieren würde. Und er war ganz bestimmt kein Jäger. Er war ein vollkommen harmloser Mensch, der nach einem gelungenen Tag friedlich mit der S-Bahn nach Hause fahren wollte, und der dort nicht angekommen ist. – Ein sehr behüteter, junger Mensch.«

»Gibt es irgendwelche Zeugen?«

»Keine Zeugen. Wir nehmen an, dass der Student allein im Abteil gesessen hat – allein mit seinem Mörder.

Er hat in einem Buch gelesen und ist offenbar von dem Angriff vollkommen überrascht worden. Er ist im Sitzen getötet worden. Der Täter hat ihm das Messer von schräg oben in die Brust gerammt, mehrmals übrigens, und sich dann aus dem Staub gemacht.«

»Ein Einzeltäter?«, fragte Oliver Rühl. Sie hatten Kommissar Rühl als Ersatz für Jennifer bekommen, die nach der Geiselnahme und dem Mord an ihrem Kollegen noch immer nicht wieder einsatzfähig war.

»Wahrscheinlich. Ich nehme an, wenn sie zu mehreren auf ihn losgegangen wären, dann hätte der Student doch wohl gemerkt, dass irgendetwas nicht stimmte. – Aber genau wissen wir das natürlich nicht.«

»Wer hat dann den Toten entdeckt?«

»Eine junge Frau, die in Neu Wulmstorf in diesen Waggon eingestiegen ist. Das ist eine Station vor Buxtehude. Sie war auch auf dem Wege nach Hause. Sie hat erst gedacht, der junge Mann würde schlafen, aber dann hat sie das Messer gesehen und das Blut. Sie ist in Buxtehude zum Triebfahrzeugführer gelaufen, und der hat dann die Polizei alarmiert.«

»Mit anderen Worten: Niemand hat den Täter gesehen. Und wir wissen auch nicht, wo er ein- oder ausgestiegen ist.«

»Noch nicht. Wir werden natürlich die Videoaufzeichnungen der Überwachungskameras auswerten, und wir werden außerdem über die Presse die Personen bitten, sich zu melden, die in der fraglichen S-Bahn gefahren sind – ganz gleich, ob sie irgendetwas gesehen haben oder nicht.«

»Sind die Waggons eigentlich videoüberwacht?«

»Ja, das sind sie.«

»Und die Bahnhöfe haben noch zusätzliche Überwachungskameras?«

»Ja, haben sie. Etwa 2000 Kameras hat der HVV in ganz Hamburg. Einige davon liefern allerdings nur Live-Bilder, aber die meisten zeichnen die Aufnahmen für mehrere Tage auf. Ich gehe davon aus, dass wir von allen Bahnhöfen Aufzeichnungen bekommen werden.«

»Und was willst du darauf sehen?«, fragte Vincent.

»Wo der Täter eingestiegen ist und wo er ausgestiegen ist natürlich. Vincent und Oliver, ihr fahrt nach Neugraben und befragt die Eltern. Ich gehe in die Rechtsmedizin. Wenn ich meinen Kaffee ausgetrunken habe. Und Alexander, du rufst bitte bei der Bahn an, dass sie die entsprechenden Videos sicherstellen. Wir brauchen einen Mitschnitt von allen infrage kommenden Kameras.«

Alexander nickte. Darum würde er sich kümmern.

Kastrup sagte: »Ach ja, das hier, das ist übrigens die Tatwaffe.« Er warf ein Foto auf den Tisch.

»Oh«, sagte Alexander. »Das ist aber hübsch! Dieser rote Griff und dieses originelle Symbol hier. Was soll das sein? Eine Schlange?«

* * *

»Du solltest mehr essen!«, sagte Kurt Beelitz.

Kastrup reagierte nicht auf diesen wohlgemeinten Ratschlag des Rechtsmediziners. Ihm war klar, dass er in den letzten Monaten erheblich abgenommen hatte.

Schuld daran waren die Krankheit und der Tod seiner Frau. Obwohl sie geschieden gewesen waren, hatten sie sich bis zuletzt sehr nahegestanden.

»Nimm dir ein Beispiel an mir!« Der Mediziner hatte sich zwei Stücke Torte vom Tresen geholt und dazu einen Becher Kakao mit Schlagsahne. Sie saßen im Café des Universitätskrankenhauses Eppendorf. »Das hilft niemandem, wenn du nicht ordentlich isst! – Wann ist übrigens die Beerdigung?«

»Ich weiß nicht. Kerstin organisiert das. Ihre Schwester.«

»Gabrieles Schwester?«

»Ja, als nächste Angehörige. Aber da gibt es noch irgendwelche Verzögerungen.«

»Das kenne ich. So etwas geht nie ratzfatz. Ich weiß noch, als meine Oma damals ...«

»Marvin Roland«, fiel Kastrup ihm ungeduldig ins Wort. Er trommelte mit den Fingern auf den Tisch.

»Das ist auch so eine schlechte Angewohnheit von dir«, sagte Beelitz.

Bernd Kastrup hörte auf, auf den Tisch zu trommeln. Er sah den Mediziner verärgert an.

»Ich habe inzwischen meine Untersuchungen abgeschlossen. Den Bericht schicke ich dir wie üblich zu. Aber ich nehme an, du willst jetzt schon ein paar Einzelheiten wissen.«

Der Hauptkommissar fragte sich, warum Kurt Beelitz ihn überhaupt zu diesem Treffen bestellt hatte. »Dein Kollege in Buxtehude hat mir schon das Wesentliche erzählt.«

»So, hat er das?«

»Der junge Mann hat ein Messer ins Herz gekriegt, und daran ist er gestorben. Punkt, aus, Ende.«

»Wie gut, dass du nicht der Rechtsmediziner bist, sondern ich! – Ja, im ersten Moment hat es natürlich so ausgesehen, als ob der Student allein durch einen Messerstich getötet worden ist. Was mich allerdings stutzig gemacht hat, das ist die Wahl der Tatwaffe. Du hast das Messer gesehen …«

»Ein Schlangen-Messer«, brummte Kastrup.

»Ja, ein sogenanntes Schlangen-Messer. Made in China. Ein ganz gewöhnliches Klappmesser. Die Klinge ist nicht länger als 10 Zentimeter. Das reicht zwar aus, um jemanden damit zu erstechen, wie wir ja gerade gesehen haben, aber ideal ist das nicht. Wenn ich jemals in die Verlegenheit kommen sollte, jemanden totstechen zu wollen, dann würde ich mir ein Messer mit einer deutlich längeren Klinge aussuchen.«

»Sie hat aber gereicht«, sagte Kastrup.

»Ja, sie hat gereicht. Aber so, wie es aussieht, hat unser Täter auch seine Zweifel gehabt. Er hat deswegen die Klinge mit einem Gift bestrichen. Davon ist nicht sehr viel in den Kreislauf eingedrungen, weil das Opfer ja beinahe sofort tot war, aber auf der Klinge waren noch genügend Rückstände, die ich analysieren konnte.«

»Curare?«, fragte Kastrup ungläubig.

»Wo willst du das herkriegen? Dazu brauchst du ziemlich gute Beziehungen zu südamerikanischen Indianern, und selbst dann musst du noch aufpassen, dass sie dich nicht übers Ohr hauen. Der garantiert echte Schrumpfkopf, den ich damals von meiner Kreuzfahrt mitgebracht habe, hat sich ja dann im Labor auch bloß als der Kopf eines Affen erwiesen.«

»Was für ein Gift?« Kastrup war ungeduldig.

»Nun, da es sich um ein Schlangen-Messer handelt, war mein erster Gedanke natürlich, dass es sich um Schlangengift handeln könnte. Aber auch das ist schwer zu kriegen, und wenn du im Internet danach forschst, dann kommst du sehr rasch in Gegenden, wo alles ziemlich illegal ist. Natürlich wäre es möglich, ein paar Kreuzottern zu fangen und das Gift selbst zu gewinnen ...«

»Kurt, ich bitte dich! Ich will nicht hören, was alles nicht zutrifft, sondern ich möchte einzig und allein wissen, um was für ein Gift es sich handelt.«

»Wenn du willst – bitte: Coniin.«

Der Begriff sagte Kastrup gar nichts. Er starrte den Mediziner an. Der aß ungerührt seine Torte. Nach dem dritten Bissen hielt Kastrup es nicht länger aus.

»Was ist das für ein Gift?«, fragte er so beherrscht wie möglich.

»Gefleckter Schierling. *Conium maculatum*.«

»Der ist tödlich, oder?«

»Ja, das kann man so sagen. Etwa 0,5-1 Gramm Coniin reichen aus, um einen Menschen umzubringen. Wenn man es ihm oral verabreicht. Den berühmten Schierlingsbecher. Allerdings musst du dein Opfer erst einmal dazu bringen, dass es das Zeugs trinkt. Wenn man die Pflanze zerreibt, stinkt sie nämlich nach Mäusepisse.«

»Und wenn das Gift in den Blutkreislauf gelangt?«

»Es wirkt gerade dadurch, dass es in den Blutkreislauf kommt. Insofern ist es gar keine schlechte Idee, die Messerspitze damit einzustreichen. Die Muskeln fangen an zu zittern, Lähmung breitet sich aus, schließlich kannst du nicht mehr atmen und erstickst – bei vollem Bewusstsein übrigens.« Beelitz zuckte mit den Schultern. »Aber das ist dem jungen Mann erspart geblieben«, sagte er.

»Also jedenfalls ein Gift, an das jeder ohne Weiteres rankommt«, sagte Kastrup. Er hatte etwas Exotischeres erwartet.

»Ja, etwas, wo jeder rankommt. Theoretisch zumindest. Wenn er etwas von Botanik versteht. Es gibt eine ganze Reihe von Doldenblütlern, die für den Laien ziemlich ähnlich aussehen. Giersch zum Beispiel. Oder Wiesenkerbel. Oder Bärenklau, um nur ein paar der wichtigsten zu nennen.«

»Das ist nicht so schwierig. Selbst ich könnte jederzeit ins Gelände gehen und Schierling finden«, behauptete Kastrup. Er hatte immerhin *Was blüht denn da?* zu Hause im Regal stehen.

Beelitz lächelte. »Jederzeit? – Vergiss bitte nicht, dass wir inzwischen November haben. Und der Schierling blüht von Juni bis September. Wenn du ihn jetzt noch suchst, wirst du einige Mühe haben.«

»Mit anderen Worten: Der Mord ist von langer Hand vorbereitet worden?«

Beelitz nickte.

* * *

»Besuch für dich!«, sagte Alexander, als Kastrup zurückkam. »Zwei junge Leute.« Er öffnete die Tür zu Kastrups Zimmer.

Die beiden jungen Frauen erhoben sich. Die eine war groß und blond, die andere klein und dunkelhaarig – eine fernöstliche Schönheit.

»Das ist Rabiya Isqaqov«, sagte die Blonde. »Und ich bin Bärbel Scholz.«

»Es ist schön, dass Sie gekommen sind«, sagte Kastrup. »Eigentlich hätte es auch genügt, wenn ich mit Fräulein Iska ... Isqua ... wie spricht man das aus?«

Bärbel lächelte. »Sagen Sie einfach Rabiya«, sagte sie. »Rabiya kommt aus China.«

Rabiya sah aber nicht chinesisch aus.

»Sie ist eine Uighurin aus Xinjiang, im Nordwesten von China. Sie spricht zwar ziemlich gut Deutsch, aber sie fühlt sich noch immer ein bisschen unsicher. Deswegen bin ich mitgekommen.«

»Und wie verständigen Sie sich?«, fragte Kastrup.

»Auf Chinesisch. Wir haben uns an der Uni kennengelernt, Marvin, Rabiya und ich. Und Marvin – Marvin und Rabiya – es war sozusagen Liebe auf den ersten Blick. Marvin hat angefangen, Chinesisch zu lernen. Dabei sollte er eigentlich Betriebswirtschaft studieren. Sie wollten heiraten. Und jetzt – jetzt ist alles zu Ende.«

Kastrup sah Rabiya an. Die junge Uighurin wirkte sehr gefasst. »Rabiya ist chinesische Staatsbürgerin?«

»Ja, sie ist als chinesische Studentin hierher nach Deutschland gekommen. Sie soll Medizin studieren, aber bisher ist sie noch nicht allzu weit damit gekommen. Das Problem ist die Sprache.«

»Deutsch – schwer!«, sagte Rabiya.

»Und was haben Marvins Eltern zu den Heiratsplänen gesagt?«

»Die haben nichts davon gewusst. Marvin war sich sicher, dass sie dagegen sein würden. Er wollte erst mit ihnen darüber reden, wenn die Hochzeit unmittelbar bevorstand. Das war natürlich sowieso ein schwieriges Projekt. Sie können sich wahrscheinlich vorstellen, dass es nicht so einfach ist, eine Ehe zwischen einem Deutschen und einer Uighurin zu beantragen. Da gibt es jede Menge bürokratischer Hürden.«

Ja, das konnte Kastrup sich gut vorstellen. Sein Kollege Vincent Weber war mit einer Syrerin verheiratet. Das war schwierig genug gewesen. »Hatte Marvin irgendwelche Feinde?«

Rabiya schüttelte den Kopf.

»Oder fühlte er sich bedroht?«

»Nein.«

»Wissen Sie irgendetwas, das uns weiterhelfen könnte? – Wir wollen Marvins Mörder natürlich so rasch wie möglich festnehmen. Bis jetzt wissen wir nur, dass dieser Mord passiert ist, aber nicht warum. Es gibt kein Motiv.«

Bärbel übersetzte. Rabiya antwortete auf Chinesisch. Bärbel sagte: »Nein, wir haben keine Ahnung, warum jemand Marvin getötet hat. Er war solch ein freundlicher Mensch. So vollkommen harmlos. Es ist einfach unfassbar.«

»Und was ist nun an jenem Abend genau passiert?«, fragte Kastrup.

»Wir haben uns nach der Uni getroffen, sind zusammen essen gegangen, beim Inder in der Rothenbaumchaussee, und dann hinterher ins Theater.«

»Das Stück hieß *Tod eines Jägers*?«

»Ja. Rolf Hochhuth hat das geschrieben, schon vor sehr vielen Jahren. Es ist ein fiktiver Monolog, den Ernest Hemingway in den Stunden vor seinem Selbstmord hält.«

»Hochhuth – ist das ein politisches Stück?«

»Sie denken an so etwas wie *Der Stellvertreter*? Nein, in *Tod eines Jägers* geht es um das Altwerden und um den Tod.«

»Und Sie selbst? Sind Sie politisch aktiv? Ist Rabiya politisch aktiv?«

Rabiya schüttelte den Kopf.

Bärbel sagte: »Sie ist nicht politisch aktiv. Aber natürlich träumen alle Uighuren von der Unabhängigkeit. Das gilt auch für sie.«

* * *

Alexander hatte sich inzwischen schlaugemacht, was es mit dem Schlangenmesser auf sich hatte. »Das Messer wird von AliExpress angeboten«, sagte er. »AliExpress ist etwas Ähnliches wie eBay auf Chinesisch, aber nicht genau gleich. Ein kleines bisschen anders. Über AliExpress bieten chinesische Händler ihre Waren an. Zu diesen Produkten gehört unter anderem das Schlangenmesser. Eigentlich heißt es gar nicht Schlangenmesser, sondern bei AliExpress steht einfach nur *Schlange Kopf*. Und wenn man die Abbildungen vergrößert, dann sieht man, dass sowohl auf der Klinge als auch auf dem Heft des Messers der Kopf einer Kobra abgebildet ist.«

»Daher der Name«, sagte Kastrup.

»Daher der Name«, bestätigte Alexander. »Auf der deutschen Webseite von AliExpress wird das Messer zurzeit von ein paar Dutzend verschiedenen Anbietern offeriert. Der Preis beträgt meistens ungefähr 20 US-Dollar, aber du kannst für dasselbe Messer auch über 30 Dollar ausgeben. Der Versand ist normalerweise kostenlos. Die Beschreibung des Produktes variiert. Die Übersetzungen ins Deutsche sind zum Teil sehr fantasievoll. Ein Anbieter schreibt zum Beispiel: *Schlange Kopf XJ11 Klappmesser Kugellager G10 Griff Dienstprogramm tactical Überleben Messer outdoor Camping Werkzeuge.* Das Produkt wird per Luftpost verschickt. Die Lieferzeit beträgt knapp zwei Monate.«

»Es sieht also nicht so aus, als ob wir eine Chance hätten, den Käufer dieses Messers zu finden?«, fragte Kastrup.

Alexander schüttelte den Kopf. »Das ist ein Massenprodukt«, sagte er. »Und das Messer wird von vielen verschiedenen Firmen angeboten. Ich halte es für ausgeschlossen, dass wir den Käufer ermitteln können. Natürlich ist es auch möglich, dass der Täter das Messer gebraucht gekauft hat. Bei eBay wird es zum Beispiel auch angeboten.«

»Ich denke«, sagte Vincent, »dass das Messer uns einiges über den Täter erzählt. Nach allem, was ich gesehen habe, ist dieses Schlangenmesser nicht gerade ein ideales Mordinstrument. Wer immer es benutzt hat, dem ging es offenbar unter anderem darum, mit dem Begriff ›Schlange‹ Eindruck zu machen. Daher auch das Gift auf der Klinge. Das ist zwar kein Schlangengift, aber natürlich haben Giftschlangen eine gewisse Faszination.«

»Aber wer ist der Täter? Wir haben nicht den leisesten Hinweis darauf, dass irgendjemand einen Groll auf das Opfer gehabt hat.«

»Vielleicht haben wir ihn nur noch nicht gefunden«, sagte Kastrup. »Marvin Roland war mit einer Uighurin befreundet«, fügte er hinzu.

Alexander zog die Augenbrauen hoch. »Mit einer Uighurin?«

»Ich habe sie kennengelernt. Sie ist ein sehr nettes, schüchternes Mädchen.«

»Dir ist klar, dass es mit den Uighuren immer wieder Zoff gibt in China?«

»Ja, ich weiß.«

»Ziemlich wilde Sachen. Und keiner weiß so richtig, ob das nun Freiheitskämpfer oder Terroristen sind. Die Chinesen sagen: Terroristen. Und die Amerikaner sagen auch: Terroristen. Sie haben damals eine ganze Menge Uighuren in Afghanistan festgenommen und nach Guantanamo gebracht. – Jedenfalls: Wenn jetzt der Freund einer Uighurin mit einem chinesischen Messer in der Brust tot aufgefunden wird ...«

Kastrup schüttelte den Kopf. »Das ist Blödsinn«, sagte er. »Die Frau ist unpolitisch. Und Marvin Roland, der ermordete Student, der war allem Anschein nach auch unpolitisch. Ich bin mir ziemlich sicher, dass das Motiv ganz woanders liegt.«

»Also kein Fall für LKA 7?«

»Für den Staatsschutz? Nein, ich glaube nicht. – Jedenfalls erst mal nicht. Vincent und Oliver sind draußen und befragen die Eltern; mal sehen, ob da irgendwelche neuen Erkenntnisse bei herauskommen.«

»Übrigens – draußen wartet noch ein Besucher auf dich. Es ist Carl Dachsteiger.«

Bernd Kastrup verzog das Gesicht. Es war ganz offensichtlich, dass er sich auf diesen Besucher nicht gerade freute.

* * *

»Was kann ich für Sie tun, Herr Dachsteiger?«

»Es geht um Julia, unsere Tochter.«

»Ihre angebliche Tochter«, korrigierte Kastrup. Er war der festen Überzeugung, dass es sich um einen Identitätsdiebstahl handelte, dass die wahre Julia Dachsteiger tot war, vor Jahren schon an einer Überdosis Rauschgift gestorben. Soweit hatten sie das ermittelt. Aber ohne die Hilfe der angeblichen Eltern ließ sich der Fall nicht aufklären.

Carl Dachsteiger sagte: »Das möchte ich jetzt nicht kommentieren. Sie wissen ja, dass meine Frau der festen Überzeugung ist, dass Julia unsere Tochter ist. Und davon lässt sie sich auch nicht abbringen.«

»Aber?«

»Was meinen Sie damit?«

»Herr Dachsteiger, Sie sind doch nicht zu mir gekommen, um mir zu erzählen, dass alles bestens sei.«

»Nein. – Nein, es ist nicht alles bestens. Ich mache mir große Sorgen. Dieser Kontakt zu Julia – ich hatte gehofft, dass der im Laufe der Zeit nachlassen würde, aber das ist nicht der Fall. Im Gegenteil. Es gibt immer häufigere Treffen, und ich habe das Gefühl, dass sich dort etwas Übles anbahnt.«

»Können Sie das konkretisieren?«

»Wenn Julia sich unbeobachtet glaubt, dann habe ich das Gefühl, dass sie ihre Maske fallen lässt. Dann habe ich das Gefühl, dass sie uns regelrecht belauert. Wie – wie eine Schlange, die auf den günstigsten Moment wartet, um zuzustoßen.«

»Das Beste wäre es nach wie vor«, sagte Kastrup, »wenn Sie den Identitätsdiebstahl auffliegen lassen, indem Sie einfach eine DNA-Analyse durchführen. Das können Sie privat machen lassen. Das ist gar nicht mehr so teuer …«

»Das kann ich nicht. Das kommt nicht infrage. Meiner Frau würde es – das klingt jetzt melodramatisch, aber das ist einfach so – meiner Frau würde es das Herz brechen, wenn sie am Ende doch zugeben müsste, dass dies nicht ihre Tochter ist.«

»Und was stellen Sie sich vor, was wir nun machen sollen? Wir können Sie nicht unter Schutz stellen. Dafür haben wir nicht die geringste Handhabe. Sie haben beide ausgesagt, dass Julia Dachsteiger Ihre Tochter sei, und also ist sie Ihre Tochter – bis zum Beweis des Gegenteils. Und wenn Sie jetzt vor ihr Angst haben, dann ist das ist kein Fall für die Polizei. Die Bedrohung, die Sie zu spüren glauben, das ist einfach nur ein Gefühl. Und aufgrund eines unbestimmten Gefühls können wir nicht aktiv werden.«

»Es ist mehr als ein Gefühl. Allein die Art, wie sie mich ansieht …«

»Herr Dachsteiger, ich bitte Sie! Julia kann Sie angucken, wie sie will. Jedenfalls so lange, wie Sie nichts dagegen unternehmen. Wenn Ihnen das nicht gefällt, wie sie mit Ihnen umgeht, dann können Sie ihr natürlich das Haus verbieten …«

Carl Dachsteiger schüttelte den Kopf.

»… oder die Beziehung zu ihr abbrechen. Das muss nicht abrupt geschehen. Sie können die Geschichte ganz einfach auslaufen lassen. Sie nur noch in immer größeren Abständen treffen und dann schließlich gar nicht mehr.«

»Das funktioniert nicht. Meine Frau ist es, die diese Treffen arrangiert. Gemeinsame Ausflüge am Wochenende, gemeinsame Weihnachten …«

Kastrup versuchte sich vorzustellen, wie es sein mochte, mit einem Menschen zusammen Weihnachten zu feiern, der vorgab, seine Tochter zu sein, und von dem er mit hundertprozentiger Sicherheit wusste, dass es sich um eine Schwindlerin handelte. Eine unheimliche Vorstellung. Er sagte: »Ich kann Ihnen nicht helfen. So wie die Lage jetzt ist, können Sie sich nur selbst helfen. Decken Sie den Schwindel auf. Das ist unangenehm, vor allem, nachdem Ihre Frau und Sie vor Gericht ausgesagt haben, dass Julia Dachsteiger Ihre Tochter sei. Aber da müssen Sie nun durch …«

»Ich hatte eigentlich gehofft, dass Sie sich Julia noch einmal vornehmen würden. Dass Sie einmal genauer nachforschen würden, was sie in den letzten zehn Jahren gemacht hat, und was sie heute macht …«

»Warum? Warum sollte sich die Polizei dafür interessieren? Wenn Sie mehr wissen wollen, können Sie sich natürlich an irgendeine Detektei wenden. Aber das Einzige, was dabei mit Sicherheit herauskommen wird, das ist eine saftige Rechnung.«

* * *

»Wie war's in Neugraben?«

Vincent zuckte mit den Schultern. »Traurig natürlich, das kannst du dir ja vorstellen. Die Eltern sind am Boden zerstört. Marvin war ihr einziges Kind.«

»Und sie haben keine Ahnung, wer das getan haben könnte?«

»Nein.«

»Das wird schwierig. Die beiden Studentinnen, mit denen ich gesprochen habe, die haben auch keine Ahnung. Sieht so aus, als wäre Marvin ein zufälliges Opfer einer sinnlosen Gewalttat geworden.«

Vincent war nicht überzeugt, aber einen besseren Vorschlag hatte er auch nicht. »Und ich habe gehört, du hattest Besuch?«

»Carl Dachsteiger, ja.«

»Und? Wie war's?«

Kastrup zuckte mit den Schultern. »Ergebnislos. Der Herr Dachsteiger hat ein ungutes Gefühl, aber das kann ich nicht ändern.«

»Glaubst du, er macht sich zu Recht Sorgen?«

»Woher soll ich das wissen, Vincent? Julia hat vor Gericht gestanden, und der Richter hat sie freigesprochen. Der Richter hat befunden, dass sie ein Opfer dieses Mannes gewesen ist, der sich damals als die ›Hyäne von Hamburg‹ bezeichnet hat.«

»Aber das war sie nicht, oder?«

»Wahrscheinlich nicht. Aber ich bin mir nicht sicher. Du weißt ja, dass sie angeschossen worden ist, und zwar durch die Hyäne. Und am Ende ist die Hyäne ohne sie geflüchtet. Julia Dachsteigers Anwalt hat die Situation geschickt ausgenutzt. Die Hyäne, dieser Christian Sommerfeld, war tot, und deshalb konnte er alle Schuld auf diesen Mann schieben.«

»Na schön. Julia Dachsteiger ist unschuldig. Alle Probleme sind gelöst.«

»Nicht ganz, Vincent. – Die Julia weiß natürlich, dass ihre angeblichen Eltern jederzeit nachweisen könnten, dass sie nicht ihre Tochter ist.«

»Aber die Dachsteigers unternehmen nichts, und die Hyäne ist tot.«

»Das wissen wir nicht. Ob die Hyäne tot ist, meine ich.«

Vincent schüttelte den Kopf.

Kastrup sah Vincent an. »Unser S-Bahn-Mörder erinnert mich an die Hyäne«, sagte er.

»Inwiefern?«

»In der Art der – der Konstruktion.«

»Was meinst du damit?«

»Wenn ich einen Menschen erstechen will, dann nehme ich ein großes Messer und steche zu, und fertig. Aber hier hat der Täter ein kleines Messer genommen – vielleicht wegen dieses Schlangenkopfes. Und dann obendrein die Sache mit dem Gift. Das wäre nicht nötig gewesen, wenn er ein vernünftiges Messer genommen hätte. Überflüssiger Schnickschnack. Tütelkram, wie man bei uns sagt. Genau wie diese überflüssigen E-Mails der Hyäne damals.«

Vincent sah seinen Freund an. »Das ist weit hergeholt, Bernd. Das Ganze ist eine fixe Idee von dir. Tut mir leid, aber anders kann ich das nicht bezeichnen. Dieser

Mensch ist damals von der Elbbrücke ins Wasser gestürzt. Mit voller Kleidung, im November. Du hast auf der Brücke gestanden und gesehen, wie er gestürzt ist, und du hast gesehen, dass er nicht wieder aufgetaucht ist. Wer im November in die Elbe fällt und nicht wieder auftaucht, der ist tot. Daran gibt es keinen Zweifel.«

»Seine Leiche ist nicht gefunden worden.«

»Was besagt das schon? Denk an die Familie aus diesem Dorf an der Elbe. Wo ist das noch gewesen? Haben die nicht alle gemeinsam Selbstmord begangen?«

Kastrup erinnerte sich. »In Drage war das«, sagte er.

»Den Mann haben sie schließlich tot aus der Elbe gezogen. Aber Frau und Tochter sind nie gefunden worden.«

»Das mag sein. Ich kenne den Fall nur aus den Zeitungen. Da stand, dass der Mann damals mit einem 25 Kilo schweren Betonklotz am Bein von der Elbbrücke in Lauenburg gesprungen ist. Dennoch ist seine Leiche wieder aufgetaucht. Aber Christian Sommerfeld, die ›Hyäne‹, ist mit Sicherheit ohne Betonklotz in die Elbe gesprungen, und wir haben seine Leiche nicht gefunden.«

»Nicht jeder Selbstmörder wird gefunden.«

»Das war kein Selbstmord, Vincent. Das war eine Flucht. Als Sommerfeld in die Elbe gesprungen ist, hatten wir auflaufendes Wasser. Ich habe im *Bundesamt für Seeschifffahrt und Hydrographie* nachgefragt. Der Flutstrom hatte eine Geschwindigkeit von etwa 30 Zentimeter pro Sekunde. Das sind 18 Meter pro Minute. Wenn Christian Sommerfeld von der Brücke senkrecht nach unten gesprungen ist, und das ist er, und wenn er dann nach einer knappen Minute wieder aufgetaucht ist, dann war er von meinem Standort aus nicht mehr zu sehen.«

»Aber wir haben doch das Ufer abgesucht.«

»Ja, das haben wir. Aber viel zu spät. Wenn Sommerfeld lebend ans Ufer gekommen ist, dann war er zu dem Zeitpunkt längst weg.«

Vincent schüttelte den Kopf. »Mit nassen Klamotten und bei 7 °C – wenn er dann nicht sehr schnell ins Trockene gelangt ist, dann muss er an Unterkühlung gestorben sein.«

»Er lebt«, beharrte Kastrup. »Ich bin überzeugt, dass er lebt. Und ich will ihn haben.«

* * *

»Wollt ihr mal gucken?«, fragte Alexander.

Sie gingen hinüber zu seinem Rechner. Auf dem Bildschirm blickte man von oben in das Innere eines S-Bahn-Wagens. Der Wagen war leer – jedenfalls der Teil, den die Kamera erfasst hatte.

»Wir sind jetzt am Hauptbahnhof«, sagte Alexander. »Diese Einblendungen, das sind die Waggonnummer, die Zugnummer und die Uhrzeit. Der Zug ist gerade am Hauptbahnhof angekommen, und jetzt steigt Marvin Roland ein.«

Alexander startete das Video, und man sah, wie ein junger Mann in das Abteil einstieg. Er wandte sich nach links, setzte sich auf die kurze Sitzbank direkt hinter dem Eingang, mit dem Rücken zur Tür, öffnete seinen Anorak, zog ein Buch aus der Innentasche und begann zu lesen.

»Was ist das für ein Buch?«, fragte Vincent.

»Ein Chinesisch-Lehrbuch.«

»Oh.«

»Jetzt passiert ziemlich lange gar nichts. Der Wagen ist nicht vollständig leer. Es sind insgesamt zwölf Personen darin – ohne unseren Studenten. Zehn davon sind am Hauptbahnhof eingestiegen. Alle sind nacheinander ausgestiegen. – Hier, da seht ihr es: Der erste ist schon in Hammerbrook ausgestiegen.«

Man sah, wie ein etwas schlaksiger, junger Mann zu dem Ausgang ging, den die Überwachungskamera erfasst hatte. Der Zug hielt. Der Mann öffnete die Tür und stieg aus. Die Tür wurde wieder geschlossen. Der Zug fuhr weiter.

»In dem Teil, den wir mit dieser Kameraeinstellung im Blick haben, passiert jetzt erst einmal überhaupt nichts. Aus den anderen Kameraeinstellungen weiß ich, dass in Wilhelmsburg noch drei Personen eingestiegen sind, und in Harburg noch einmal zwei. Die sind dann alle in Harburg-Rathaus wieder ausgestiegen.«

Auf dem Bildschirm sah man nichts weiter, als dass Marvin Roland in seinem Buch las.

»Das ist jetzt Harburg-Rathaus«, sagte Alexander. »Der Zug hält. Und nun passt auf, was jetzt passiert.«

Es passierte erst einmal gar nichts. Der Zug fuhr weiter. Dann plötzlich fiel dem Studenten das Buch aus der Hand. Er schreckte hoch, bückte sich, hob das Buch wieder auf, blätterte darin herum und las schließlich weiter.

»Er ist eingeschlafen«, sagte Alexander.

Der Zug hielt in Heimfeld. Der Zug fuhr weiter.

»Jetzt kommt er aus dem Tunnel heraus«, erläuterte Alexander. »Und jetzt – seht ihr das? – jetzt fährt er über die B 73. Das Helle, was man da im Fenster sieht, das ist die B 73.«

Kastrup gähnte. Jetzt sahen sie schon seit 20 Minuten, wie ein Mensch in der S-Bahn durch die Nacht fuhr. Bis nach Buxtehude würde er wahrscheinlich weitere 20 Minuten brauchen. »Kann man das nicht schneller ablaufen lassen?«, fragte er.

»Achtung«, sagte Alexander, »jetzt kommt es. Der Zug läuft in Neuwiedenthal ein.«

Man sah, wie der Zug seine Fahrt verlangsamte. Ein Mann und eine Frau gingen zum Ausgang. Man sah die Lichter des Bahnsteigs. Der Zug hielt. Die Tür wurde geöffnet. Der Mann und die Frau stiegen aus.

»Das ist er!«, sagte Alexander.

Der Mann, der in das Abteil gekommen war, trug einen dunklen Anorak mit Kapuze, um die er obendrein einen dunklen Schal geschlungen hatte, sodass von seinem Gesicht nur die Augenpartie frei war, und auch die konnte man durch den Schatten der Kapuze nicht erkennen. Der Mann blickte nach rechts und nach links. Die Türen wurden geschlossen. Die S-Bahn setzte sich wieder in Bewegung.

»Er ist jetzt mit dem Studenten allein im Abteil«, sagte Alexander. »Alle übrigen Fahrgäste sind in Neuwiedenthal ausgestiegen. Bis zur nächsten Station hat er drei Minuten. Neugraben ist das. Drei Minuten bis Neugraben.«

Kastrup ertappte sich dabei, dass er hoffte, es möge nichts geschehen, obwohl er sehr wohl wusste, was passiert war.

Der Mann im Anorak sah sich noch einmal um, trat dann blitzschnell vor, zückte ein Messer und stieß zu. Das Buch fiel zu Boden. Der Student hob die Hände. Der Mann mit der Kapuze stieß erneut zu. Der junge Mann sackte in sich zusammen und rührte sich nicht mehr. Der Mörder stieß noch ein letztes Mal zu, dann ließ er das Messer los und wandte sich zum Ausgang. Der Zug bremste und hielt in Neugraben. Der Mann stieg aus.

»Das war's«, sagte Alexander.

»So ein Mist«, schimpfte Kastrup. »Man sieht nichts. Man sieht einfach gar nichts. Wir haben die ganze Tat auf Video, und wir können nichts damit anfangen. Wir können nicht einmal entscheiden, ob der Mörder nun ein Mann oder eine Frau gewesen ist.«

»Ein Mann«, behauptete Vincent.

»Eine Frau«, konterte Alexander.

»Wir brauchen die Zeugen. Wir brauchen alle anderen Personen, die in dieser S-Bahn gefahren sind. Alle aus diesem Wagen jedenfalls. Vielleicht haben die beim Aussteigen etwas gesehen. Sie müssen dem Täter praktisch begegnet sein. Vielleicht hat wenigstens einer von ihnen irgendetwas gesehen, was uns weiterhilft. Vielleicht erinnert sich einer von denen, ob das nun ein Mann oder eine Frau gewesen ist.«

Der Film lief unterdessen weiter.

»Müssen wir uns das alles angucken?« Kastrup deutete auf den Bildschirm.

»Das geht noch eine gute Viertelstunde«, sagte Alexander. »Man sieht, wie dann nachher in Neu Wulmstorf die junge Frau einsteigt, wie sie das Blut sieht und das Messer, und wie sie dann in Buxtehude in panischer Hast die Tür aufreißt und hinausspringt, und dann kommen der Triebfahrzeugführer und dann die Sanitäter und dann die Polizei. Du bist auch im Bild zu sehen, Bernd. Die Videoaufzeichnung ist einfach immer weitergelaufen.«

»Das muss ich jetzt nicht alles sehen. Wir brauchen die Fahrgäste. Wir brauchen eine Pressemitteilung – Zeugen, die Angaben zum Tathergang machen können, oder so ähnlich. Die übliche Routine. Ich kümmere mich um den richterlichen Beschluss zur Öffentlichkeitsfahndung. Und dann fahren wir heute Nacht mit der gleichen S-Bahn und befragen die Fahrgäste. Vielleicht bringt das etwas.«

* * *

Feierabend. Vincent Weber saß noch immer in seinem Zimmer im LKA. Er hatte keine Eile, jetzt schon nach Hause zu kommen. Es war eng geworden zu Hause, sehr eng, seit die Familie seiner Frau bei ihnen eingezogen war. Vincent hatte sich noch einmal die Unterlagen vorgenommen, die sie im letzten Jahr aus Russland bekommen hatten. Unterlagen, von denen sie glaubten, dass sie sich auf die Frau bezogen, die sich Julia Dachsteiger nannte. Es waren Indizien, aber keine Beweise.

Die echte Julia Dachsteiger war am 12. Juni 1987 geboren. Sie hatte bei ihren Eltern gewohnt, sie hatte angefangen zu studieren: Höheres Lehramt, Deutsch und Geschichte. Weit war sie damit nicht gekommen. Sie hatte sehr bald angefangen, Drogen zu konsumieren und das Studium 2008 abgebrochen. 2009 war sie zuletzt lebend gesehen worden. Ihre Eltern hatten angenommen, dass sie tot sei. Und dann war vor einem Jahr plötzlich diese Frau aufgetaucht, die behauptete, Julia Dachsteiger zu sein. Vincent glaubte nicht, dass das stimmte.

Da war zunächst einmal der Pass. Bei der Durchsuchung ihrer Wohnung hatten sie einen sogenannten russischen Inlandspass gefunden, ausgestellt auf den Namen Alix Bolschakowa, geboren am 3. Oktober 1987 in Wolokolamsk. Einen solchen Inlandspass bekam man ab dem 14. Lebensjahr. Der musste erneuert werden, wenn man 20 wurde, und ein zweites Mal, wenn man 45 war. Die Inhaberin dieses Passes war neun Jahre zuvor 20 geworden. Dieses Dokument war also nicht mehr gültig. Das Foto zeigte ein junges Mädchen, das vielleicht die angebliche Julia Dachsteiger sein könnte, aber mit Sicherheit ließ sich das nicht sagen. Die wissenschaftliche Bildanalyse durch die Kollegen vom LKA 38 hatte kein eindeutiges Ergebnis erbracht. Die Dachsteiger hatte behauptet, diesen Pass müsste Sommerfeld irgendwann in ihrer Wohnung vergessen haben. Sommerfeld war in Russland gewesen, daran bestand kein Zweifel, und insofern hätte er relativ leicht an solch ein Dokument kommen können.

Die nächsten Informationen hatten sie aufgrund einer Initiative von Bernd Kastrup erhalten, von der Vincent nicht geglaubt hatte, dass sie Erfolg haben könnte. Er hatte über das Internet eine Kontaktadresse in Wolokolamsk gefunden, und ein gewisser Anatol Nowikow hatte sich schließlich gemeldet und berichtet, was damals in Russland passiert war. Christian Sommerfeld war als Lastwagenfahrer in Russland gewesen. Er hatte die Route Hamburg-Riga-Moskau bedient. Er hatte in Wolokolamsk eine Panne gehabt und eine Woche lang festgesessen. In dieser Zeit hatte er Alix kennengelernt, und später hatte er sie mit nach Deutschland genommen. Wie er sie schwarz über die Grenze gekriegt hatte, wussten sie nicht.

Nowikow hatte außerdem gewusst, dass Alix Bolschakowa kriminell gewesen war, der Kopf einer Jugendbande, wie er sich ausdrückte. Wegen ihrer roten Haare wurde sie »die Rote Alix« genannt. Sie konnte damals kein Deutsch; Sommerfeld und sie hatten sich auf Russisch verständigt. Sommerfeld sprach ein bisschen Russisch.

Wann die Rote Alix nach Deutschland gekommen war, wusste Nowikow nicht genau. Er hatte gesagt: wahrscheinlich vor 10 bis 15 Jahren. Das konnte kaum stimmen. Wenn sie vor 15 Jahren nach Deutschland gekommen wäre, im Jahre 2000 also, dann wäre sie 13 Jahre alt gewesen und hätte ihren Inlandspass noch gar nicht gehabt. Wahrscheinlich war sie also eher um 2005 herum gekommen. Da war sie 18 Jahre alt. Kopf einer Jugendbande – möglich war das. Aber nur gerade so.

Das waren die Dinge, die sie bei ihrer Jagd auf die »Hyäne von Hamburg« bereits erfahren hatten. Später war dann noch ein detaillierter Brief von Nowikow eingetroffen, der weitere interessante Details über Alix Bolschakowa enthielt, aber den sie im Prozess dann schließlich doch nicht hatten verwenden können.

Vincent nahm sich den Brief noch einmal vor. Der Russe hatte sich sehr viel Mühe gegeben, und ganz offensichtlich hatte noch jemand den Text korrigiert; das Deutsch war fehlerfrei.

Alix Bolschakowa war als ungewünschtes Kind einer ledigen Mutter zur Welt gekommen, und sie war zum ersten Mal mit den Behörden in Berührung gekommen, als eine Nachbarin die Polizei geholt hatte, weil das Kind so entsetzlich schrie. Es hatte sich herausgestellt, dass die kleine Alix, sie war damals vier Jahre alt, von ihrer Mutter grün und blau geschlagen worden war. Mama wollte in Ruhe ihren Wodka trinken, und das Kind störte, weil es schrie. Als die Mutter wieder nüchtern war, machte sie einen ganz vernünftigen Eindruck. Sie versprach den Polizisten alles Mögliche, und sie bekam das Kind zurück. Als das Kind das nächste Mal schrie, hielt die Nachbarin den Mund. Die erboste Mutter hatte inzwischen herausgefunden, wer sie angezeigt hatte, und sie hatte ihr zwei Zähne ausgeschlagen.

Den Behörden fiel schließlich auf, dass Alix nicht zur Schule angemeldet worden war. Wieder kam die Polizei ins Haus. Die Mutter meldete Alix für die Schule an. Und als die Polizisten gegangen waren, verprügelte sie das Mädchen. Alix riss sich los und rannte aus dem Haus. Der Mutter war es recht. Sie machte keine Vermisstenmeldung.

Aber natürlich fiel es auf, dass Alix nicht zur Schule ging. Sie wohnte heimlich bei einem entlassenen Priester, von dem sie wirres, pseudoreligiöses Zeugs lernte. Sie trieb sich mit größeren Jungs herum, half mit, in Wohnungen einzubrechen, die tagsüber leer standen.

Sie war klein genug, um durch Kellerlöcher zu krabbeln, durch die die Größeren nicht mehr hindurchkamen. Sie wurde erwischt und nach Hause gebracht. Dort blieb sie keine Woche, sie lief wieder davon. So kam sie schließlich in ein Heim für schwer erziehbare Kinder.

Nowikow schrieb: Dort lernte sie dann das, was ihr noch zu einer erfolgreichen Karriere als Verbrecherin fehlte. Sie prügelte sich herum; selbst die großen Jungs hatten Respekt vor ihr. Einen, der sich mit ihr angelegt hatte, hatte sie von hinten angesprungen und ihm mit dem Kugelschreiber ein Auge ausgestochen. Seitdem traute sich niemand mehr, ihr irgendetwas zu sagen. So lernte sie zu prügeln, zu lügen, zu stehlen, und wenn es irgendetwas gab, was sie auf diese Weise nicht bekommen konnte, dann setzte sie ihre Sexualität ein.

Die hatte sie auch eingesetzt, als der deutsche Lastwagenfahrer in Wolokolamsk gestrandet war. In sein Hotelzimmer durfte sie nicht; darüber wachte eine strenge Concierge. Aber es gab viele Möglichkeiten in und um Wolokolamsk, sich für sexuelle Abenteuer zu treffen. Der Deutsche hatte ihr versprochen, sie in seinem Lastwagen mitzunehmen, aber er war dann doch ohne sie losgefahren.

Sie hatte ihn schon fast vergessen, als er zum zweiten Mal nach Wolokolamsk kam. Eigentlich war er auf der Durchreise nach Moskau, aber da stand Alix Bolschakowa am Straßenrand. Ihre Bande hatte sich aufgelöst; die meisten Mitglieder saßen im Gefängnis. Die Rote Alix wollte als Anhalterin nach Moskau und dort ihr Glück versuchen. Der Deutsche hatte sie mitgenommen, erst nach Moskau, dann zurück nach Deutschland. Die Einzelheiten wusste Nowikow nicht.

Das passte alles. Fast alles. Bis auf die roten Haare; die hatte sie offensichtlich ganz sorgfältig blond gefärbt. Jedenfalls hatten sie das geglaubt. Vincent überlegte. So sorgfältig blond gefärbt, dass man gar keine Spuren von Rot mehr sehen konnte? Nicht einmal am Haaransatz? – Nein, das war falsch. Ein ganz dummer Fehler. Alix Bolschakowa hatte in Wahrheit blonde Haare. Das hatten sie doch auf dem Foto im Inlandspass gesehen. Sie hatte von Geburt an blonde Haare, und die hatte sie zeitweilig in Russland rot gefärbt.

Lügen konnte sie, das hatte sie unter anderem im Prozess bewiesen. Und ihre körperlichen Reize hatte sie auch eingesetzt, wenn auch sehr dezent. Sie hatte sich so zurechtgemacht, dass sie auf die Juristen wie ein armes, liebenswertes Mädchen gewirkt hatte, das auf den schlimmen Christian hereingefallen war, und das man vor der bösen Welt beschützen musste. Vincent fragte sich, ob das bei einer Richterin genauso geklappt hätte.

Christian Sommerfelds Geschichte kannten sie nicht. Vincent Weber zweifelte nicht daran, dass auch seine Jugend nicht problemfrei gewesen war, aber darüber stand nichts in den Unterlagen. Es stand überhaupt nicht viel in den Unterlagen. Der Mann war vorher nie straffällig geworden. Oder nie erwischt worden. Und er hatte sich der Justiz schließlich durch den Sprung in die Elbe entzogen. Er galt als tot. Da endeten die Ermittlungen.

* * *

Es war schon dunkel, als die Schlange in dem kleinen Wäldchen bei Geesthacht eintraf. Sie war spät dran. Sie hatte die Zeit verschlafen. Die vorherige Nacht war zu aufregend gewesen. Sie hatte lange wach gelegen, hatte das Radio laufen lassen und auf die ersten Nachrichten über den Mord gewartet. Die waren erst am Morgen gekommen, viel später, als sie gedacht hatte. Der Nachrichtensprecher sprach nur allgemein von einem Mord in der S-Bahn und erwähnte keine Einzelheiten. Ganz offensichtlich hielt sich die Polizei bedeckt – wahrscheinlich, weil es keine konkreten Spuren gab. Sie hatte gut gearbeitet. Und es war so einfach gewesen, ganz verblüffend einfach.

Es war nicht das erste Mal, dass sie einen Menschen getötet hatte, aber dies war das erste Mal, dass sie es mit einem Messer getan hatte. Sie hatte mit Widerstand gerechnet; für diesen Fall hatte sie das Pfefferspray griffbereit in der Manteltasche gehabt, aber es war nicht zum Einsatz gekommen. Der junge Mann hatte nach Alkohol gerochen; wahrscheinlich war er betrunken und deshalb nicht in der Lage gewesen, sich gegen ihren Angriff effektiv zu wehren.

Jetzt war sie auf dem Weg zu dem geheimen Ort, an dem sie von Zeit zu Zeit ihr Glück beschwor und ihre Siege feierte. Niemand wusste davon; selbst ihren Partner damals hatte sie nicht eingeweiht. Sie fuhr mit dem Wagen direkt bis an die Ruine heran. Jetzt im Dunkeln brauchte sie nicht zu befürchten, dass jemand sie hier überraschte. Sie parkte den Geländewagen dennoch etwas abseits, dann suchte sie sich im Schein der Taschenlampe ihren Weg. Den Zaun, der die Ruine sichern sollte, hatte sie längst an der schwächsten Stelle niedergetrampelt. Behände kletterte sie über die herumliegenden Betonbrocken, und dann war sie am Ziel.

Es war kühl hier draußen. Kein Wunder, sie hatten ja schließlich November, und im Laufe der Woche sollte es noch kälter werden. Kühl war dementsprechend auch der Sekt, den sie mitgebracht hatte. Sie öffnete die Flasche; der Korken schoss mit einem lauten »Plopp« irgendwo in die Dunkelheit, das Getränk quoll aus der Flasche und lief prickelnd über ihre Hände. Es machte ihr nichts aus. Sieg!, dachte sie. Alles war gut gegangen.

Sie wäre gern kaltblütiger gewesen, aber sie war so, wie sie war, daran ließ sich nichts ändern. Und es machte letzten Endes keinen Unterschied, ob ihr Herz bei der Tat schneller schlug oder nicht, solange sie nicht die Nerven verlor. Und das hatte sie nicht. Sie hatte lange genug auf ihre Chance gewartet, auf den einsamen Reisenden, der zu so später Stunde im ansonsten leeren Abteil der S-Bahn saß, sie hatte zugestochen und den Mann getötet. Es hatte ihr unendliche Befriedigung bereitet. Auf den Triumphschrei hatte sie verzichtet. Den hatte sie sich bis jetzt aufbewahrt. Sie trank den Sekt mit hastigen Schlucken, rülpste, und dann schrie sie, so laut sie konnte.

Sie war von der Gewalt ihres eigenen Schreies überrascht. Sie lauschte einen Augenblick erschrocken, wartete, ob es irgendeine Reaktion gab, aber es gab keine. Niemand hatte sie gehört. Sie war allein in dem weitläufigen Trümmergelände. Sie trank die Flasche leer, schmiss sie mit Wucht gegen die Wand, sodass sie zersplitterte. Dann leuchtete sie mit der Taschenlampe an die Decke dieses gesprengten Unterstandes. Da war es. Da war all das, was sie im Laufe der letzten Jahre in heiliger Wut niedergeschrieben hatte, oft in großer Hast und mit fliegenden Fingern. Und da waren all die Daten, die sie ebenfalls festgehalten hatte. All die Tage, an denen sie diesen Ort aufgesucht hatte. Am 29. Oktober war sie zuletzt hier gewesen, und davor am 22. Oktober. Sie nahm den breiten Filzstift und schrieb auf den Beton: *5. November 2016*. Sie überlegte einen Augenblick, dann versah sie dieses Datum mit einem Ausrufungszeichen, um deutlich zu machen, dass dies ein besonderer Tag gewesen war. Dann machte sie sich auf den Heimweg.

Wenn sie jetzt in eine Verkehrskontrolle geriete, würde die Polizei behaupten, dass sie betrunken sei. Aber sie war nicht betrunken. Es machte ihr keine Schwierigkeit, nach einer Flasche Sekt noch Auto zu fahren. Sie würde nicht auffallen. Und niemand würde sie anhalten. Niemand würde sie aufhalten. Absolut niemand!

Die fixe Idee

Sonntag, 6. November 2016

Bernd, was ist los mit dir?«, fragte Thomas Brüggmann. Sie hatten sich im Fahrstuhl getroffen.

Bernd Kastrup sah seinen Chef überrascht an. Es war ungewöhnlich, dass dieser sich nach seinem Befinden erkundigte. Es klang mitfühlend. Vielleicht war es sogar mitfühlend gemeint. »Nichts ist los.« Kastrup wollte kein Mitgefühl – weder von seinem Chef noch von sonst jemandem.

»Kommst du mit auf eine Tasse Kaffee? – Es gibt ein paar Dinge, über die wir reden sollten.«

Kastrup nickte.

Wenig später saßen sie sich in Brüggmanns Zimmer auf den Besucherstühlen gegenüber. Im Hintergrund röhrte die Kaffeemaschine.

»Die müsste mal entkalkt werden«, sagte Kastrup.

»Ja, vielleicht.« Brüggmann interessierte sich nicht für die Kaffeemaschine. »Bernd, ich habe den Eindruck, dass du im Augenblick nicht ganz bei der Sache bist. Wir haben einen aktuellen Mordfall, den du mit deiner Truppe bearbeitest, und der aus mehreren Gründen mit äußerster Dringlichkeit behandelt werden muss.«

»Jeder Mordfall ist dringlich!«

»Schön, dass du jedenfalls in diesem Punkte mit mir übereinstimmst! Aber dieser Mord ist noch etwas dringlicher als die meisten anderen. So wie es aussieht, ist das ein Mord ohne Motiv.«

»Es gibt keinen Mord ohne Motiv.«

»Ein unaufgeklärter Mord in der S-Bahn.«

»Die S-Bahn ist eines der sichersten Verkehrsmittel.«

»Ja, natürlich. Das brauchst du mir nicht zu erzählen. Aber auf der einen Seite steht die tatsächliche Sicherheit, Bernd, und auf der anderen Seite die gefühlte Sicherheit. Und die gefühlte Sicherheit, das ist es, worauf es ankommt. Hamburg ist in den Augen der meisten Einwohner eine sichere Stadt, und das soll auch so bleiben.«

»Hamburg ist eine sichere Stadt. Soweit ich weiß, haben wir im letzten Jahr nur 17 Morde gehabt.« Ein erheblicher Anteil davon war auf das Konto der sogenannten Hyäne von Hamburg gegangen, mit der sich Kastrup herumgeschlagen hatte.

»Das sind 17 Morde zu viel, Bernd. Gegenüber dem Vorjahr ist es leider eine deutliche Steigerung, während andererseits die Aufklärungsquote gesunken ist. Sie liegt jetzt unter 90 Prozent.«

»Ich habe meine Fälle aufgeklärt«, sagte Bernd ärgerlich. »Alle.«

»Umso unverständlicher finde ich es, dass du dich jetzt nicht voll darauf konzentrierst, diesen S-Bahn-Mord ebenfalls aufzuklären.«

»Was meinst du damit? Ich setze alle Kräfte ein, die ich habe. Mehr als wir tun, können wir nicht tun. Meine Leute haben nicht nur die Verwandten und Bekannten des Opfers befragt, sondern sie haben darüber hinaus sämtliche Videoaufzeichnungen von den Überwachungskameras ausgewertet. Wir wissen jetzt, dass auf jener Fahrt in dem entsprechenden S-Bahn-Wagen insgesamt 19 Personen gefahren sind. Sechs davon sind ausgestiegen, bevor der Mörder eingestiegen ist. Zwölf Personen sind in Neuwiedenthal ausgestiegen, wo der Mörder eingestiegen ist. Der Mord ist auf der Strecke zwischen Neuwiedenthal und Neugraben passiert. Täter und Opfer waren allein im Wagen. Es wird im Augenblick mit der Staatsanwaltschaft geklärt, ob wir die Bilder des Täters veröffentlichen dürfen oder nicht.«

»Aber es gibt keine heiße Spur?«

»Bisher nicht, nein. Aber wir bleiben natürlich am Ball.«

»Das klingt alles schön und gut, Bernd, aber du weißt genau, dass das nur die halbe Wahrheit ist. Vincent und du, ihr stochert sozusagen ›nebenbei‹ noch in den Unterlagen eines alten Falles herum. Eines Falles, den ihr im letzten Jahr abgeschlossen habt. Du triffst dich mit diesem Carl Dachsteiger, der nun wirklich nichts mit den aktuellen Ermittlungen zu tun hat.«

»Dachsteiger hat mich um das Gespräch gebeten.«

»Ich möchte dich bitten, das zu unterlassen. Solche Gespräche kannst du von mir aus führen, wenn gerade nichts Wichtiges anliegt. Aber du solltest immer daran denken: Wir arbeiten hier nicht als Archäologen, sondern wir befassen uns mit der Gegenwart.«

»Das ist ein Fehler.«

Brüggmann runzelte die Stirn.

»Wir bearbeiten unsere Fälle nicht zu Ende, Thomas. Unser einziges Ziel ist, genügend Beweise zu sammeln, dass der Staatsanwalt einen Haftbefehl unterschreibt, und dass ein Verfahren gegen den oder die Täter eröffnet werden kann. Es wäre sehr viel sinnvoller, wenn wir alles untersuchen würden, was mit dem jeweiligen Fall zusammenhängt. Einfach alles.«

»Ich weiß, dass du Katastrophenforscher bist. Aber das ist dein Hobby, Bernd, nicht dein Beruf. Bei uns kann es nicht darum gehen, die Ursachen einer Straftat bis ins letzte Detail aufzuklären. Wir sind einzig und allein dazu da, den Täter zu identifizieren, festzunehmen und der Justiz zu übergeben.«

»Ich weiß. Aber das ist ja der Fehler. Ein Beispiel: Als wir vor zehn Jahren den Überfall auf das Juweliergeschäft Tarp bearbeitet haben, da haben wir den Täter sehr schnell verhaften können. Jedenfalls haben wir geglaubt, dass das der Täter sei. Wir haben zu früh aufgehört zu ermitteln. Wir haben nicht begriffen, dass wesentlich mehr Personen an der Planung und Ausführung dieser Straftat beteiligt gewesen waren. Und das hat sich gerächt. Als der angebliche Täter vor drei Jahren aus dem Gefängnis entlassen worden ist, da hat er einen Rachefeldzug gestartet, den es nie gegeben hätte, wenn wir von Anfang an sorgfältiger gearbeitet hätten. Wenn wir von Anfang an alle Spuren verfolgt hätten. Wirklich alle. Auch die, von denen wir geglaubt haben, dass sie völlig irrelevant sind.«

Brüggmann schüttelte den Kopf.

»Und auch der Fall, den wir letztes Jahr bearbeitet haben, als es um die sogenannte ›Hyäne von Hamburg‹ ging, der ist nicht vollständig aufgeklärt worden. Ich bin sehr unzufrieden mit dem Ergebnis. Wir hätten weitermachen müssen. Wir hätten so lange weitermachen müssen, bis wir eindeutige Beweise gegen Julia Dachsteiger in der Hand gehabt hätten, und wir hätten weitermachen müssen, bis wir die Leiche ihres Komplizen gefunden hätten.«

»Du weißt genau, Bernd, dass der Zugriff in dem Moment erfolgen musste, wo er erfolgt ist. Wir hatten gar keine Wahl. Die beiden Täter – ich unterstelle jetzt einmal, dass wirklich beide gleichermaßen an den Taten beteiligt gewesen sind – die mussten verhaftet werden, und die Geisel musste befreit werden. Du hast alles richtig gemacht. Mehr konnte nicht getan werden. Der Fall ist abgeschlossen.«

»Nein, Thomas! Damals sah es wohl so aus, als hätten wir alles getan, aber es hat nicht ausgereicht. Der Fall ist nicht gelöst.«

»Der Fall ist abgeschlossen«, beharrte Brüggmann. »Und ich möchte dich bitten, nicht weiter in dieser alten Geschichte herumzurühren. Wir haben jetzt neue Aufgaben, die gelöst werden müssen. Und ich glaube, wir sind uns darin einig, dass wir alles daransetzen müssen, um die Aufklärungsquote bei Mord wieder über 90 Prozent zu heben.«

Der Kaffee war fertig. »Du trinkst ihn schwarz?«

»Wie immer.«

Thomas nahm sich einen Schuss Milch. Dazu passend benutzte er den dunkelbraunen Becher mit dem FC-St-

Pauli-Logo. Kastrup bekam für den schwarzen Kaffee den schwarzen Becher mit dem Totenkopf und den gekreuzten Knochen. Dabei war er gar kein St-Pauli-Fan. Er fragte sich, ob Thomas diese Becher wohl auch zum Einsatz brachte, wenn der Polizeipräsident vorbeischaute.

Thomas fragte: »Wann kommt übrigens Jennifer zurück?«

Kastrup hatte befürchtet, dass Thomas diesen Punkt ansprechen würde. »Jennifer Ladiges? Ich habe neulich noch mal mit dem Psychologen gesprochen. Er sagt, seiner Meinung nach sei die Entwicklung günstig. Aber so eine posttraumatische Belastungsstörung ist keine Kleinigkeit. Wir brauchen nur noch ein kleines bisschen Zeit …«

»Genau das hast du mir vor einem Monat auch schon erzählt!«

»Es gilt noch immer.«

»Wir können Jennifers Stelle nicht ewig freihalten.«

»Wir haben ja Ersatz«, behauptete Kastrup. Aber Oliver Rühl war natürlich kein vollwertiger Ersatz für Jennifer.

»Rühl muss wieder dahin zurück, wo er hergekommen ist.«

»Nein, nur noch ein paar Monate …«

Brüggmann schüttelte den Kopf. »Das geht nicht, Bernd. Das haben wir noch nie gemacht. Und das können wir auch nicht machen. Jennifer ist jetzt seit einem Jahr nicht mehr im Dienst, und nun muss endgültig entschieden werden, ob sie zu uns zurückkommt oder nicht.«

»Ich spreche mit ihr. Und ich spreche auch noch einmal mit dem Psychologen.«

»Ja, tu das. Ich werde auch mit dem Psychologen sprechen …«

»Noch zwei Monate. Bitte.« Kastrup wusste sehr gut, was der Psychologe sagen würde. Aber er konnte Jennifer nicht im Stich lassen. Niemals.

»Zwei Wochen. Aber das ist wirklich das Äußerste, was ich ihr zubilligen kann. Du weißt doch, wie es mit unserer Personalsituation aussieht. Und jetzt kommt obendrein noch die Geschichte mit dieser OSZE dazu …«

»Betrifft uns das auch?« Kastrup hatte geglaubt, dass die Mordkommission von dem Treffen der Außenminister der *Organisation für Sicherheit und Zusammenarbeit in Europa* am 8. und 9. Dezember in Hamburg nicht betroffen sei.

»Das betrifft uns alle. Umso wichtiger ist es, dass ihr jetzt mit voller Kraft Jagd auf den S-Bahn-Mörder macht.«

Kastrup nickte. Was sollte er sagen? Brüggmann wollte die alten Fälle wirklich ruhen lassen. Und er war der Chef; was er anordnete, das musste getan werden. Und wenn er gewusst hätte, dass Kastrup vorhin einen Anruf aus dem Gefängnis in Fuhlsbüttel erhalten hatte, dass Wolfgang Dreyer ihn dringend sprechen wollte, dann hätte er nur mit dem Kopf geschüttelt. Dreyer saß hinter Gittern, wahrscheinlich für immer, und das war auch gut so. Es gab keinen akuten Grund, sich weiter mit ihm zu beschäftigen. Der Herr Dreyer würde sich etwas gedulden müssen.

* * *

Kastrup war wütend. »Thomas Brüggmann macht Druck wegen Jennifer. Er sagt: Wenn sie jetzt nicht zurückkommt, dann fliegt sie raus. – Wir brauchen Jennifer. Aber Jennifer ist noch nicht einsatzbereit. Kann Thomas das nicht begreifen? Kann er nicht einfach abwarten, bis sie wieder gesund ist und von sich aus zurückkommt?«

Vincent sagte: »Wir müssen noch einmal mit ihr sprechen.«

»Glaubst du, das habe ich noch nicht gemacht? Jede Woche rufe ich bei ihr an und frage sie, wie es ihr geht, aber die Antwort ist immer dieselbe.«

»Du kannst sagen, was du willst, aber Thomas hat recht: Jennifer muss sich jetzt entscheiden. – Sicher, das war ein ganz entsetzliches Erlebnis für sie: Erst der Tod ihres Kollegen und dann die Geiselnahme. Aber ich denke, das Vernünftigste ist, wenn sie jetzt zu uns zurückkommt. Es hat keinen Sinn, dass sie sich dauerhaft in ihr Schneckenhaus zurückzieht.«

»Ja, ja, das ist alles schön und gut«, knurrte Kastrup. »Aber wenn sie mehr Zeit braucht, dann braucht sie einfach mehr Zeit! Warum will das denn keiner begreifen?« Er stürmte aus dem Zimmer. Die Tür flog mit einem Knall zu.

Vincent schüttelte den Kopf.

»Schlechte Laune!«, sagte Alexander. »Aber das bringt gar nichts. Wir müssen es selber versuchen. Ich ruf jetzt bei Jennifer an.«

Vincent nickte. Er hätte auch bei Jennifer angerufen, aber Alexander war ihm zuvorgekommen.

Jennifer war sofort am Apparat.

»Wann kommst du zurück?«, fragte Alexander.

Das war zu plump. Jennifer gab keine Antwort. Wahrscheinlich war es ihr nicht recht, dass ihr Kollege sie einfach zu Hause anrief.

»Jennifer, wir brauchen dich!«

Keine Antwort.

»Jennifer?«

»Das ist lieb, dass du anrufst, Alexander. Aber ich weiß nicht, wann ich zurückkomme. Jetzt jedenfalls noch nicht. Ich fühle mich dem Ganzen einfach noch nicht gewachsen, verstehst du?«

»Ja, das verstehe ich«, behauptete Alexander. »Aber andererseits ist es natürlich so, dass du uns fehlst. Nicht nur als Mitarbeiterin, sondern als Mensch.«

An dieser Stelle hätte Jennifer ruhig lachen können über Alexanders plumpe Anmache, aber Jennifer lachte nicht.

»Und deshalb wollte ich dich fragen«, fuhr Alexander unbeirrt fort, »ob du vielleicht Lust hättest, morgen mit mir zusammen nach Travemünde zu fahren.«

»Nach Travemünde? Soll das ein Scherz sein?«

»Nein, kein Scherz.«

»Und was sagt Heike dazu?«

»Gar nichts, glaube ich. Sie weiß nichts davon. Wir haben uns vor drei Wochen getrennt.«

»Wie schade!«

»Ja. – Nein. Ich meine, vielleicht ist es schade, aber vielleicht auch nicht. Es war sehr lustig mit ihr, aber wahrscheinlich hätten wir auf die Dauer doch nicht gut zusammengepasst.«

»Und deshalb bist du auf den Gedanken gekommen, mit mir zusammen nach Travemünde zu fahren?«

»Nein. – Nein, das hat damit nichts zu tun. Es ist ein Ausflug, den Bernd angeregt hat …«, log Alexander.

»Also etwas Dienstliches.«

»Nein, so kann man das nicht sagen. Nichts Dienstliches. Jedenfalls nicht wirklich. Wenn es dienstlich wäre, dann wären ja die Kollegen in Schleswig-Holstein zuständig.«

»Du machst mich neugierig.« Es klang nicht übermäßig interessiert.

»Also kommst du mit?«, drängte Alexander.

Jennifer zögerte. Schließlich sagte sie: »Ja, okay, ich komme mit.«

* * *

Hauptkommissar Kastrup hatte sich extra früh auf den Weg gemacht, aber als er das Lokal betrat, sah er, dass sein Gesprächspartner schon da war.

Der Mann, den alle nur den Albaner nannten, erhob sich, um ihn zu begrüßen. »Herr Kommissar, das ist nett, dass Sie gekommen sind.«

Kastrup nickte. Er hatte lange überlegt, ob er der Einladung Folge leisten sollte. Thomas Brüggmann hatte ihn mehr als einmal gewarnt. Es war nicht gut, sich mit diesem Mann zusammen sehen zu lassen. Er war ein Geschäftsmann, so viel stand fest, aber es hieß, dass zumindest ein Teil dieser Geschäfte in höchstem Maße illegal war. Kastrup hatte die Einladung angenommen, um den Mann auszuhorchen – wenn er sich denn aushorchen ließ.

Der Albaner drückte ihm die Hand. »Ich möchte mich noch einmal in aller Form bei Ihnen bedanken«, sagte er. »Sie haben mir vor einem Jahr das Leben gerettet. Und ich hoffe, dass Sie es mir erlauben, dass ich Sie diesmal zum Essen einlade.«

Kastrup schüttelte den Kopf. »Das ist nett von Ihnen«, sagte er, »aber das möchte ich nicht. Das könnte missverstanden werden.«

»Schade.« Der Albaner lächelte.

Ein junges Mädchen brachte die Speisekarten. »Darf es schon etwas zu trinken sein?«

Der Albaner bestellte Rotwein.

Kastrup sagte: »Für mich bitte ein alkoholfreies Bier!«

Das Lächeln des Albaners wurde breiter. »Das ist der Vorteil, wenn man als Geschäftsmann völlig unabhängig ist«, sagte er. »Ich kann jederzeit essen und trinken, was ich will.«

Draußen auf der Elbe fuhr ein kleines Schiff vorbei. Im grauen Dunst sah es so aus, als wäre auch das Schiff grau.

»Es ist natürlich nicht genau vor einem Jahr gewesen, dass ich Sie aus dieser misslichen Lage befreit habe«, sagte Kastrup.

»Nein, das war etwas später, Ende November, am 23. oder 24., nicht wahr? – Aber ich habe gedacht, so genau kommt es nicht darauf an. Ich habe einfach geguckt, wo in meinem Terminkalender noch etwas frei war, und dann habe ich mich für den heutigen Tag entschieden. Das passt Ihnen doch, oder?«

Kastrup nickte. Es passte heute so gut oder schlecht wie an jedem anderen Tag. Ja, sie steckten mitten in einer Mordermittlung, aber auch die Mordermittler mussten irgendwann irgendetwas essen, und nirgendwo stand geschrieben, dass das in der Polizeikantine sein musste.

Sie bestellten ihr Essen. Die Gerichte hatten alle hochtrabende Namen. Kastrup ließ sich auf keine Experimente ein. Der Albaner entschied sich für Geschnetzeltes von Bosseer Wildtieren – je nach Jagderfolg – in Pilzrahmsauce mit hausgemachten Linguine. Kastrup hatte keine Ahnung, was Linguine sein mochten. Das klang verdächtig nach Pinguinen. Er blieb auf der sicheren Seite und entschied sich für ein Gericht, in dem das Wort Kalb vorkam. Das war auch das billigste.

Während sie auf das Essen warteten, erzählte der Albaner allerlei Wissenswertes über den Containerverkehr. Er erwähnte die gestiegenen Frachtraten, die sich infolge der Pleite der koreanischen Hanjin-Reederei ergeben hätten. »Das sind zwar nur 80 Schiffe gewesen, die sie im Einsatz hatten, aber dennoch macht sich so etwas ganz empfindlich bemerkbar.«

Kastrup hatte keine Ahnung, wie stark sich so etwas bemerkbar machte, aber er stimmte zu.

Das Essen kam. Die Linguine erwiesen sich als Nudeln.

»Guten Appetit!«, sagte der Albaner.

Schließlich, als sie aßen, stellte Kastrup die Frage, die ihm am Herzen lag: »In dem Prozess gegen diese Julia Dachsteiger haben Sie sich ja ziemlich zurückgehalten.«

Der Albaner nickte.

»Immerhin haben Sommerfeld und die Dachsteiger Ihren Leibwächter erschossen, Sie selbst als Geisel genommen und schließlich versucht, Sie zu ertränken.«

Der Albaner lächelte. »Ich bin nicht rachsüchtig«, behauptete er.

»Das finde ich erstaunlich. Immerhin sind Sie doch übel misshandelt worden.«

»Herr Kommissar, Ich bin, wie Sie das so nett ausdrücken, ›misshandelt‹ worden. Ja, das ist richtig. Juristen würden es wahrscheinlich so nennen. Aber ich habe im Laufe meines Berufslebens schon einige Fälle von Misshandlung gesehen, von wirklicher Misshandlung, und im Vergleich dazu war dies einfach lächerlich. Ein paar Fußtritte – was bedeutet das schon?«

Kastrup runzelte die Stirn. Er fragte sich, ob der Mann die Misshandlungen, auf die er anspielte, nicht vielleicht selbst in Auftrag gegeben hatte.

»Jedenfalls, diese junge Frau, diese Julia Dachsteiger – in meinen Augen war sie ein kleiner Fisch«, sagte der Albaner.

»Aber immerhin hat sie zahlreiche Menschen umgebracht.«

»Hat sie? Hat sie wirklich?« Der Albaner trank einen Schluck von seinem Wein. »Soweit ich weiß, lässt sich nicht nachweisen, dass sie auch nur an einem einzigen Mord aktiv beteiligt gewesen ist. Sie hat getan, was dieser unsägliche Lastwagenfahrer von ihr verlangt hat. Sie hat ihn bewundert. Er war ihr Held. Sie war ihm hörig. Sie hat nicht gemerkt oder zumindest nicht wahrhaben wollen, dass er sie loswerden wollte. Er hat auf sie geschossen, wenn ich mich recht entsinne. Und er hat sie am Ende bei seiner Flucht zurückgelassen. Der Richter hat gesagt, sie sei mehr Opfer als Täterin gewesen.«

Kastrup widersprach: »Haben Sie nicht damals selbst gesagt: ›Sie ist gefährlich. Sie ist ein kleines bisschen wahnsinnig‹?«

»Daran kann ich mich nicht erinnern. Jedenfalls – der Richter hat entschieden, und ich bin durchaus bereit, mich mit dieser Entscheidung zufriedenzugeben.«

»Die Entscheidung hätte anders ausfallen können, wenn Sie etwas aktiver gewesen wären.«

»Möglich. Aber daran liegt mir nichts. Ich bin Geschäftsmann, Herr Kommissar. Und es ist meinen Geschäften nicht dienlich, plötzlich als Hauptbelastungszeuge in einem spektakulären Mordprozess ins Rampenlicht zu treten.«

Kastrup schüttelte den Kopf.

»Enttäuscht?«, fragte der Albaner.

Ja, Kastrup war enttäuscht, aber das wollte er nicht zugeben.

»Über eine Schlange von Hamburg weiß ich übrigens nichts«, sagte der Albaner.

Kastrup nickte.

Der Albaner entschied sich für einen Nachtisch. Entgegen seinen sonstigen Gewohnheiten tat Kastrup dasselbe. Er bestellte den geeisten Cappuccino mit kleiner Operaschnitte – Schichten von Kaffeebuttercrème, Waldbeerenmousse und Schokolade. Was Cappuccino war, wusste er jedenfalls. Und Schokolade kannte er auch.

Als Kastrup aufblickte, wurde ihm bewusst, dass der Albaner ihn schon eine ganze Weile still angesehen hatte. »Sie sehen aus, als ob Sie noch etwas sagen möchten.«

»Ich denke, Sie haben die Frage noch nicht gestellt, die Sie mir eigentlich stellen wollten. Die Frage, ob die Julia Dachsteiger wieder aktiv geworden ist.«

»Und? Ist sie wieder aktiv geworden? Sie oder ihr Partner?«

Der Albaner schüttelte den Kopf. »Nein, ich habe nichts mehr von den beiden gehört. Die Dachsteiger ist nicht mehr aktiv, und der Sommerfeld ist tot. – Jedenfalls behaupten das die Leute, die es eigentlich wissen müssten.«

* * *

»Ich bin jetzt durch mit den Videoaufzeichnungen«, sagte Alexander. »Und, um ehrlich zu sein, ich habe jetzt die Schnauze voll von Filmen, auf denen immer nur Leute von links nach rechts gehen und sonst nichts passiert.«

»Ich glaube, es gibt einen neuen Vampirfilm im Kino«, sagte Kastrup. »Den kannst du dir ja heute Abend angucken.«

»Falls du *Underworld 5* meinst, der kommt erst am 1. Dezember.«

»Na schön, aber du wirst auch so sicher etwas Geeignetes finden. – Was mich jetzt im Augenblick viel mehr interessiert, das ist, was du auf den Filmen der Überwachungskameras entdeckt hast.«

»Das kann ich dir sagen. Aus dem S-Bahn-Wagen, in dem der Student ermordet worden ist, sind in Neuwiedenthal zwölf Personen ausgestiegen. Zehn davon waren in Hamburg Hauptbahnhof zugestiegen, eine in Harburg. Eine andere Person ist in Neuwiedenthal eingestiegen und in Neugraben wieder ausgestiegen. Sie ist also nur eine einzige Station gefahren. Diese Person war der Mörder.«

»Ist das alles?«

»Nein, natürlich nicht. Acht Leute haben wir inzwischen identifiziert. Acht von denen, die am Hauptbahnhof eingestiegen sind. Die sind alle im Theater gewesen.«

»Wie hast du sie gefunden?«

»Es gibt noch mehr Überwachungskameras in Neuwiedenthal. Ich habe einfach ein bisschen herumgefragt. Und eine dieser Kameras steht genau so, dass sie erfasst hat, wie einer dieser Leute in einem Mehrfamilienhaus verschwunden ist. Der Rest war ganz einfach. Ein paar Anrufe, und schon hatte ich die Namen der ganzen Gruppe.«

»Glückwunsch«, sagte Vincent.

»Ja, danke. Aber diese Namen nützen uns nichts. Keiner dieser Leute hat irgendetwas mit dem Mord zu tun, und keiner von ihnen hat irgendetwas gesehen. Die haben sich nur mit sich selbst beschäftigt. Über das Theaterstück diskutiert und versucht, die Dinge zu klären, die sie nicht verstanden haben.«

»Wir müssen weitermachen. Wir müssen versuchen, die übrigen Fahrgäste auch noch zu identifizieren. Alexander, mach du das bitte zusammen mit Oliver. Ihr fahrt heute Abend mit demselben Zug wie der Student gestern.«

»Und was wird aus dem Kinobesuch, den du mir gerade versprochen hast?«

»Vorher. Den Film guckst du vorher. Bis 0:28 Uhr ist ja reichlich Zeit. – Ach ja, und nimm bitte Oliver mit ins Kino. Nicht dass der uns am Ende wieder in seinen Kleingarten verschwindet.«

Alexander grinste. Kommissar Oliver Rühl, den sie vorübergehend als Ersatz für Jennifer Ladiges bekommen hatten, wurde allgemein nur »der Schrebergärtner« genannt.

* * *

»Hast du Zeit auf ein Bier?«, fragte Vincent.

»Ja, natürlich.« Eigentlich hatte Kastrup nach Hause gewollt, aber wenn sein Freund und Kollege ihn sprechen wollte, dann hatte das Vorrang. »Wohin gehen wir?«

»Warum nicht in mein Zimmer? Ich habe noch Bier im Kühlschrank.«

»Ja, das ist gut.« Es war nicht allzu gut, denn natürlich sollten sie hier in den Diensträumen kein Bier trinken, und außerdem bestand immer die Gefahr, dass sie von irgendjemandem gestört wurden, aber so ging es auf jeden Fall am schnellsten.

Sie gingen rüber in Vincents Zimmer, und Vincent schloss die Tür.

»Na, wo drückt denn der Schuh?«, fragte Kastrup.

»Eigentlich überall.«

Kastrup wartete ab, bis Vincent das Bier geholt, die Flaschen geöffnet und ausgeschenkt hatte. Er nahm einen vorsichtigen Schluck. Das Bier war zu kalt.

»Deine Familie?«, fragte Kastrup. Er wusste, dass die Webers vor knapp einem Jahr die Verwandten von Vincents Frau aus Syrien bei sich aufgenommen hatten. Zehn Personen. Schon allein deshalb musste es Schwierigkeiten geben.

Vincent seufzte. »Es ist schwer«, sagte er. »Natürlich ist alles viel zu eng bei uns, und die Leute dürfen nicht arbeiten. Das Einzige, was sie tun können, das ist Deutsch lernen, und auch das ist schwierig genug. Am leichtesten schaffen das die kleinen Kinder, bis auf die Zwillinge natürlich, die sind einfach noch zu klein. Aber die Frau von Lanas jüngerem Bruder, die spricht auch schon ganz ordentlich Deutsch, obwohl sie selten genug die Kurse besuchen kann; sie muss sich ja um die Zwillinge kümmern.«

»Kann das keiner von den anderen übernehmen?«, fragte Kastrup.

»Die Zwillinge werden gestillt«, sagte Vincent.

»Ach.« An diese Möglichkeit hatte Kastrup nicht gedacht.

»Die älteren Herrschaften tun sich schwer mit dem Sprachunterricht. Das ist doch genauso, als wenn du jetzt plötzlich Arabisch lernen solltest. Das geht nicht so einfach. Wir sind zu alt dazu, und sie sind es auch. Und was das alles noch erschwert, das ist natürlich, dass Lanas Verwandte alle Moslems sind. Die haben ganz andere Lebensgewohnheiten als wir.«

»Aber du bist doch auch zum Islam übergetreten, soweit ich weiß!«

»Auf dem Papier, ja. Aber diese Menschen sind wirklich gläubige Moslems. Sie kritisieren mich nicht offen, das nicht, aber sie ziehen schon die Augenbrauen hoch, wenn ich etwa nicht zur vorgeschriebenen Zeit bete. Und das Bier – wenn ich mal ein Bier trinken will, dann tue ich es am besten hier im Präsidium.«

»Da hast du dir ganz schön was aufgebürdet«, sagte Kastrup.

Vincent nickte. »Wir haben ja am Anfang gedacht, dass das nur für wenige Wochen sei, bis das Asylverfahren durch wäre, und dann würden sie sich eine Arbeit suchen und eine eigene Wohnung, aber da waren wir einfach zu optimistisch. Jetzt sind sie schon elf Monate bei uns, und es ist noch immer kein Ende in Sicht.«

Bernd Kastrup konnte sich schwer vorstellen, wie es war, mit so vielen Menschen auf so engem Raum zusammenzuleben. Er selbst hatte reichlich Platz auf seinem Speicherboden, und er brauchte diesen Platz. Er brauchte seine Freiheit.

»Das alles, was ich dir jetzt eben erzählt habe, das ist sozusagen nur der Hintergrund für das, was mich wirklich bedrückt. Du weißt ja, dass wir im letzten Jahr Sylvia Schröder für ein paar Wochen bei uns aufgenommen hatten.«

»Sylvia Schröder, ja.« Kastrup spürte einen Anflug von schlechtem Gewissen.

»Ich hatte mich darum gekümmert, dass sie weiter zur Schule gehen durfte, und ich hatte auch dafür gesorgt, dass sie einen Therapieplatz bekommen hat, was übrigens gar nicht so einfach war. Und Lukas hat sich auch um sie gekümmert.«

»Wie alt ist dein Sohn jetzt?«

»Lukas ist 19. Und Sylvia ist jetzt 16. Die beiden verstehen sich ganz gut, glaube ich. Aber dadurch, dass Lanas Verwandtschaft bei uns eingezogen ist, hatten wir natürlich keinen Platz mehr für Sylvia.«

»Ihr habt sie also zu ihrer Mutter zurückgeschickt.«

»Ja, das haben wir. Es ging ja nicht anders. Und das ist auch alles ganz friedlich und freundschaftlich abgelaufen. Ich habe Gesine Schröder zum Kaffee eingeladen – nicht zu uns nach Hause, da war ja kein Platz, sondern in ein nettes Lokal – und Sylvia und Lukas waren natürlich auch dabei, und dann haben wir uns darauf geeinigt, dass Sylvia zunächst einmal nach Hause zurückgeht.«

»Was ja auch nur vernünftig ist«, sagte Kastrup.

»Sagen wir so: Es hat Vorteile. Jedenfalls ist sie da dichter bei ihrer Schule, und außerdem wohnt da sozusagen nebenan ihre Freundin Leonie. Das ist alles ganz gut, oder es klingt zumindest ganz gut, aber jetzt habe ich einen Anruf aus Eppendorf gekriegt, dass Sylvia zu ihrem letzten Therapietermin nicht erschienen ist.«

»Hast du das mit ihrer Mutter diskutiert?«

»Ich habe Gesine angerufen. Aber natürlich weiß sie von nichts – du kennst sie ja.«

Ja, Kastrup kannte Gesine Schröder. Gesche hatte er sie genannt. Seine Gesche.

»Und ich habe mit Lukas gesprochen. Der hat noch immer Kontakt zu Sylvia, wenn auch nicht mehr ganz so eng wie damals, als sie bei uns gewohnt hat. Die Schule frisst natürlich viel Zeit, so kurz vor dem Abi, und Wilhelmsburg ist von uns aus weit weg. Ich habe

Lukas gebeten, sich ein bisschen um Sylvia zu kümmern. Und er hat gesagt, dass er das macht.«

»Aber?«, sagte Kastrup.

»Ich habe Angst, Bernd! Ich habe gestern noch einmal die alten Unterlagen über Julia Dachsteiger durchgelesen. Dabei ist mir aufgefallen: Julia Dachsteiger alias Alix Bolschakowa ist als Kind schwer misshandelt worden. Sie ist sozusagen die erwachsene Version von Sylvia. So wird Sylvia, falls die Psychotherapie fehlschlägt. Und Lukas – Lukas will helfen, aber das ist eine ungeheuer schwere Aufgabe für ihn.«

»Und was sagt deine Frau dazu?«

»Lana hat mich gewarnt. Sie sagt: Das ist zu viel für den Jungen. Er ist doch selbst noch ein Kind – trotz seiner 19 Jahre. Sie befürchtet, alles wird in einer Katastrophe enden.«

* * *

Elf Monate lang war alles gut gegangen, aber jetzt hatte Sylvia die Schnauze voll. Sie war gleich nach dem Krach zu ihrer Freundin Leonie gegangen. Leonie war der einzige Mensch, der ihr jetzt helfen konnte. »Dieser Kerl ist unerträglich«, sagte sie.

»Der neue Freund deiner Mutter?« Leonie hatte schon einiges über diesen Sven gehört.

»Er führt sich auf, als ob ihm das alles gehört. Dabei ist das unsere Wohnung, Mamas und meine Wohnung. Ich habe ihm schon mehr als einmal die Meinung gesagt, aber er – er hat mich nur ausgelacht. Und Mama lässt sich alles gefallen.«

»Wenn es nach mir ginge, könntest du hier wohnen …«, sagte Leonie zögernd.

Sylvia schüttelte den Kopf. Sie war sich sicher, dass Leonies Mutter das niemals erlauben würde. »Ich will ganz weg, verstehst du?«

»Du willst tatsächlich von zu Hause abhauen? Und wo willst du wohnen?«

»Irgendwo.«

»Irgendwo?«

»Vielleicht können wir zusammen etwas finden?«

Leonie schaltete ihren Laptop ein. Sie tippte ein paar Begriffe in die Suchmaschine ein. Sie sagte: »Also, wenn ich mich verstecken wollte, dann würde ich mir so etwas suchen.« Sie wies auf den Bildschirm. »Lost Places.«

»Verlorene Orte?«

»Das sind Orte, die ihre ursprüngliche Bedeutung verloren haben. Orte, die es offiziell nicht mehr gibt, die keiner kennt. Zum Beispiel Gebäude, die eigentlich abgerissen werden müssten, aber deren Abbruch zu teuer ist, und die deshalb nur langsam vor sich hin verrotten. Es gibt viele solche Orte. Leider gibt es keinen wirklichen Überblick. Nicht einmal im Internet. Du bist ein bisschen auf dein Glück angewiesen.«

Leonie gab *Hamburg* und *Lost Places* in die Suchmaschine ein und entschied sich dann für *Bilder.*

Sylvia starrte auf den Bildschirm. »Wow!«, entfuhr es ihr.

»Ja, das ist nicht schlecht. Das Dumme ist nur, dass nicht alle dieser verlorenen Orte in Hamburg liegen, manche existieren auch gar nicht mehr, und zu manchen Bildern fehlt die Ortsangabe.«

Sylvia tippte auf eines der Bilder. »Das ist doch der Lokschuppen in Wilhelmsburg! Da bin ich früher oft gewesen.«

»Ich weiß. – Steht der noch?«

»Ich glaube. Aber da will ich jetzt nicht hin.« Sylvia erzählte Leonie, was das letzte Mal passiert war, als sie dort herumgelaufen war. »Ich bin beschossen worden.«

»Oh.«

»Es ist nichts passiert. Aber seitdem bin ich nicht mehr da gewesen. – Das wäre solch ein ›verlorener Ort‹, oder?«

Leonie nickte. »Ja, das wäre solch ein ›verlorener Ort‹. Und du suchst jetzt etwas, das ähnlich spektakulär ist?«

»Das wäre nicht schlecht.«

»Hm. – Ziemlich gut ist der Tunnel der Schellfischbahn in Altona. Ein stillgelegter Eisenbahntunnel. Der ist auf der einen Seite durch ein massives Tor gesichert, aber von der anderen Seite, vom Bahnhof Altona her, da kann man rein. Da bin ich einmal gewesen, am *Tag des offenen Denkmals*. Der einzige Nachteil ist, dass man an den Überwachungskameras vorbei muss ...«

»Ich hasse Überwachungskameras«, sagte Sylvia. »Ich hasse überhaupt jede Art von Überwachung.«

»Dann ist das nicht der richtige Ort für dich.«

»Nein, bestimmt nicht.« Sylvia tippte auf ein anderes Bild. »Und was ist das da?«

»Das geflutete Kaufhaus? – Guck mal, da schwimmen Fische direkt an der Rolltreppe! Das ist ein wunderbarer verlorener Ort, aber der kommt leider überhaupt nicht infrage. Das Gebäude steht in Bangkok.«

»Oh.«

Leonie klickte noch auf verschiedene Webseiten, aber das, was sie Sylvia eigentlich zeigen wollte, war nicht dabei. »Warte«, sagte sie, »wir machen das anders.« Leonie wechselte zu Google Earth und zoomte dann auf Harburg. »Kennst du das?«

Sylvia nickte. Ihr Vater hatte ihr das mal gezeigt. »Das ist so ein alter, militärischer Übungsplatz, oder? In Harburg war früher eine Pionierkaserne. Mein Opa ist da als Soldat gewesen. Und hier in diesem Gelände haben sie geübt. In Bostelbek ist das.«

Leonie kannte das nur aus dem Internet.

»Ich bin da gewesen, viele Male«, sagte Sylvia. »Da gab es früher ganz unglaubliche Dinge. Eine komplette, gesprengte Brücke lag da, mitten im Wald. Aber das ist alles längst weg.«

»Dann ist da also nichts mehr zu holen?«

Sylvia lachte. »Wenn der Staat irgendetwas wegräumt, dann kannst du dir ziemlich sicher sein, dass er etwas vergisst. Hier zum Beispiel. Siehst du das hier?« Der Punkt, auf den Sylvia deutete, lag mitten im Wald, und es gab nichts zu sehen außer Bäumen. Dennoch hatte jemand an dieser Stelle zwei Fotos hochgeladen.

»Da gibt es noch alte Bunker – hier!« Als Sylvia auf eines der Bilder klickte, erschienen die Reste eines beschädigten Bunkers, dessen Inneres offenbar noch zugänglich war.

»Das ist tatsächlich noch alles da?«, wunderte sich Leonie.

»Das weiß ich nicht. Ich bin über ein Jahr nicht mehr da gewesen.« Sylvia klickte auf das Foto, und nun wurden die Detailangaben sichtbar. »Das Foto ist alt. Im

September 2009 hat er das hochgeladen, dieser Woki43. Vor sieben Jahren. Vielleicht ist das inzwischen weg.«

Leonie nickte.

»Aber da gibt es noch was anderes, gar nicht weit weg. Guck mal, wenn du hier diese Straße runtergehst und dann unter der Autobahn durch, dann kommst du in ein ehemaliges Munitionsdepot. Einige der Bunker sind zerstört, andere werden heute noch genutzt. Oder wurden jedenfalls genutzt, als ich zum letzten Mal da gewesen bin ...«

»Ich sehe nichts als Wald«, sagte Leonie zweifelnd. Es gab auch keine Fotos. »Wann bist du denn zum letzten Mal da gewesen?«

»Das ist schon ein paar Jahre her.« Auch Sylvia kamen Bedenken.

»Wenn du da nichts findest, kannst du es immer noch in Geesthacht versuchen. Da gibt es eine ganze Menge alter Bunker.« Leonie zeigte ihr die Bilder in Google Earth.

»Die sind ja alle kaputt!«

»Aber nicht so kaputt, dass man da nicht noch irgendwo unterkriechen könnte. Hier, auf diesem Foto zum Beispiel ...«

»Geesthacht ist zu weit weg. Erst probiere ich Bostelbek«, entschied Sylvia.

»Hast du wenigstens eine Taschenlampe?«, fragte ihre Freundin.

Sylvia schüttelte den Kopf.

»Nimm meine«, sagte Leonie.

»Danke. – Und deinen Schlafsack – könntest du mir auch deinen Schlafsack leihen?«

* * *

Hauptkommissar Bernd Kastrup wohnte seit seiner Scheidung von Gabriele vor einigen Jahren illegal auf dem obersten Boden eines Lagerhauses in der Hamburger Speicherstadt. Der Teppichhändler, der im Erdgeschoss seinen Laden hatte, hatte ihm diesen Tipp gegeben. Das Haus gehörte der Lagerhausgesellschaft, aber die oberen Stockwerke standen leer. Kastrup war hier eingezogen, und er hatte seine Ausstellung mitgebracht: die großen Katastrophen der Weltgeschichte. Katastrophen und deren Vermeidung waren das Thema, mit dem Kastrup sich in seiner Freizeit beschäftigte. Die Ausstellung war unfertig; auf viele offene Fragen hatte Bernd Kastrup bisher keine Antwort gefunden.

Er teilte die Wohnung mit einem hergelaufenen, alten Kater, den er Doktor Watson nannte. Als der Kommissar heute nach Hause kam, stand die Tür zu seiner Wohnung weit offen, und Watson war nirgendwo zu sehen. Das Licht brannte – also war der unbekannte Eindringling wahrscheinlich kein Einbrecher. Oder?

»Ist da jemand?«

Ja, da war jemand. »Entschuldigen Sie bitte, dass ich hier einfach so eingedrungen bin«, sagte der Fremde. »Ich hätte mich ja telefonisch angemeldet, aber ich bin einfach nicht durchgekommen.«

Der Mann sah irgendwie seriös aus – jedenfalls nicht wie ein Einbrecher.

»Da habe ich gedacht, es kann nicht schaden, wenn ich einmal persönlich bei Ihnen vorbeikomme und Ihnen mein Beileid ausspreche.«

»Danke«, sagte Kastrup ungnädig.

»Mein Name ist Rogatzki. Rudolf Rogatzki. Ich bin Pastor. Zu welcher Kirchengemeinde die Speicherstadt gehört, ist nie festgelegt worden. Dies ist sozusagen ein kirchliches Niemandsland. Hier wohnen ja normalerweise keine Menschen. Und da die benachbarte Hafencity zur Hauptkirche St. Katharinen bzw. zum Kleinen Michel gehört, bin ich gewissermaßen für Sie zuständig. – Sie sind doch evangelisch, oder?«

Kastrup nickte. Er hatte schon längst aus der Kirche austreten wollen. Vielleicht war's doch gut, dass er das nicht gemacht hatte. Die Kirche würde jedenfalls dafür sorgen, dass Gabriele eine vernünftige Beerdigung bekam. Oder doch nicht? Wie war das eigentlich mit Selbstmördern? »Ich nehme an, Sie wissen, auf welche Weise meine Frau ums Leben gekommen ist?«

Der Pastor nickte. »Tragisch«, sagte er. »Die Wege des Herrn sind unergründlich. Und – falls Sie in dieser Hinsicht irgendwelche Zweifel haben sollten – ein Freitod bedeutet nicht, dass man kein kirchliches Begräbnis bekommt. Unsere Aufgabe besteht darin zu helfen und zu trösten, nicht etwa zu bestrafen.«

»Das haben Sie sehr schön gesagt«, musste Kastrup zugeben. »Aber ich will Ihnen nichts vormachen. Ich glaube nicht an Gott.«

»Das ist eine Entscheidung, die jeder für sich selbst treffen muss.«

»Ich habe sie getroffen. Ich bin Polizist, Herr Pastor, und für mich sind Väter grundsätzlich verdächtig, wenn sie – aus welchen Gründen auch immer – ihre Kinder kreuzigen lassen und behaupten, das müsse so sein.«

Rogatzki lächelte etwas gezwungen. »Das ist eine Interpretation, über die wir uns einmal in Ruhe unterhalten sollten«, sagte er.

»Warum nicht gleich jetzt?«, fragte Kastrup. Und als der Gottesmann nicht sofort antwortete, fügte er hinzu: »Meine Vorstellung vom Christentum lässt sich mit wenigen Sätzen zusammenfassen. Ich will Ihnen sagen, wie das ist. In der Bibel steht: Gott schuf den Menschen sich zum Bilde. Aber das ist falsch. In Wirklichkeit schufen die Menschen sich Gott nach ihrem Bilde. Und wie dieser Gott ausgefallen ist, das kann man in der Bibel nachlesen. Ein brutaler, gnadenloser Tyrann, der sich daran ergötzt, die Menschen zu quälen, und wenn er ein Kind haben will, dann greift er sich die erste beste Jungfrau und schwängert sie. Hat er sie vorher gefragt? Nein, natürlich nicht. Aber so sind sie, die Menschen, wenn man ihnen freie Hand lässt. Und wenn man ihnen freie Hand lässt dabei, sich einen Gott zu schaffen, dann fällt der genauso aus.«

»Sie sind ein ungewöhnlicher Mensch, Herr Kastrup.«

»Bin ich das?«

»Ja, das sind Sie. Während ich auf Sie gewartet habe, habe ich mir die Freiheit genommen, mir Ihre Ausstellung anzusehen. Und so, wie Ihrer Ansicht nach Gott ein Spiegelbild der Menschen ist, so ist diese Ausstellung ein Spiegel Ihrer Seele. Eine Aneinanderreihung von Katastrophen. Das wundert mich nicht. Wer wie Sie als Polizist tagein tagaus mit menschlichen Katastrophen zu tun hat, der mag am Ende den Eindruck gewinnen, dass die Welt aus nichts anderem bestünde als aus Katastrophen. Aber das ist nicht der Fall. Es gibt sehr viele positive Dinge, die man allzu leicht übersieht, wenn man sich beim Studium der Zeitungen nur auf die Schlagzeilen konzentriert. Es gibt so viele Menschen, die sich gegenseitig helfen. Menschen, die sich unterstützen ohne dabei zu fragen, was bringt mir das? Und wenn man diese Dinge sieht, dann bemerkt man plötzlich auch, dass draußen die Sonne scheint. Und dass dort Menschen spazieren gehen, die ganz einfach glücklich sind und ihr Leben genießen. – Wann sind sie zuletzt einfach nur so in der Sonne spazieren gegangen?«

* * *

»Du bist die Schlange von Hamburg!«, keuchte der Mann. Das Entsetzen stand ihm ins Gesicht geschrieben.

Die Schlange nickte. Sie wartete ab.

Der Mann betrachtete seine rechte Hand. Sie war blutig. Er hatte versucht, das Messer abzuwehren. Die Schlange hatte ihm die Hand zerstochen, aber das war nicht lebensgefährlich. Er hatte eine Chance. Noch hatte er eine Chance. Er blutete, und die rechte Hand tat höllisch weh. »Was hast du vor?«, flüsterte er.

Die Schlange antwortete nicht.

Der Mann entschloss sich zu einem verzweifelten Angriff. Er sprang seinen Gegner an, griff mit der unverletzten linken Hand zu, aber er war nicht schnell genug. Wieder sauste das Messer durch die Luft, traf sein Ziel. Der Schmerz war unerträglich. In der einen Hand hielt die Schlange das Messer, mit der anderen stieß sie ihn zurück auf seinen Sitz.

Sein Puls raste. Er spürte plötzlich ein ekelhaftes Brennen im Mund. Und seine Zunge – er konnte seine Zunge nicht mehr bewegen.

»Was hast du mit mir vor?«, wollte er sagen, aber es gelang ihm nicht. Er konnte nur noch unverständliche Laute ausstoßen.

Die Schlange registrierte seine Qual. Sie lächelte boshaft. »Ich will deinen Tod!«, sagte sie.

Der Mann keuchte. Die Schlange zuckte zurück, als er sich plötzlich erbrach. Sie hatte damit gerechnet. Sie wusste, wie das Gift wirkte. Sie hatte es nur noch nie direkt beobachten können. Diesmal war sie das erste Mal mit ihrem Opfer vollkommen allein. Niemand würde kommen und sie stören. Sie hatte alle Zeit der Welt.

Der Mann hätte davonrennen sollen. Er hätte es zumindest versuchen sollen, aber nun war es zu spät. Seine Füße fühlten sich kalt an. Er wollte aufstehen, aber es ging nicht. Seine Beine gehorchten ihm nicht mehr. Er wollte schreien, aber es kam nur ein grässlich gurgelnder Laut dabei heraus. Seine Hände taten nicht mehr weh. Sie waren völlig gefühllos. Auch seine Arme konnte er nicht mehr bewegen.

»Gleich wirst du auch nicht mehr atmen können«, sagte die Schlange.

Der Mann japste verzweifelt nach Luft, atmete so tief ein, wie er nur konnte, aber es nützte nichts; die Lähmung erfasste immer weitere Körperteile. Schließlich setzte der Atem aus.

* * *

Sylvia hatte an Lebensmitteln mitgenommen, was sie nur tragen konnte, und sie hatte sich von Leonie den Schlafsack ausgeliehen. Leonie hatte gesagt: ›Nimm ihn nur; ich brauche ihn nicht jetzt im Winter.‹ Winter – das Wort hatte Sylvia erschreckt, und eine Sekunde lang hatte sie gezögert, aber dann hatte sie sich doch entschlossen auf den Weg gemacht.

Eine Luftmatratze wäre nicht schlecht gewesen, aber die hatte sie nicht. Sie hätte auch nicht gewusst, wie sie die auch noch tragen sollte, ihr Rucksack war schon schwer genug gewesen. Und die ganze Zeit hatte sie damit gerechnet, dass irgendjemand sie ansprechen und sie womöglich aufhalten würde, aber das war nicht geschehen. Die meisten Menschen gingen durch die Welt, ohne nach rechts und links zu gucken, und wenn sie einem 16-jährigen Mädchen begegneten, das verzweifelt war, dann merkten sie es nicht.

Ja, Sylvia war verzweifelt. Sie hatte geglaubt, alles würde gut werden, aber das war eine Illusion gewesen. Erst hatte sie zu ihrer Mutter zurückgemusst, weil bei Vincent in der Wohnung einfach kein Platz mehr für sie gewesen war, seit sie all diese Flüchtlinge aufgenommen hatten, und dann hatte ihre Mutter noch diesen unglaublichen Kerl mit nach Hause gebracht und gesagt, dass der von jetzt an bei ihnen wohnen sollte. Sylvia hatte von Anfang an gewusst, dass das nicht gut gehen konnte. Der Mann hatte eine gewisse äußerliche Ähnlichkeit mit ihrem Vater, und der war schon schlimm genug gewesen, aber der hatte jedenfalls auch seine positiven Seiten gehabt, und die konnte sie bei diesem Mann nicht erkennen. Nach dem ersten großen

Krach hatte sie ihre Sachen gepackt und sich aus dem Haus gestohlen.

Die Sonne stand schon tief am Himmel, als sie schließlich in Bostelbek ankam. Sie ging die Stader Straße entlang nach Westen und bog dann hinter dem alten Wasserwerk links ab. Der Weg wurde ganz offensichtlich nur noch selten benutzt. Früher, als sie mit ihrem Vater hier gegangen war, hatte es noch anders ausgesehen. Links lag hinter den hohen Bäumen ein riesiges, altes Gebäude, eine Art Spukschloss. Noch eine weitere Kurve, und dann stand sie schließlich an der Stelle, an die sie sich erinnerte: Vor ihr lag eine fünf Meter hohe Wand aus Beton. Ihr Vater hatte ihr erzählt, dass hier früher die Soldaten aus Harburg geübt hatten, Hindernisse zu überwinden. Damals war die Mauer nichts als grauer Beton gewesen, jetzt war sie über und über bedeckt mit Graffiti.

Anfangs war hier einfach nur herumgeschmiert worden. Später kamen dann Gerippe und Totenschädel und ein Fliegenpilz, der dachte: *Ob es wohl knallt?*. 2015 kam dann wieder ein anderer Sprayer mit der schockierenden Botschaft: *Den Weihnachtsmann gibt es gar nicht!* Dann hatte Salvador Dalí drohend von der Betonwand heruntergeguckt. Sylvia hatte die Entwicklung im Internet verfolgt. Heute sah sie wieder ein anderes Bild: Sportler und Sportlerinnen, die in einem Klettergarten irgendwo in den Bergen hoch über den Baumwipfeln herumturnten, einen jungen Mann mit einem roten Schutzhelm, der aus einer Feldflasche trank. Das Beste aber war der Tiger. Der stand rechts, wo die Mauer schon niedriger war, an einer Stelle, wo vielleicht auch die unsportlichsten Soldaten eine Chance gehabt hätten, auf irgendeine Weise nach oben zu kommen. Aber hier stand der Tiger und sah einem ins Gesicht und schien zu sagen: Versuche es doch!

Sylvia nickte ihm zu. Sie würde es versuchen. Sie legte ihr Gepäck auf den Boden, nahm kurz Anlauf, und dann sprang sie. Sie griff den oberen Rand der Betonmauer, rutschte ab, sprang erneut. Und diesmal gelang es ihr, einen der Metallpfosten des Geländers oben auf der Brüstung zu packen. Das kalte Metall schnitt ihr in die Hände, aber sie ließ nicht locker, zog sich Stück für Stück nach oben und schließlich stand sie oberhalb des Tigers auf der Mauer. Unten lief ein alter Mann vorbei, der seinen Hund auf der Betonstraße ausführte. Er klatschte Beifall, und Sylvia warf ihm eine Kusshand zu. Sie hatte es geschafft, sie hatte den Tiger bezwungen.

Aber damit war noch nichts gewonnen. Sie brauchte einen Unterschlupf für die Nacht. Sie brauchte einen Unterschlupf für viele Nächte. Sylvia sammelte ihr Gepäck wieder ein. Sie suchte und fand den gesprengten Bunker auf dem Hügel, dessen Foto sie im Internet gesehen hatte. Der Eingang war verschüttet worden; Kinder oder Jugendliche hatten ihn wieder frei gegraben, und wer Mut hatte, konnte sich dort hineinzwängen und das Innere dieses geborstenen Betonklotzes erforschen. Sylvia hatte Mut, aber wer dort hineinwollte, der musste auf dem Bauch kriechen, und so viel Lehm und Dreck wollte Sylvia nicht in Kauf nehmen. Wie hätte sie ihre Kleidung hinterher wieder säubern sollen?

Es musste eine andere Möglichkeit geben. Sylvia lief die Betonstraße nach unten. Hier war sie wieder unter

Menschen. Eine Gruppe von Radrennfahrern, die offenbar hier im Gelände übten, sauste an ihr vorbei. Das waren auch Menschen, die sich ihre Freiheit nahmen! Sylvia fühlte sich unter Gleichgesinnten. Sie unterquerte die Autobahn in dem herrlichen Wellblechtunnel. Als sie in der Mitte war, schrie sie, so laut sie konnte, und genoss das Echo, das von den Wänden zurückschallte.

An die Bunker auf der anderen Seite der Autobahn hatte sie nur eine sehr vage Erinnerung. In einem der Gebäude war damals die Erdbebenwarte der Universität untergebracht gewesen. Heute stand alles leer, war verrammelt und verriegelt. Die Türen sahen nicht so aus, als ob man sie ohne Hilfsmittel aufbrechen könnte, und auch die Doppelgarage war zugesperrt. Von den ursprünglichen Besitzern zeugte nur noch ein Schild mit der Aufschrift: *Rauchen und jeder Gebrauch von Feuer polizeilich verboten! – Fuck the Police!* hatte jemand auf das Tor gesprayt. Das half ihr jetzt aber auch nicht weiter.

Sylvia erinnerte sich, dass die Gebäude in einer Art Oval angeordnet waren; sie beschloss, einen Rundgang zu unternehmen und zu überprüfen, ob sie hier nicht doch irgendwo unterschlüpfen konnte. Auf die Metalltür eines kleinen, gemauerten Bauwerks hatte jemand einen Aufkleber des NABU geklebt. Daneben hatte jemand gesprayt: *ANAL Sex*. Sylvia lachte leise. Sie stellte sich vor, dass hier die Mitglieder des Naturschutzbundes Deutschland mit dem NABU-Storch Analsex trieben. Aber nur einen Moment lang, dann wurde ihr bewusst, über was sie hier lachte, und sie versetzte der Metalltür einen heftigen Fußtritt. Anschließend tat ihr der Fuß weh; die Tür hatte nicht nachgegeben.

Sylvia ging weiter. Sie passierte einen Hohlweg, und die tief stehende Sonne warf mächtige Schatten. Hinter der Kurve stand der nächste Bunker. Der war nicht nur verschlossen und verriegelt, sondern obendrein auch noch zugemauert. Das Loch in der Mauer sah sie erst, als sie zur Sicherheit noch einmal um das verlassene Bauwerk herumging. Es war gerade groß genug, dass man hindurchkriechen konnte.

Sylvia war verblüfft, dass es jemand geschafft hatte, den Beton des Bunkers zu zertrümmern. Aber als sie näher hinsah, bemerkte sie, dass das Loch an einer Stelle war, an der es früher einmal ein Fenster gegeben hatte. Dieses Fenster war zugemauert worden, mit einer dünnen Wand aus Kalksandsteinen, und diese Wand hatte irgendein neugieriger Mensch freundlicherweise zerschlagen. Sylvia warf ihren Rucksack und den Schlafsack nach drinnen; hier würde sie bleiben.

Bevor sie selbst in ihren Bunker hineinkrabbelte, nahm sie noch einmal ihr Handy. Hatte sie hier Empfang? Ja, hatte sie. Sie rief Leonie an und sagte: »Ich bin jetzt in Bostelbek. Ich habe hier in einem Bunker ein gutes Quartier für die Nacht gefunden.«

Keine Kunst

Montag, 7. November 2016

Es war bitterkalt in dem Bunker. Wie kalt es wirklich war, merkte Sylvia erst, als sie aus dem warmen Schlafsack herauskroch. Durch das Loch in der Mauer drang schwacher Lichtschein ins Innere ihrer Behausung. Es hatte gefroren. Die braunen Blätter draußen trugen weiße Ränder aus Raureif. Aber Sylvia hatte vorgesorgt. Drinnen lag der Stapel Zweige, den sie vorsorglich am Abend zuvor gesammelt hatte. Das Holz war einigermaßen trocken. Dennoch brannte es nicht, so sehr sie sich auch mit der größten Flamme ihres Feuerzeuges bemühte.

Eine Zeitung wäre gut gewesen, aber die hatte sie nicht. Blieb nur das Buch. Sylvia hatte *Die Abenteuer des Huckleberry Finn* eingepackt. Sie kannte das Buch schon, aber es schien ihr für ihr jetziges Abenteuer besonders angemessen. Gestern hatte sie darin gelesen, solange es noch hell genug war. Die ersten Seiten, auf denen die Witwe Douglas versucht, Huck zu erziehen, brauchte sie nicht mehr. Die waren sowieso langweilig. Kurz entschlossen riss sie sie heraus, zerknüllte sie, stapelte trockenes Holz und Tannenzapfen darauf und zündete das Papier an.

Das Papier brannte, und schließlich brannte auch das Holz. Aber nun stellte sich heraus, dass das Holz nicht so trocken war, wie Sylvia gedacht hatte. Beißender Qualm breitete sich aus. Erst fand Sylvia das lustig, aber als der Rauch anfing, das Innere des Bunkers auszufüllen, hatte sie plötzlich Angst, keine Luft mehr zu bekommen. Mit Mühe fand sie den Ausgang. Sie schlüpfte durch das Loch in der Wand und sah von außen zu, wie große Mengen Rauch aus dem Bunker herausquollen.

Das war noch einmal gut gegangen. Aber jetzt stand sie ohne ihren Anorak im Freien, und es war bitterkalt. Auch ihr Rucksack und der Schlafsack lagen noch drinnen. Das hieß, sie musste noch einmal hinein. Sie holte tief Luft, schlüpfte, so schnell es ging, durch die Öffnung, tastete sich durch den Rauch, fand schließlich ihre Sachen, raffte sie zusammen, warf sie nach draußen und kroch hustend und nach Luft japsend hinterher.

Sylvia warf einen besorgten Blick hinüber zu den drei Häusern, die sie in einiger Entfernung sehen konnte. Die Häuser waren bewohnt, so viel stand fest; einer der Schornsteine rauchte. Da sie das sehen konnte, konnte man sehr wahrscheinlich von dort aus auch sehen, dass hier plötzlich Qualm aus dem Bunker drang. Sicher würde gleich jemand kommen und nachsehen, was hier los war. Oder womöglich gar die Polizei anrufen. Hier konnte sie nicht länger bleiben!

Sie machte sich auf den Weg zur Bushaltestelle. Rechts des Weges lag ein kleiner Teich. Es wäre schön gewesen, sich jetzt waschen zu können, aber das ging nicht. Der Teich war mit einem hohen Zaun umgeben, so hoch, dass Sylvia ihn nicht übersteigen mochte. Außerdem wäre das Wasser natürlich eiskalt gewesen.

Im Bus war es jedenfalls warm. Sylvia fuhr nicht in Richtung Innenstadt, sondern weiter stadtauswärts. Sie wollte zum Schanzengrund. Das war eine Straße in Hausbruch. Sie hatte auf ihrem Handy nachgeschlagen, wie man dorthin kam. Sie wusste nicht mehr alle Einzelheiten, aber sie würde den richtigen Weg schon finden.

Sylvia setzte sich neben eine Frau, die sich weit ausgebreitet hatte. Sylvia konnte ihr Gepäck nicht im Gang stehen lassen; sie nahm es auf die Knie. Die Frau rückte nicht zur Seite. Sylvia ärgerte sich. Nun begann ein zäher Kampf um die Mittellinie, Ellenbogen gegen Ellenbogen. Sylvia drückte fester, die Frau drückte zurück. Keiner gab nach.

»Unverschämtheit!«, zischte die Dicke.

Damit konnte sie Sylvia nicht beeindrucken.

»Du stinkst!«, sagte die Frau.

Das traf schon besser. Sylvia schluckte. Sie zählte ganz langsam bis zehn, wie es ihr Therapeut empfohlen hatte. Dann sagte sie mit Nachdruck: »Du auch!«, stand auf und setzte sich woanders hin.

* * *

»Dies ist nicht Travemünde«, stellte Jennifer fest.

»Das gehört zu Travemünde«, behauptete Alexander. Er fügte hinzu: »Jedenfalls ist dies der schönste Platz an der Küste weit und breit.« Er war zum Brodtener Ufer gefahren und hatte den Wagen bei der *Hermannshöhe* geparkt.

Jennifer fror. Sie fragte, ob das Lokal nach Hermann Göring benannt sei.

Alexander schüttelte den Kopf. »Das Lokal hier, das steht erst seit ein paar Jahren. Der Vorgängerbau war von Anfang des 20. Jahrhunderts. 1904 oder so. Und der war nach irgendeinem Konsul benannt, der diesen Platz besonders schön fand. Der Mann kommt in den *Buddenbrooks* vor.«

Jennifer hatte die *Buddenbrooks* nicht gelesen.

»Komm mit!«, sagte Alexander. Ehe sie darüber nachdenken konnte, nahm er sie bei der Hand, rannte mit ihr den Weg entlang und zog sie hinter sich her, bis sie an der Abbruchkante des Steilufers standen.

»Willst du mich in den Abgrund stürzen?«, fragte Jennifer.

Alexander sagte: »Von hier oben hast du einen wunderbaren Blick über die ganze Lübecker Bucht. Wenn du nach links guckst, dann siehst du Neustadt in der Ferne. Du könntest auch Fehmarn sehen, aber das ist zu weit weg, das liegt hinter dem Horizont. Von hier oben beträgt die geometrische Sichtweite nur 16 Kilometer. Bis Fehmarn sind es aber über 50 Kilometer. – Auf der anderen Seite siehst du normalerweise weit, weit nach Mecklenburg hinein.«

»Schade, dass es so neblig ist«, sagte Jennifer. Man sah weder Neustadt noch Mecklenburg. Lediglich trübes, graues Ostsee-Wasser, in dem ein paar frierende Schwäne schwammen.

»Der Wetterbericht hat gesagt, dass sich der Hochnebel im Laufe des Vormittags auflösen soll.«

»Und darauf warten wir jetzt?« Es war offensichtlich, dass Jennifer keine Lust hatte, im Nebel herumzustehen und auf Wetterbesserung zu warten.

Alexander ließ sich nicht entmutigen. »Wir setzen uns in das Lokal und essen erst einmal ordentlich.«

»Geschlossen«, mutmaßte Jennifer.

Aber das stimmte nicht. Die *Hermannshöhe* hatte ab 11:00 Uhr vormittags geöffnet, und es gab Mittagessen zu sehr moderaten Preisen. Eigentlich hatte Jennifer gut gefrühstückt und noch keinen Hunger, aber als sie sah, was für Leckereien Alexander vom Büfett mitbrachte, beschloss sie, dass ein zweites Frühstück nichts schaden könne. Sie hatten Glück, sie bekamen sogar noch einen Platz am Fenster.

Jennifer nippte an ihrem Kaffee und sah Alexander über den Rand der Tasse hinweg mit verhaltener Neugier an. Sie kannten sich jetzt seit fast drei Jahren. Alexander war etwa zehn Jahre älter als sie, und es war kein Geheimnis, dass er eine ganze Reihe von rasch wechselnden Freundinnen gehabt hatte. Angeblich hatte es keine länger als ein paar Monate mit ihm ausgehalten.

Jennifer verstand nicht, warum das so war. Alexander war ein Mensch, der immer gute Laune verbreitete. Nicht so melancholisch wie der gutmütige Vincent Weber und nicht so bärbeißig wie Bernd Kastrup – nein, ganz und gar nicht. Und Alexander hatte ihr wahrscheinlich im letzten Jahr das Leben gerettet.

»Habe ich mich eigentlich jemals bei dir bedankt?«, fragte sie.

»Bedankt? Wieso?«

»In dem Wasserwerk, wenn du nicht gewesen wärest …«

»Unsinn.«

Jennifer registrierte, dass ihr Kollege tatsächlich rot geworden war.

»Diese Fahrt an die Ostsee – das war in Wirklichkeit deine Idee, oder?«

Alexander nickte.

»Das war eine gute Idee«, sagte sie.

»Schade, dass wir kein besseres Wetter haben.«

»Ach, es ist gar nicht so schlecht. Und vielleicht reißt die Wolkendecke ja wirklich noch auf.«

»Wenn du Lust hast, können wir von hier aus zu Fuß nach Travemünde gehen. Das sind nur ein paar Kilometer.«

»Was sind für dich ein paar Kilometer?« Jennifer wusste, dass Alexander in seiner Freizeit Sport trieb – im Gegensatz zu ihr. »Zwei Kilometer? Oder zwanzig?«

»Knapp drei Kilometer.«

Sie gingen zu Fuß. Gut zwanzig Minuten brauchte man, wenn man schnell ging. Aber sie gingen nicht schnell. Sie hatten viel Zeit. Ein Radfahrer sauste vorbei. Jennifer blieb stehen und sah sich um. Gruppen von Spaziergängern waren unterwegs, aber niemand dabei, den sie kannte.

Alexander war schon oft hier gewesen, und er zeigte Jennifer alles, was es zu sehen gab. Die Risse im Boden und die abgestürzten Bäume am Strand. Die Küste lag stark im Abbruch.

»70 Zentimeter im Jahr«, wusste Alexander. »Jedenfalls in den exponierten Abschnitten. – Das Restaurant, in dem wir gerade gesessen haben, wird also in ungefähr 70 Jahren verschwinden.«

»In 70 Jahren sind wir auch verschwunden«, bemerkte Jennifer düster.

»Ja, vielleicht. – Aber bis dahin können wir noch eine Menge Spaß haben.«

»Glaubst du?«

»Ich bin mir ganz sicher.«

* * *

Benjamin Tarp stand am Fenster seines Wohnzimmers. Er war 36 Jahre alt, und er hatte fast alles erreicht, was er sich im Leben vorgenommen hatte. Das teure Haus gehörte ihm. Er bezeichnete sich selbst als Geschäftsmann. Dabei ging er keiner geregelten Arbeit nach; seine Geschäfte erledigte er online. Er hatte auf diese Weise sein Startkapital, das er von seinem Vater geerbt hatte, längst mehr als verdoppelt. Er war ledig; irgendwann würde er heiraten, aber nicht jetzt – noch war er nicht bereit, seine totale Unabhängigkeit aufzugeben.

Er stand hinter der Gardine und sah nach draußen. Da war sie wieder. Die junge Frau war ihm gestern schon aufgefallen. Sie hatte auf der gegenüberliegenden Straßenseite am Zaun gestanden und zu ihm herübergesehen. Tarp kannte die Frau nicht. Zumindest glaubte er, dass er sie nicht kannte.

Gestern hatte er noch angenommen, dass sie zufällig hier herumgelungert hatte. Heute glaubte er das nicht mehr. Sein Haus war eines von vielen einzeln stehenden Häusern hier am Schanzengrund, aber von dort, wo die Frau stand, hatte sie lediglich dieses Haus im Blick. Es war klar: Sie wollte etwas von ihm. Er überlegte, ob er nicht einfach hinuntergehen und sie zur Rede stellen sollte. Er hatte keine Angst vor ihr. Dennoch ging er nicht nach unten. Er hatte schlechte Erfahrungen gemacht, nicht nur mit der Polizei. Wenn es nicht zwingend nötig war, würde er niemanden provozieren und sich nicht provozieren lassen. Er war wohlhabend, er hatte alles, was er brauchte, und das wollte er nicht aufs Spiel setzen.

Benjamin Tarp griff dennoch zum Feldstecher. Da er hinter der Tüllgardine stand, war das Bild leicht verschwommen. Nein, diese Frau hatte er noch nie im Leben gesehen. Sie war keine von denen, die an dem Raubmord vor neun Jahren beteiligt gewesen waren. Dafür war sie viel zu jung. Sie musste noch ein Kind gewesen sein damals. War sie womöglich die Tochter eines der Mittäter? Wer hatte denn überhaupt Kinder gehabt? Er wusste es nicht. Die Familienverhältnisse seiner Kumpane hatten ihn nicht interessiert.

Wie dem auch sei – die junge Frau stellte keine Gefahr dar. Es gab nichts, womit man ihn etwa erpressen konnte. Keiner hatte damals vor Gericht gegen ihn ausgesagt. Und Richter und Staatsanwalt – sie hatten nicht versucht, ihn hinter Gitter zu bringen. Entweder hatten sie keine Beweise, oder sie hatten aus Mitleid nichts unternommen. Immerhin hatte er im Rollstuhl gesessen. Es hatte so ausgesehen, als wäre er für den Rest seines Lebens auf fremde Pflege angewiesen. Er selbst hatte natürlich gewusst, dass das nicht so sein würde, aber er hatte ihnen den Krüppel vorgespielt.

Tarp fragte sich, ob er nicht doch nach unten gehen und der Geschichte ein Ende bereiten sollte. Aber ehe er sich dazu durchringen konnte, brach die junge Frau ihre Observation ab und machte sich davon. Zu spät fiel ihm ein, dass er ihr einfach hätte nachgehen können. Das würde er das nächste Mal tun. Wenn es denn ein nächstes Mal gab.

* * *

»Hier muss es sein«, sagte Alexander. Sie standen vor einer kleinen Villa, die wahrscheinlich Ende des 19. Jahrhunderts gebaut worden war. Alexander öffnete die Gartenpforte.

»Was ist das für ein Haus?«, fragte Jennifer.

»Das siehst du doch.« Alexander schloss die Haustür auf.

»Woher hast du den Schlüssel? Ist das dein Haus?«

»Nein. In diesem Haus ist die Zweitwohnung von Dr. Jan-Felix Blumberg. Er lebt angeblich in Düsseldorf. Er ist Kunstmaler. Und wenn ich mir dieses Haus hier ansehe, dann würde ich sagen, er verdient nicht schlecht.«

»Blumberg«, sagte Jennifer. Das war einer der Namen, die ihnen im letzten Jahr zugespielt worden waren. Der Name von einem der Männer, die angeblich auf wundersame Weise von ihrer Drogensucht geheilt worden waren. Aber das stimmte nicht. In Wirklichkeit waren all diese Leute tot und ihre Papiere an gut zahlende Kunden verkauft worden. »Wie kommst du an seinen Schlüssel?«

»Den haben wir gefunden. Blumberg alias Christian Sommerfeld hatte ja sein ganzes Gepäck zurücklassen müssen, unter anderem auch diesen Schlüssel.«

»Zeig mal.« Jennifer fühlte sich überrumpelt. Sie hatte gedacht, die Fahrt nach Travemünde sei einfach nur ein Ausflug. Aber dies war mehr als ein Ausflug. Dies war Arbeit. Sie besah sich den Schlüssel von allen Seiten. Es war ein normaler Sicherheitsschlüssel ohne Beschriftung oder sonstige Kennzeichen. »Wie kommst du darauf, dass dies der Schlüssel zu dieser Wohnung ist?«

»Durch Nachdenken.«

»Durch Nachdenken?«

Alexander lachte. »Es ist ganz einfach«, sagte er. »Ich habe mir die Passbilder sämtlicher Drogentoten aus Hamburg und Umgebung der letzten Jahre besorgt. Dann habe ich diese Bilder mit den Fotos von Christian Sommerfeld verglichen – der ›Hyäne von Hamburg‹. Und dabei habe ich festgestellt, dass dieser Doktor Blumberg ihm ziemlich ähnlich sieht. Und Doktor Blumberg wohnt genau hier in Travemünde – jedenfalls steht das so auf seiner Webseite.«

»Sommerfeld hat die Papiere also nicht nur verkauft, sondern er hat sich auch selbst eine zweite Identität zugelegt?«

»So sieht es aus. Möglicherweise auch noch eine dritte und vierte, von denen wir nichts wissen. Aber dieser Künstler, das ist jedenfalls in Wirklichkeit unser Christian Sommerfeld.«

»Kann er denn malen?«, fragte Jennifer. Sommerfeld hatte bei einem Abschleppdienst als Fahrer gearbeitet, davor wahrscheinlich als Fernfahrer. Er hatte auf sie nicht den Eindruck eines künstlerischen Menschen gemacht.

»Das werden wir jetzt gleich sehen«, sagte Alexander. »Jedenfalls hoffe ich das.«

Die Wohnung hatte einen separaten Eingang. Ins Haus waren sie gekommen, aber was jetzt? Sie hatten nur den Haustürschlüssel, keinen Schlüssel für die Wohnung. Aber die Wohnungstür war nicht verschlossen.

Einen Moment lang fürchtete Jennifer, dass jemand in der Wohnung sei, aber das war nicht der Fall. Christian Sommerfeld war tot, und falls er nähere Verwandte hatte, von denen sie nichts wussten, so hatten die offenbar keine Ahnung von dieser Immobilie.

»Warum ermittelt ihr noch immer in der Sache Sommerfeld?«, fragte Jennifer.

»Bernd sieht eine Verbindung zu unserem aktuellen Fall.«

»Die Schlange von Hamburg?«

»Ja.«

Die Wohnung roch so, wie eine Wohnung riecht, in der lange nicht gelüftet worden war. Jennifer öffnete eines der Fenster. Die Wohnung hatte zahlreiche, große Fenster, und sie war zweifellos als Atelier eines Malers gut geeignet. Aber der Maler hatte offenbar seine Werkzeuge sorgfältig weggeräumt. Die einzigen Spuren, die er hinterlassen hatte, waren seine Bilder. Eine ganze Reihe von Bildern lehnte an der Wand, jeweils mit dem Rücken nach vorn.

Jennifer nahm eines davon in die Hand. »Guck mal!«, sagte sie. Das Bild zeigte eine Waldlandschaft in Öl –

keine kitschige Darstellung mit röhrendem Hirsch in der Bildmitte, sondern ein ernst zu nehmendes Kunstwerk.

Alexander zog die Augenbrauen hoch. »Ein richtiges Bild. Und das hat er gemalt? Dieser – dieser grobschlächtige Mensch?«

»Nein«, sagte Jennifer. Sie drehte die anderen Bilder um und legte sie nebeneinander auf den Fußboden. »Nein, diese Bilder hat er nicht gemalt.«

Alexander zuckte mit den Schultern. »Das könnte ich jetzt so nicht behaupten«, sagte er. »Aber du hast ja schließlich deinen *Bachelor of Arts,* du bist die Expertin.«

Jennifer widersprach: »So etwas haben wir an der Polizeihochschule nicht gelernt. Aber ich interessiere mich ein bisschen für Kunst. Daher weiß ich ein paar Dinge …«

»Und du glaubst, Blumberg hat diese Bilder gar nicht gemalt?«

»Bis auf dieses eine.«

Das Bild, auf das Jennifer zeigte, war kein Landschaftsbild, sondern die ziemlich naive Darstellung einer nackten Frau.

»Ist das Julia Dachsteiger?«, fragte Alexander.

»Vielleicht.« So wenig konkret, wie die Darstellung war, hätte es auch Frau Merkel sein können. »Jedenfalls – diese Frau, die hat er vielleicht gemalt. Die anderen Bilder nicht.«

»Und was sind das für Bilder? Wo kommen die her?«

»Diese Art zu malen – ich glaube, das sind russische Bilder.«

»Sozialistischer Realismus? *Das Frühstück des Traktoristen* oder so etwas?«

»Es heißt *Das Abendessen des Traktoristen*, und es ist von Arkadi Alexandrowitsch Plastow. Es ist übrigens ein sehr schönes Bild. Ich habe es in der Tretjakow-Galerie in Moskau gesehen.«

»Du weißt eine Menge«, sagte Alexander.

»Ich weiß ein bisschen«, widersprach Jennifer. »Ich habe Russisch gelernt, in der Schule, und ich bin in Moskau gewesen und in Sankt Petersburg. Der ›Sozialistische Realismus‹ – ich finde nicht, dass man sich darüber lustig machen sollte. Ich finde, dass diese Bilder ziemlich traurig sind, obwohl die Helden, die die Maler dargestellt haben, bemüht sind, Optimismus auszustrahlen. Aber in Wirklichkeit sind es Dokumente einer gescheiterten Hoffnung.«

Alexander schwieg.

»Bei der aktuellen russischen Malerei spricht man natürlich nicht mehr vom ›Sozialistischen Realismus‹, obwohl sich die Machart gar nicht so stark verändert hat. Heute spricht man vom ›Russischen Realismus‹. Es spricht alles dafür, dass diese Bilder, die wir hier sehen, aus Russland stammen. Es sind überwiegend mittelmäßige Kunstwerke, das bedeutet, dass man diese Gemälde zu einem sehr günstigen Preis erwerben kann.«

»Du glaubst, dieser Blumberg hat die Bilder in Russland gekauft und sie anschließend zu einem stark überhöhten Preis in Deutschland als seine eigenen Werke weiterverkauft?«

»Gut möglich. Es sind ausschließlich Landschaftsbilder. Wir sehen Wälder und Seen und Flussufer, aber kaum Menschen. Wir sehen keinerlei Architektur. Die wäre zu verräterisch. Ganz gleich, was du nimmst – ein

Bauernhaus oder eine Kirche – man könnte sie leicht als russisch erkennen.«

»Wir können versuchen, den Künstler zu identifizieren«, schlug Alexander vor. »Ich fotografiere die Bilder und versuche dann, sie per Rückwärtssuche im Internet zu finden.«

* * *

»Was machst du denn?«, fragte Gesine Schröder.

»Nichts.« Sven wirkte etwas nervös.

Gesines neuer Freund hatte seine beiden Koffer geöffnet und fing an, den gesamten Inhalt auf dem Doppelbett auszubreiten. Allzu viel Inhalt gab es nicht. Die Oberhemden, die Pullover und die Unterwäsche hatte er bereits im Kleiderschrank untergebracht. In den Koffern waren nur noch die beiden Anzüge, die er schon lange nicht mehr getragen hatte, sowie andere nutzlose Dinge wie Bücher und Krawatten.

»Suchst du etwas?«

Ja, Sven suchte etwas. »Meine Papiere«, sagte er. »Hast du meine Papiere irgendwo gesehen?«

»Was denn für Papiere?«

»Meine – meinen Ausweis. Und den Reisepass.«

»Ach, die brauchst du doch jetzt nicht! Die kannst du später immer noch suchen. Und bestimmt finden die sich schließlich ganz von selber wieder an.«

Sven antwortete nicht. Er war sich ganz sicher, dass die Papiere in der Innentasche im Deckel des Koffers gesteckt hatten, und jetzt waren sie weg. Es gab keinen vernünftigen Grund, warum sie dort nicht mehr sein sollten. Er hatte sie nicht gebraucht, seit er bei Gesa eingezogen war. »Du hast sie nicht zufällig in der Hand gehabt, Gesa?«

»Nein. Was sollte ich denn mit deinen Papieren?«

Sven packte alles wieder ein. Er überprüfte die Taschen der Anzüge, und er blätterte in den Büchern. Nichts. Hatte er die Ausweise am Ende doch im Auto vergessen?

Nein, hatte er nicht. Er hatte erwogen, sie im Handschuhfach zu lassen, aber das war ihm dann doch zu unsicher erschienen. Er hatte sie in den Koffer gesteckt und mit nach oben genommen. Ganz sicher. Blieb nur noch eine Möglichkeit. »Sag mal, hältst du es für möglich, dass deine Tochter die Dinge – eingesteckt hat?«

»Sylvia? Nein, so was tut sie nicht«, behauptete Gesa. Hoffentlich merkte Sven nicht, dass das gelogen war. Ihre Tochter hatte schon gelegentlich Dinge mitgenommen, die ihr nicht gehörten. »Sie ist ein ganz braves Mädchen«, fügte Gesa hinzu.

Ihr neuer Freund sah sie zweifelnd an. »Braves Mädchen? Weißt du überhaupt, wo sie steckt?«

»Sven, das habe ich doch vorhin schon gesagt: Ich habe keine Ahnung. Vermutlich bei einer Freundin.«

Sven ging zum Kühlschrank und nahm sich eine Dose Bier. Er riss sie auf, trank ein paar Schlucke und beobachtete dabei Gesa. Sie lügt, dachte er. Was jetzt? Alles war so gut gegangen. Er hatte ein unauffälliges Quartier in Hamburg gebraucht. Er hatte Gesa auf der großen Ü30-Party am Hühnerposten kennengelernt, hatte mit ihr getanzt, und am Ende hatte sie ihn mit nach Hause genommen. Eine geschiedene Frau, 36

Jahre alt, auf der Suche nach einem Partner. Gar nicht einmal hässlich – und sehr naiv. Jemand, der keine Fragen stellte. Ideal. – Fast ideal, wenn diese Sylvia nicht wäre.

Sven sagte: »Weißt du, Gesa, ich habe mir das alles noch mal überlegt. Diese Diskussion gestern mit deiner Tochter – es tut mir leid. Ich wollte gar keinen Streit anfangen. Ich war einfach ein bisschen – ein bisschen überdreht. Ich hätte das nicht tun sollen. Ich hätte nicht laut werden sollen. Es tut mir leid, und ich möchte gern, dass wir – dass wir uns alle wieder vertragen. Ich meine – die Sylvia, das ist doch deine Tochter, dein einziges Kind, und wir drei, wir müssen uns einfach irgendwie zusammenraufen.«

»Ja, das wäre gut.«

»Aber dazu brauchen wir natürlich auch Sylvia. – Was glaubst du, wo könnte sie stecken?«

»Ich habe keine Ahnung.«

»Und wann kommt sie wieder?«

Gesine zuckte mit den Schultern.

»Aber sie kann doch nicht einfach wegbleiben! Sie kann sich doch nicht irgendwo in Hamburg herumtreiben. Sie muss doch zur Schule.«

»Ja, das muss sie.«

»Warum rufst du sie nicht einfach an?«

»Weil ich ihre Nummer nicht habe. Sie hat sie mir nicht gegeben. Wir stehen uns nicht so besonders nahe, weißt du? Ich kann reden und reden, und dann macht sie doch einfach, was sie will.«

»Und was machen wir jetzt? Wie kriegen wir sie wieder nach Hause?«

Gesa zögerte. »Es gibt einen Polizisten, der uns vielleicht helfen könnte, sie zu finden«, sagte sie schließlich. »Soll ich den mal anrufen?«

* * *

»Hallo Bernd, hier ist – hier ist Gesine Schröder!«

»Gesche?« Damit hatte Kastrup nicht gerechnet. »Warte mal einen Augenblick, bitte, ich mach nur schnell die Tür zu.« Es war ja nicht nötig, dass seine Kollegen dieses Gespräch mithörten. »So, jetzt bin ich wieder da. Was gibt es denn?«

»Es ist wegen Sylvia. Sylvia ist verschwunden.«

Kastrup seufzte leise. »Wie verschwunden?«, fragte er. »Was heißt das?«

»Sie ist weg. Einfach weg.«

»Gesche, kannst du mir das bitte etwas genauer erklären?«

»Naja, du weißt doch, wie das alles gewesen ist. Im letzten Jahr, da gab es doch den großen Krach in der Schule. Und dann hat Vincent, dein Kollege Vincent Weber, sich doch darum gekümmert, dass das wieder eingerenkt worden ist, und dass Sylvia in Eppendorf diese Behandlung bekommt. – Das weißt du doch, Bernd?«

Kastrup knurrte irgendetwas, was für ein Ja gehalten werden konnte.

»Jedenfalls durfte Sylvia dann auch bei Vincent wohnen. Und das war ja auch alles schön und gut, aber dann ist Vincents Familie, also die Familie von seiner Frau, aus Syrien gekommen, und dann war die Wohnung voll, und dann konnte Sylvia da nicht länger wohnen bleiben, und dann ist sie wieder zu mir zurückgekommen.«

»Und nun ist sie wieder weg?«

»Ja. Nun ist sie wieder weg.«

»Hast du mal Vincent gefragt, ob der etwas weiß?«

»Nein, noch nicht. Aber ich glaube nicht, dass sie da ist, denn er hat ihr ja sehr deutlich zu verstehen gegeben, dass in seiner Wohnung jetzt einfach kein Platz mehr ist ...«

Kastrup hörte, dass am anderen Ende der Leitung jemand im Hintergrund redete. Es war eine Männerstimme. Was gesagt wurde, konnte er nicht verstehen. »Hat es denn irgendwelche Probleme gegeben?«, fragte er.

»Was denn für Probleme?«

»Mein Gott, Gesche, du kennst deine Tochter doch hundertmal besser als ich. Du weißt doch genau, welche Art von Problemen Sylvia immer wieder hat. Dass sie irgendwo aneckt, wenn sie sich provoziert fühlt. Irgendetwas muss doch gewesen sein. Sie kann doch nicht so aus heiterem Himmel einfach weggelaufen sein.«

Wieder die Männerstimme im Hintergrund. »Doch, ja«, sagte Gesche, »das war völlig aus blauem Himmel.« Es klang nicht sehr überzeugend.

»Du hast einen neuen Freund?«, fragte Kastrup auf gut Glück.

Stille. »Ja«, sagte Gesche schließlich.

»Dann sage ich jetzt einmal, was ich denke, was passiert ist. Ich denke, dass Sylvia Schwierigkeiten damit hat, zu akzeptieren, dass sie plötzlich nicht mehr der einzige Mensch ist, der in deinem Leben eine Rolle spielt.

Ich denke, dass das zu Reibereien geführt hat. Dass sie irgendeine patzige Bemerkung gemacht hat, und dass dein neuer Freund darauf sauer reagiert hat. Das Ganze hat sich dann hochgeschaukelt, und schließlich ist Sylvia aus dem Haus gestürmt. – Ist es so gewesen?«

»Ja. – So ähnlich, ja.«

»Und seit wann ist sie weg?«

»Seit gestern. Seit gestern Nachmittag.«

»Das heißt also, dass sie heute auch nicht in der Schule gewesen ist?«

»Das weiß ich nicht.«

»Gesche, das sind die Dinge, die du als Erstes mal überprüfen musst. Du klärst, ob sie heute in der Schule gewesen ist, und außerdem rufst du bei ihrer Freundin an und fragst, ob sie vielleicht bei ihr ist.«

»Bei ihrer Freundin ist sie nicht. Da habe ich schon angerufen.«

Ob das stimmte? »Dann ruf doch bei Vincent an. Den kannst du allerdings jetzt im Augenblick hier in der Dienststelle gerade nicht erreichen. Du kannst es auf seinem Handy versuchen. Oder ruf einfach bei ihm zu Hause an und frag Lana, ob sie etwas weiß. Oder ob Lukas etwas weiß. Und wenn keiner von denen irgendetwas weiß, dann – dann können wir neu nachdenken. Notfalls können wir sie durch die Polizei suchen lassen. Das funktioniert auch auf jeden Fall, denn Sylvia – wie alt ist sie jetzt? 17?«

»Sylvia ist 16 Jahre alt.«

»Also noch minderjährig. Wenn ein minderjähriges Mädchen verschwindet, dann nehmen wir das sehr, sehr ernst. Und du kannst dir sicher sein, dass meine

Kollegen und ich alle Hebel in Bewegung setzen, um Sylvia zu finden. Wenn du das willst.«

Gesche schwieg. Auch der Mann sagte nichts mehr.

Kastrup rang mit sich. Schließlich sagte er: »Es ist deine Entscheidung, Gesche. Was du mir hier erzählt hast, das zählt nicht. Du musst Sylvia offiziell als vermisst melden. Und dann beginnt all das, was ich dir eben beschrieben habe.«

»Das möchte ich nicht«, sagte Gesche. Sie beendete das Gespräch.

Kastrup seufzte. Was er hier eben gemacht hatte, das war eindeutig falsch. Aber er war sich ziemlich sicher, dass Sylvia von selbst wieder auftauchen würde. Und er war sich völlig sicher, dass es für sie eine extreme Belastung sein würde, von der Polizei gesucht und gefunden zu werden. Von daher war es das Beste, zunächst einmal nichts zu tun. – Aber wenn sie nun doch nicht wieder auftauchte? Er beschloss, zumindest Vincent und Alexander darüber ins Bild zu setzen, dass Sylvia verschwunden war.

* * *

»Ist denn dieser angebliche Maler Dr. Blumberg im Internet präsent?«, fragte Jennifer.

»Ja, er hat eine eigene Webseite, aber die gibt nicht viel her. Ein paar Aufnahmen von Landschaftsbildern, eine euphorische Rezension, die Anschriften seiner Ateliers in Düsseldorf und Travemünde, eine E-Mail-Adresse, und das ist schon alles.«

»Kein Foto des Künstlers?«

»Nein.« Alexander hatte jetzt alle Bilder fotografiert. Er machte sich an die Rückwärtssuche.

Jennifer sah sich derweil in der Wohnung um. Die war spartanisch eingerichtet. In dem Raum, in dem die Bilder gestanden hatten, und den man vielleicht als Atelier bezeichnen könnte, gab es einen primitiven Tisch und einen Drehstuhl, sonst nichts. Die Küche sah so aus, als wäre sie noch nie benutzt worden – jedenfalls noch nicht zum Kochen. Auf dem Küchentisch lagen ein paar Farbtuben. Die Oberfläche des Herdes war makellos. Neben dem Herd stand eine Staffelei. Sie sah ebenfalls neu aus. Jennifer öffnete den Kühlschrank. Leer. Das Licht brannte nicht. Der Kühlschrank war nicht angeschlossen.

Auf dem Kühlschrank stand das Telefon. Jennifer hob den Hörer ab. Das Telefon funktionierte. Auf dem Display sah sie, dass am Vortag gegen Mittag jemand angerufen hatte. Als niemand reagiert hatte, war die Mailbox angesprungen, aber der Anrufer hatte keine Nachricht hinterlassen. Man hörte nur ein paar Atemzüge; dann hatte der andere aufgelegt.

Jennifer stellte fest, dass es noch drei weitere Anrufe dieser Art gab, jeweils in mehrmonatigem Abstand. Jennifer notierte sich die Handynummer – es war immer dieselbe. Sie fragte sich, ob sie nicht einfach diese Nummer wählen sollte. Nein, vielleicht besser von der Dienststelle aus.

Im Schlafzimmer stand ein großes Doppelbett. Das war jedenfalls irgendwann einmal benutzt worden, aber wer immer darin geschlafen haben mochte, hatte außer einer zerwühlten Bettdecke keine auf den ersten Blick erkennbaren Spuren hinterlassen. Es gab nirgendwo persönliche Gegenstände hier – weder im Schlafzimmer noch in einem der anderen Räume. Die Wohnung hatte nur als Fassade gedient. Hier konnte Blumberg zur Not einem unaufmerksamen Besucher glaubhaft machen, dass er ein Maler sei. Ein erfolgreicher Maler.

Wenn Jennifer diese Wohnung gehört hätte, sähe es hier ganz anders aus. Sie überlegte sich, was sie verändern würde. Es ließ sich mit einem Wort zusammenfassen: alles.

Jennifer blickte aus dem Fenster. Sie sah hinunter auf die Promenade. Trotz des trüben Wetters waren zahlreiche Spaziergänger unterwegs. Eine Frau blieb stehen, zündete sich eine Zigarette an. Eine ältere Frau. Sie blickte herüber, sah Jennifer am Fenster. Das hatte nichts zu bedeuten, oder? Jennifer trat einen Schritt zurück. Die Frau ging weiter.

Jennifer sah hinaus auf die Ostsee. Das Meer war spiegelglatt. So einfach war das also, dachte sie. Da ging man mit auf einen Ausflug, und plötzlich war man wieder mittendrin in der Arbeit. Das hatte sie eigentlich nicht gewollt. Aber es war kein schlechtes Gefühl. Vielleicht half es gegen die Angst.

»Kommst du mal bitte?« Alexander hatte seine Suche beendet.

»Und? Hast du Erfolg gehabt?«

»Wenig. Keines dieser Bilder scheint bisher irgendwo aufgetaucht zu sein – weder in einer Auktion noch in irgendeinem Museum. – Sag mal, was ist denn so ein Bild überhaupt wert? Dieses Seeufer zum Beispiel?«

»Ein paar Hundert Euro vielleicht. Aber wenn er es für 500 Euro gekauft hat und nach einem Jahr für 800 Euro wieder verkauft, dann hat er einen Gewinn von 60 Prozent. Wenn er stattdessen seine 500 Euro auf ein Sparkonto gepackt hätte, dann hätte er keine 300 Euro Gewinn, sondern nur 5 Cent.«

»Guck mal, was ich hier gefunden habe!« Alexander tippte auf den Bildschirm. Das aufgerufene Bild zeigte ebenfalls ein Seeufer. Der Standpunkt des Betrachters war ein anderer als auf dem angeblichen Blumberg-Bild, aber die Bäume im Hintergrund, auf der anderen Seite des Flusses, die waren identisch.

»Die Bilder gehören zusammen«, bestätigte Jennifer.

Alexander hatte noch vier weitere Bildpaare gefunden, von denen Jennifer immerhin drei als sehr ähnlich einstufte.

»Und was sagt uns das jetzt?«, fragte Jennifer. »Es ist ein Hinweis darauf, dass dieser Blumberg in Wirklichkeit kein Maler ist. Es ist vielleicht ein weiterer Hinweis darauf, dass er identisch ist mit dem verstorbenen Christian Sommerfeld. Aber was bringt uns das? Sommerfeld ist tot.«

»Oder auch nicht«, sagte Alexander. »In dieser Wohnung ist lange nicht mehr Staub gewischt worden. Siehst du diese Stellen hier auf dem Fußboden? Da haben die Bilder gestanden.«

Jennifer nickte.

»Wenn du die Markierungen durchzählst, dann wirst du feststellen, dass es mehr sind als Bilder. Wir haben 21 Gemälde gefunden, aber im Staub sind 25 Abdrücke.«

»Dann hat er wahrscheinlich vier Bilder verkauft.«

»Ja, dann hat er vier Bilder verkauft. Aber nicht vor einem Jahr, Jennifer! Diese Abdrücke sind neu. Die Bilder sind erst vor Kurzem entfernt worden.«

»Tote verkaufen keine Bilder!«

»Das ist richtig.«

»Und was schließt du daraus?«

»Dass jemand anders die Bilder verkauft hat.«

»Oder dass Bernd Kastrup recht hat: Christian Sommerfeld ist noch am Leben«, sagte Jennifer.

* * *

Lukas klingelte bei Leonie Mertens, Sylvias Freundin. Einen Moment lang hoffte er, dass Sylvia vielleicht hier sei, aber er sah Leonies Gesicht an und wusste, dass sie nicht hier war. »Komm rein«, sagte sie. Ihre Mutter war noch nicht von der Arbeit zurück.

»Ich suche Sylvia. Weißt du, wo sie steckt?«

»Keine Ahnung«, sagte Leonie. »Warum suchst du sie?«

»Sie hat mir eine SMS geschickt. Nur zwei Worte: *Such mich!*«

»Nur *Such mich*?«

Lukas zeigte ihr die SMS.

»Das ist typisch Sylvia! Erst läuft sie weg, und dann will sie, dass man sie findet.«

»Ist sie schon öfter weggelaufen?«

Leonie nickte. »Wenn sie in Schwierigkeiten ist, dann schlägt sie entweder zu, oder sie läuft weg.«

»Wirklich schon öfter?«, fragte Lukas. Davon wusste er nichts.

»Ja, einige Male. Aber davon hat keiner was gemerkt. Das war meistens nur für ein paar Stunden, manchmal auch für ein oder zwei Tage, und da hat sie niemand vermisst. Außer mir. Außer mir gibt es wahrscheinlich niemanden, der Sylvia vermisst. Die meisten Menschen sind froh, wenn sie weg ist.«

Lukas schluckte.

»Oh, entschuldige, so habe ich das nicht gemeint! Da habe ich jetzt nicht dran gedacht. Sylvia hat mir erzählt, dass ihr – dass ihr zusammen seid und so.«

»Ja, sind wir.«

»Wenn sie früher weggelaufen ist, dann ist sie manchmal zu dem alten Lokschuppen gegangen«, sagte Leonie zögernd.

»Wo ist das?«

»Das ist hier in Wilhelmsburg. Vogelhüttendeich. Aber da ist sie nicht. Ich hab schon nachgeguckt«, behauptete Leonie. »Eigentlich habe ich sowieso nicht geglaubt, dass sie dort noch einmal hingehen würde.«

»Und du hast keine Ahnung, wo sie sonst sein könnte?«

Leonie schüttelte den Kopf. Sie zögerte einen Moment, dann sagte sie: »Du brauchst dir keine Sorgen zu machen. Sylvia geht es bestimmt gut. Die weiß schon, was sie tut. Ehrlich.«

Lukas war nicht überzeugt.

Leonie sagte: »Sie hat mir geschrieben.«

»Was?«

»Sylvia hat mir geschrieben. Sie hat mir eine SMS geschickt, genau wie dir. Es geht ihr gut.«

»Eine SMS? – Kann ich die mal sehen?«

Leonie zeigte sie ihm. Sie bestand nur aus zwei Sätzen: *Ich bin in Bostelbek. Mir geht es gut.*

»In Bostelbek? Was meint sie damit?«

Leonie zögerte. Schließlich sagte sie: »Vielleicht meint sie die alten Bunker?«

* * *

Bernd Kastrup schüttelte den Kopf. »Danke für eure Mühe«, sagte er, »und schön, dass du wieder da bist, Jennifer!«

Jennifer wurde rot. Sie war einfach nur mit Alexander ins Präsidium gefahren, um mit ihm zusammen die Ergebnisse ihres Ausflugs vorzutragen. Offenbar sah Bernd darin gleich ihre Rückkehr in den Dienst. Sollte sie Einspruch erheben?

»Ihr habt einiges herausgefunden – aber das ist kein Beweis. Ihr habt festgestellt, dass irgendjemand in dem Atelier dieses Malers gewesen ist und irgendwelche Bilder entfernt hat. Das muss nicht unbedingt Christian Sommerfeld gewesen sein. Wir wissen nicht, wer außer ihm noch einen Schlüssel zu der Wohnung hat.«

Alexander schüttelte den Kopf. Er sagte: »Wenn du willst, können wir versuchen, den Weg der Bilder zu verfolgen. Da gibt es zwei Möglichkeiten: Einerseits können wir bei den Galerien nachfragen – zum Beispiel in Travemünde oder auch in Düsseldorf, wo Dr. Blumberg ja auch eine Wohnung besitzt. Und zum anderen können wir versuchen, mit den russischen Künstlern Kontakt aufzunehmen, von denen wir glauben, dass sie diese Bilder vielleicht gemalt haben.«

»Das sollten wir nicht tun«, sagte Kastrup. »Wir bewegen uns hier ein kleines bisschen außerhalb der Legalität. Zum einen haben wir in Travemünde nichts zu suchen – wenn dort ermittelt werden soll, dann ist Schleswig-Holstein zuständig. Und zum anderen haben wir keinen Durchsuchungsbefehl für die Wohnung des Künstlers …«

»Wir haben einfach nur einen Schlüssel ausprobiert, den wir gefunden haben«, sagte Alexander. »Darf man das nicht?«

Es half nichts, dass er Kastrup dabei aus treuen Hundeaugen ansah. Der schüttelte nur den Kopf. »Nein, das darf man nicht.«

»Und was macht die Schlange?«, fragte Jennifer.

»Oliver ist noch einmal draußen, um – Moment mal bitte!« Kastrups Handy hatte geschnarrt. »Ja, bitte?«

Es war Oliver. »Bernd, es gibt etwas Neues! Unsere Zeugin ist verschwunden.«

»Unsere Zeugin? Von wem sprichst du?«

»Von der kleinen Uighurin. Sie ist nicht in ihrem Zimmer, und ihre Freunde sagen, sie haben sie zuletzt gestern Nachmittag …«

»Bleib, wo du bist, Oliver. Wir kommen raus.«

Kaum hatte Kastrup das Gespräch beendet, schnarrte das Handy erneut. »Ja, was gibt's denn noch, Oliver?«

»Ich bin nicht Oliver.« Thomas Brüggemann war am Apparat. »Bernd, könntest du bitte mal eben kommen?«

* * *

»Ich sage es lieber gleich«, sagte Bernd Kastrup, als er das Büro seines Chefs betrat, »es gibt nichts Neues.«

Brüggmann schüttelte den Kopf. »Bernd, ich muss mit dir reden. Und zwar nicht über deine Schlange von Hamburg.«

»Worüber dann?«

»Du bist angezeigt worden, Bernd.«

»Angezeigt?« Kastrup hatte keine Ahnung, worum es ging.

»Kerstin Seiler hat dich angezeigt.«

»Kerstin …« Das war Gabrieles Schwester.

»Sie hat behauptet, du habest deine geschiedene Frau umgebracht.«

»Was?«

»Selbstverständlich glaube ich das nicht, aber ich bin bei solch einer Anschuldigung außen vor. Natürlich wird es eine Untersuchung geben. Für solche Fälle haben wir ja unsere Abteilung *Interne Ermittlungen*. Die werden sich wahrscheinlich noch heute an dich wenden.«

»Was für ein Blödsinn!«

»Bist du dieser Kerstin irgendwann mal auf die Füße getreten?«

Kastrup schüttelte den Kopf. »Sie wohnt in München«, sagte er. »Gaby hatte so gut wie gar keinen Kontakt zu ihr. Und ich habe sie viele Jahre lang nicht gesehen.«

»Tatsache ist aber, dass Gabriele Kastrup keines natürlichen Todes gestorben ist.«

»Ja. Sie hat sich umgebracht.«

»Und du hast das vorher gewusst?«

Kastrup nickte. »Sie hatte Krebs«, sagte er. »Das hat sie mir erzählt.«

»Hättest du diesen Selbstmord nicht verhindern können?«

»Ich habe mit ihr geredet. Stundenlang. Es hat nichts genützt. Letzten Endes ist es natürlich eine persönliche Entscheidung, ob man freiwillig aus dem Leben scheidet oder nicht.«

»Es wird eine Obduktion geben.«

»Hat sie einen Abschiedsbrief hinterlassen?«

»Nein, das hat sie nicht. Und wenn jemand mit einer Plastiktüte über dem Kopf tot aufgefunden wird, dann gibt es normalerweise eine Untersuchung.«

»Das habe ich nicht gewusst. Das mit der Plastiktüte, meine ich. Von einem Schlafmittel war die Rede. Sie hat gesagt, dass sie sich das entsprechende Mittel für den Selbstmord besorgt hätte. Sie hat das in einem Buch gelesen, glaube ich. *Final Exit* – heißt das so?«

»Ja, so ein Buch gibt es. Das Dumme ist nur, dass wir dieses Buch bei ihr nicht gefunden haben.«

»Oh.«

»Das besagt natürlich gar nichts, sie kann es vorher weggeworfen haben, oder sie hat die E-Book-Version genutzt. – Aber so ein Abschiedsbrief wäre schon nicht schlecht gewesen.«

»Was hätte sie darin schreiben sollen? Sie hat mir erzählt, was sie tun wollte, und damit war alles klar. Gabriele war ein sehr nüchterner Mensch, Thomas. Ich bin mir sicher, sie wollte keinen rührseligen Abschied.«

»Das klingt alles schön und gut, und normalerweise würden wir in einem solchen Fall keinen großen Aufstand machen. Das Dumme ist nur – weißt du, dass sie ein Testament gemacht hat?«

Kastrup schüttelte den Kopf.

»Normalerweise wäre es natürlich so, weil es keine Kinder gibt, dass ihre Schwester alles erbt. Aber sie hat stattdessen in ihrem Testament bestimmt, dass du alles kriegst. Der geschiedene Ehemann erbt alles! Das ist schon etwas ungewöhnlich, findest du nicht?«

»Ich schwöre dir, Thomas, ich habe nichts davon gewusst!«

Thomas sagte nichts, aber er sah Kastrup nachdenklich an.

»Ich habe auch nicht damit gerechnet.«

»Bernd, ich glaube dir ja, dass du nicht damit gerechnet hast. Aber du hättest damit rechnen können. Du hast gewusst, dass Gabriele Kastrup nur wenige lebende Verwandte hatte. Eigentlich nur ihre Schwester, und zu der hatte sie, wie du sagst, keinen Kontakt. Aber zu dir hatte sie Kontakt. Ihr wart zwar geschieden, aber ihr habt euch regelmäßig getroffen, seid miteinander Essen gegangen – eigentlich genau wie ein ganz normales Paar …«

»Nicht wie ein normales Paar!«

»… und ich nehme an, dass Gabriele auch gewusst hat, dass du in dieser – wie soll ich sagen? – in dieser etwas ungewöhnlichen Wohnung haust. Sie hat gewusst, dass du eigentlich eine Wohnung bräuchtest. Eine große Wohnung. Ein Haus. Denn nur dann hättest du genügend Platz, um deine Ausstellung unterzubringen.«

»Ach, die Ausstellung!« Kastrup hatte monatelang nicht mehr an den Stellwänden gearbeitet.

»Und da wäre es doch immerhin denkbar gewesen, dass ihr darüber geredet habt, was passieren sollte, wenn sie irgendwann einmal nicht mehr da wäre. Du hast ja selbst gesagt, sie hat ihren Selbstmord angekündigt. Und du hast sie nicht umstimmen können. Das ist so weit in Ordnung. Aber natürlich könnte es auch sein, dass du ihr gut zugeredet hast. Und dass du ihr womöglich noch ein kleines bisschen weitergeholfen hast.«

»Nein.«

»Dass sie zum Beispiel nicht gewusst hat, wie sie sich diese Medikamente beschaffen konnte, und dass du sie ihr besorgt hast. Dass in Wirklichkeit nicht sie dieses Buch gehabt hat, sondern dass du dir *Final Exit* besorgt hast, und dass du ihr geholfen hast, ihren Plan umzusetzen. Und möglicherweise hast du auch vorgeschlagen, sie in ihrer letzten Stunde nicht allein zu lassen. – Sag jetzt gar nichts, Bernd. Ich fantasiere nur. Es könnte doch sein, dass du ihr am Ende diese Pillen gereicht hast. Und dass du ihr geholfen hast mit dieser Plastiktüte.«

»Nein.«

»Wenn du das gemacht haben solltest, Bernd, dann hast du irgendwo die kleine, feine Grenze überschritten, die die aktive Sterbehilfe von allen möglichen anderen legalen Formen der Sterbehilfe trennt. Aktive Sterbehilfe ist verboten. Aktive Sterbehilfe wird bestraft.«

»Ich habe nichts dergleichen getan!«

»Dieser Frischhaltebeutel, den Gabriele verwendet hat, der wird jetzt auf Fingerabdrücke untersucht. Wenn alles so ist, wie du gesagt hast, dann hast du natürlich nichts zu befürchten.«

»Ich habe nichts zu befürchten«, sagte Kastrup. Aber er war zutiefst beunruhigt. Er wusste zwar, dass er seit vielen Monaten nicht mehr in Gabrieles Wohnung gewesen war, aber was diesen Beutel anging, da war er sich nicht so sicher. Zum Beispiel hatte er Gabriele einen Plastikbeutel mit Birnen gegeben, die der Schrebergärtner aus seinem Garten mitgebracht hatte. Wann war das gewesen? Im Oktober? Jedenfalls war das ein durchsichtiger Plastikbeutel gewesen. Wenn Gabriele ausgerechnet den verwendet hatte, dann war es gut möglich, dass seine Fingerabdrücke darauf waren.

* * *

»Ich verstehe die ganze Aufregung nicht«, sagte Bärbel.

»Was ist denn überhaupt passiert?«, fragte Vincent. Da Bernd Kastrup zum Chef gemusst hatte, waren sie zu dritt zum Studentenwohnheim gefahren.

Oliver hatte einen roten Kopf. »Ich bin hierher gefahren, um noch einmal mit der chinesischen Studentin …«

»Sie ist Uighurin!«

»… mit der uighurischen Studentin zu sprechen, deren Freund in der S-Bahn erstochen worden ist. Und als ich hier angekommen bin, da habe ich erfahren, dass dieses Mädchen vermisst wird.«

»Vermisst!« Bärbel war ungehalten. »Rabiya wird nicht vermisst. Sie ist nur einfach nicht da. Das habe ich auch ganz klar gesagt.«

»Sie ist gestern zuletzt lebend gesehen worden«, beharrte Oliver.

»Mein Gott, sie ist eine Studentin! Sie sitzt nicht wochenlang an ihrem Schreibtisch, sondern sie unternimmt auch mal irgendetwas. Können Sie das nicht verstehen?«

Jennifer nahm amüsiert zur Kenntnis, dass hier ganz offensichtlich ein Missverständnis vorlag. Es gab keinen Grund anzunehmen, dass dem Mädchen irgendetwas passiert war. Jennifer betrachtete die Zettel, die Rabiya an ihre Tür geheftet hatte. Auf einem davon stand in großen Druckbuchstaben: *Member of the Escape Committee*. Es war klar, dass jemand, der sich als Mitglied des Fluchtkomitees bezeichnete, jede Gelegenheit nutzte, etwas anderes zu unternehmen, als ausgerechnet für irgendeine Klausur zu lernen. Jennifer fühlte sich an ihre eigene Studienzeit erinnert.

»Das ist Tobias«, sagte Bärbel.

»Hallo, Tobias.«

»Ich habe eben mit Rabiya telefoniert«, sagte Tobias. »Sie ist bei ihrer Schwester in Kiel. Sie kommt erst morgen zurück.«

»Danke«, sagte Vincent.

* * *

Sylvia hatte sich entschlossen, nicht nach Bostelbek zurückzukehren. Leonie hatte gesagt, bei Geesthacht gebe es ein riesiges Trümmergelände mit gesprengten Bunkern. Dort musste es zahlreiche Verstecke geben, dort würde sie niemand finden. Sylvia hatte sich den Weg nur ungefähr gemerkt. Sie war mit dem Bus bis zum ZOB in Geesthacht gefahren. Von dort war es ein weiter Weg bis zu den Bunkern. Aber das machte Sylvia nichts aus. Jetzt, wo sie nicht zur Schule ging, hatte sie viel Zeit. Sie kaufte sich beim Bäcker eine Tüte Kuchen und machte sich auf den Weg nach Westen.

Als sie nach einiger Zeit die Bebauung hinter sich ließ und in den Wald hineinkam, fand sie zu ihrer Überraschung einen Spielplatz mit riesigen künstlichen Felsen, einer Höhle mit poppiger Höhlenmalerei und zwei Mammuts, die *Mamamut* und *Minimut* hießen. Das Ganze war ein Kinderspielplatz, aber zurzeit spielten hier keine Kinder. Sylvia sah sich um. Nein, es waren nirgendwo Kinder zu sehen. Kurz entschlossen legte sie ihr Gepäck auf den Boden, kletterte auf einen der Stoßzähne der Mammut-Mama und von dort auf den Kopf des Tieres und begann dort oben, ihren Kuchen zu essen. Sie fragte sich, was wohl die Kleinen sagen würden, wenn sie sie hier oben sehen würden. Aber es kamen keine Kinder vorbei, nur eine ältere Dame, und die würdigte Sylvia keines Blickes.

Als Sylvia alles aufgegessen hatte, zerknüllte sie die Kuchentüte und versuchte, sie von oben in die Mammut-Fallgrube zu werfen. Die Tüte fiel daneben. Sylvia stieg von ihrem hohen Aussichtspunkt herunter, nahm die Tüte und warf sie in den Papierkorb. Anschließend hob sie ihr Gepäck auf und ging weiter. Die Tage waren kurz. Es wurde allmählich Zeit, dass sie einen Ort fand, an dem sie über Nacht bleiben konnte. Sie unterquerte die B 404, ging weiter und weiter und erreichte schließlich den sogenannten Bunkerwald.

Der Unterschlupf, den Sylvia schließlich auswählte, erschien ihr ausreichend sicher. Vorsichtshalber rüttelte sie ein wenig an dem Beton der zerborstenen Wände, aber der rührte sich nicht. Zahlreiche Eisenstäbe sorgten dafür, dass alles hübsch an seinem Platz blieb. Sylvia räumte unter ihrem Dach die gröbsten Trümmer zur Seite, dann rollte sie ihren Schlafsack aus.

Der Bunker, in dem sie jetzt gelandet war, war offenbar irgendwann einmal von einem frommen Menschen bewohnt gewesen – oder zumindest von jemandem, der sich dafür hielt. Der Unbekannte hatte in schwarzen Druckbuchstaben Bibelzitate auf den Beton geschrieben. Laut Quellenangabe waren das Zitate aus dem ersten Buch Mose und aus der Offenbarung des Johannes. *Babylonshurer,* las sie – was immer das bedeuten mochte – und *Geisträuber, Geistausbeuter, Gehirnmörder, Menschenmörder …* Das ging immer so weiter, und das meiste machte für Sylvia keinen Sinn. Der einzige zusammenhängende Satz, den sie im Halbdunkel erkennen konnte, lautete: *Weil du dieses getan hast, wirst du als Schlange verflucht sein vor allem Vieh und vor allem Getier der Erde …*

Sylvia knipste die Taschenlampe aus. Vom Sterben wollte sie nichts wissen. Sie wollte gerettet werden. Aber niemand konnte sie retten, wenn niemand wusste, wo sie war. Wenn sie gerettet werden wollte, dann musste sie demjenigen, der sie retten sollte, einen Hinweis geben, irgendetwas, wonach er suchen konnte. Und da war dieser Hinweis. Nein, nicht der religiöse Text, sondern die Zahl. Jemand hatte ganz offensichtlich diese Trümmer durchgezählt und nummeriert, und ihren seltsamen Unterschlupf mit der Nummer 432 versehen. Sie zückte ihr Handy. Sie hatte vergessen, es vor ihrer Flucht aufzuladen, aber zum Glück funktionierte es noch. Sie fotografierte die gelbe 432 und schickte das

Bild an Lukas. Sie war sich sicher, dass Lukas diese Botschaft verstehen und nach ihr suchen würde. Zufrieden krabbelte sie in ihren Schlafsack. Halt! Das Messer! Das Messer drückte. Sylvia zog es aus der Tasche und legte es unter den Schlafsack, dann zog sie den Reißverschluss zu.

Sie blickte nach oben, suchte nach den Sternen. Aber über ihr war nicht der kalte Nachthimmel, sondern grauer Beton, und da stand der Schriftzug: *Weil du dieses getan hast, wirst du als Schlange verflucht sein* … Sie drehte sich auf die Seite und machte die Augen zu.

* * *

Der Ausflug nach Bostelbek war ergebnislos verlaufen. Im Schein der Stirnlampe hatte Lukas die Bunker gefunden. Einige waren versperrt, aber nicht alle. Er war überall hineingekrochen und war sich vorgekommen wie ein Höhlenforscher, der in fremdartige Welten vordrang. Einer der Bunker hatte offensichtlich nach dem Krieg eine Zeit lang als Wohnraum gedient. Im Inneren standen Fenster und eine Tür. Das Glas war zersplittert. Auf Regalen lagerten Kanister und Pappkartons mit unbekanntem Inhalt. Irgendwann war der Bunker zugemauert worden, ohne dass sich jemand die Mühe gemacht hätte, diese Dinge vorher zu entsorgen. Neugierige Menschen hatten eines der zugemauerten Fenster wieder aufgebrochen, sodass man hinein- und hinaussteigen konnte. Lukas hatte mit der Stirnlampe alles abgeleuchtet, aber hier war niemand, und es gab keinen Hinweis darauf, dass in letzter Zeit jemand hier gewesen war.

Der letzte Bunker, den er sich vornahm, war anders. Das Erste, was ihm auffiel, war, dass es nach Rauch roch. Als Lukas durch das zugemauerte und wieder aufgebrochene Fenster nach innen stieg, sah er die Quelle des Geruchs. Jemand hatte im Innenraum ein Feuer entzündet. Neben den verkohlten Holzresten lag ein zerrissenes Buch, das der Unbekannte zurückgelassen hatte. Lukas hob es auf. Es war *Huckleberry Finn*. Die ersten paar Dutzend Seiten fehlten; sie waren offensichtlich zum Anzünden des Feuers benutzt worden. Auf der Innenseite des Einbandes stand in säuberlicher Schreibschrift: *Dieses Buch gehört Sylvia Schröder.*

Lukas steckte das Buch ein. Als er nach draußen stieg, sah er, dass seine Suche nicht unbemerkt geblieben war. Von der anderen Seite des kleinen Tales hörte er Stimmen, und irgendwo dort hinten jenseits der erleuchteten Fenster kreiste das Blaulicht eines Streifenwagens. Lukas schaltete die Stirnlampe aus. Er vermied die öffentlichen Wege und ging quer durch den Wald zurück zur B 73. Das feuchte Laub unter seinen Schuhen gab kein Geräusch.

Als Lukas wieder in der S-Bahn saß, wurde ihm bewusst, wie müde er war. Er schaltete sein Handy ein. Keine neue Nachricht von Sylvia? Doch. Sie hatte sich gemeldet. Sie hatte geschrieben: *Geesthacht, Bunker 432.*

Wo ist das?, fragte Lukas, aber Sylvia antwortete nicht. Wahrscheinlich schlief sie schon.

Es hatte keinen Sinn mehr, jetzt noch in das unbekannte Gelände in Geesthacht zu fahren. Er musste den Ausflug auf morgen verschieben.

* * *

Das Läuten des Telefons riss Bernd Kastrup aus dem Schlaf. Er tastete im Dunkeln nach dem Hörer, bekam ihn nicht richtig zu fassen, und schon war die Verbindung unterbrochen. Gut so, dachte Kastrup.

Aber im nächsten Moment schrillte das Ding erneut los. Kastrup erhob sich, machte Licht und nahm den Hörer ab.

»Endlich!«, sagte eine Stimme am anderen Ende. Es war der Schrebergärtner.

»Alles ist endlich!«, brummte Kastrup verärgert. »Was gibt es?«

»Tote Frau in der S-Bahn. Offenbar erstochen.«

Kastrup sah auf die Uhr. »Jetzt?« Hatte die Bahn nicht längst Nachtruhe?

»Die Leiche ist jetzt erst entdeckt worden. Weber und Nachtweyh sind schon draußen.«

»Was heißt ›draußen‹? Wo genau ist das?«

»Ohlsdorf. Sommerkamp.«

* * *

»Tornquist. Presse.« Der Mann wedelte mit seinem Ausweis.

Das wäre nicht nötig gewesen, Kastrup kannte den Mann. »Lassen Sie mich durch«, sagte er.

»Nur eine kurze Auskunft: Ist es wahr, dass der unheimliche S-Bahn-Mörder wieder zugeschlagen hat? Die Schlange von Hamburg?«

»Ich weiß nichts von einer Schlange«, brummte Kastrup. »Ich weiß gar nichts. Lassen Sie mich durch.« Er schob den Pressemann zur Seite und ging auf das

Bahngelände. Er brauchte nicht lange zu suchen. Der Tatort war hell erleuchtet. Die Spurensicherung war bei der Arbeit. Doktor Beelitz wartete auf seinen Einsatz. Er unterhielt sich mit Jennifer und Alexander. Alle drei trugen weiße Schutzanzüge; alle drei hatten Becher mit heißem Kaffee in der Hand.

»Die Schlange von Hamburg«, sagte Kastrup statt einer Begrüßung.

»Was?«

»Die ›Schlange von Hamburg‹ – so haben die Journalisten den Täter genannt. Den unheimlichen S-Bahn-Mörder.«

»Klingt gut«, sagte Alexander.

Kastrup schüttelte den Kopf. »Und?«, fragte er.

»Es ist wahrscheinlich wieder der S-Bahn-Mörder. Jedenfalls hat er genau solch ein Schlangenmesser verwendet.«

»Wenn es kein Nachahmungstäter ist«, brummte Kastrup. Es war keine gute Idee gewesen, Details bezüglich der Tatwaffe zu veröffentlichen.

»Kein Nachahmungstäter«, widersprach Alexander. »Denkt an die lange Lieferzeit. Etwa zwei Monate. So schnell hätte er das Messer nicht bekommen können. Er oder sie. Über den Täter oder die Täterin wissen wir bisher gar nichts. Dafür umso mehr über das Opfer. Es ist Jutta Dachsteiger.«

»Scheiße.«

»Wir haben versucht, ihren Mann zu erreichen, aber der geht nicht ans Telefon.«

»Weiter versuchen.«

Sie warteten.

»Irgendwelche Neuigkeiten von Sylvia?«, fragte Kastrup.

»Nichts Neues, sagte Vincent. »Lukas sucht jetzt nach ihr.«

Alexander runzelte die Stirn. Er fand es problematisch, dass die Kollegen sozusagen unter der Hand nach dem verschwundenen Mädchen suchten.

Die Spurensicherung war inzwischen mit ihrer Arbeit fertig. »Ihr könnt jetzt.«

Das war das Zeichen für Dr. Beelitz. Die drei Polizisten folgten ihm. Jutta Dachsteiger lag schräg auf der hinteren Sitzbank, mit weit aufgerissenen Augen, tot. So, wie sie saß, konnte man von der Tür aus nicht ohne Weiteres erkennen, dass sie tot war.

Alexander sagte: »Wahrscheinlich ist es auf der vorletzten Fahrt passiert. 0:24 Uhr ab Hauptbahnhof. Einer dieser Züge, die in Ohlsdorf geteilt werden. Der vordere Teil geht zum Flughafen, dieser Wagen gehört zu dem Zugteil, der nach Poppenbüttel fahren sollte. Mehr wissen wir noch nicht. Aber natürlich kriegen wir noch die Videoaufzeichnungen.«

»Tatzeugen?«

»Wahrscheinlich nicht. Jedenfalls hat sich noch niemand gemeldet.«

Abschiebung

Dienstag, 8. November 2016, vormittags

Lana hatte lange wach gelegen. Als sie endlich doch eingeschlafen war, klingelte es plötzlich an der Wohnungstür. Lana fuhr hoch.

»Vincent?«

Das Bett neben ihr war leer. Richtig, Vincent war ja unterwegs. Wie spät war es überhaupt? Der Wecker zeigte 5:00 Uhr. Lana erschrak. Wenn um diese Zeit jemand an der Tür klingelte, konnte es nur eine schlechte Nachricht sein.

Es klingelte erneut. Lana zog sich den Bademantel über und öffnete. Es war eine schlechte Nachricht! Draußen standen zwei uniformierte Polizisten.

»Ja, bitte?«

»Sind Sie die Frau al-Assad?«

Lana schüttelte den Kopf.

»Machen Sie keinen Unsinn«, sagte der Polizist ärgerlich. »Wir wissen, dass hier die Familie al-Assad wohnt.«

»Was soll das?« Auch Lukas war inzwischen erschienen. Er wirkte genauso verschlafen wie Lana.

»Polizei. Die Familie al-Assad wird abgeschoben.«

»Wie? Ohne vorherige Ankündigung?«

»Ja, ohne vorherige Ankündigung. So was gibt es nicht mehr. Das hat sich nicht bewährt. Wir haben allzu oft erlebt, dass Flüchtlinge nach der Ankündigung einfach untergetaucht sind.«

»Und da ist es natürlich viel besser und einfacher, wenn Sie vor Tau und Tag die Leute aus dem Schlaf holen und ihnen auch nicht die Spur einer Chance lassen, gegen diesen Bescheid irgendwelche – wie heißt das bei Ihnen? – Rechtsmittel einzulegen?«

»Junger Mann, wir tun nur unsere Pflicht.«

»Diesen Spruch kenne ich, den hat die Gestapo auch …«

»Lukas, sei ruhig!«

Der Polizist war rot geworden. »Dies ist ein Rechtsstaat«, behauptete er. »Vergleiche mit dem Nationalsozialismus sind vollkommen unangebracht.«

Lukas schwieg. Er konnte sehen, seine Mutter bebte vor Zorn, aber es half alles nichts, sie waren wehrlos gegenüber der Willkür der Behörden. Oder doch nicht?

Lana sagte leise: »Sie sollten sich schämen.«

»Wir schämen uns kein bisschen«, stellte der zweite Polizist fest. »Wir arbeiten für die Bundesrepublik Deutschland, und wir sind stolz darauf. – Jedenfalls haben Sie genau eine Stunde Zeit zum Packen, und dann geht es ab zum Flughafen.«

»Ich nicht, ich bin Deutsche.«

»Können Sie sich ausweisen?«, fragte der Polizist. Es klang barsch.

Lana Weber zeigte ihren Ausweis.

Die Familie al-Assad war inzwischen auf dem Flur erschienen. Die Zwillinge weinten. Lanas Vater sagte: »Wir hätten nicht herkommen sollen. Wir hatten gedacht, hier können wir in Frieden leben. Aber das war ein Irrtum. Syrien ist überall.«

Lukas bewunderte seinen Großvater. Auch er war sichtlich erregt, aber er hatte sich so weit unter Kontrolle, dass er mit ruhiger Stimme sprechen konnte. Und er sah dem Polizisten dabei fest in die Augen, bis der den Blick senkte.

Natürlich war eine Stunde viel zu kurz, als dass man die Habseligkeiten hätte systematisch packen können. Es war ein heilloses Durcheinander.

»Wollen Sie sie direkt nach Syrien abschieben?«, fragte Lana.

Der Polizist schüttelte den Kopf. »Es geht nicht um Syrien. Die Familie al-Assad …«

»Meine Familie!« fiel ihm Lana ins Wort.

»… die Familie al-Assad ist über Frankreich in die Europäische Union eingereist. Daraus ergibt sich zwangsläufig, dass Frankreich für das Asylverfahren zuständig ist.«

»Es ist unsere Familie«, rief Lukas. »Wir sind keine Franzosen. Wir sind Deutsche!«

»Das ändert nichts.«

Lana versuchte inzwischen, Vincent zu erreichen. Vergeblich. Lukas suchte im Internet fieberhaft nach Anwälten, die vielleicht helfen könnten. Davon gab es eine ganze Reihe, aber es gelang nicht, auch nur einen davon zu dieser frühen Stunde ans Telefon zu bekommen. Seine Mutter half ihrer Familie beim Packen. Nebenher telefonierte sie mit dem Polizeipräsidium, aber von den Leuten, die sie kannte, war noch keiner im Dienst.

»Ich schaffe das nicht!«, jammerte Lanas Mutter. »Die Zeit ist viel zu kurz. Die Flucht aus Raqqa letztes Jahr haben wir wochenlang vorbereitet. Und jetzt – nur eine Stunde? Ich kann das doch gar nicht schaffen. Ein Jahr haben wir hier gelebt. Und all die Dinge, die wir inzwischen gekauft haben, und all die Geschenke, die wir bekommen haben – wie soll das gehen?«

Lana beruhigte sie. »Mach dir darüber keine Gedanken. Was ihr jetzt nicht mitnehmen könnt, das bringen wir euch nach Paris.«

»Es geht nicht nach Paris«, sagte der arrogantere der beiden Polizisten. »Es geht nach Toulouse.«

»Warum nach Toulouse? Sie sind doch über Paris eingereist. Über Charles-de-Gaulle.«

»Auf dem Abschiebungsbescheid steht Toulouse«, sagte der Polizist.

* * *

Bernd Kastrup war in die Speicherstadt zurückgefahren. »Macht, was ihr wollt«, hatte er gesagt. »Ich brauche noch eine Stunde Schlaf.« Aber er schlief jetzt nicht, sondern saß in seinem Sessel und dachte über Serienmörder nach. Vor seinen Füßen lag der Kater und tat so, als ob er ihn ignorierte. Es war ganz offensichtlich, dass Kastrup im Augenblick nicht die Absicht hatte, ihn zu füttern.

»Serienmörder, Watson! Verrückte Serienmörder – was hältst du davon?«

Nichts. Der Kater reagierte nicht. Er machte einen verschlafenen Eindruck. Er hatte nicht damit gerechnet, dass Kastrup zu dieser frühen Stunde nach Hause kommen und ihn von seinem Sessel scheuchen würde.

»Du hast recht, Watson. Das sehe ich genauso. Ich glaube auch nicht daran. Da ist zunächst einmal die Geschichte mit dem Messer. Der Täter hat sich diese zwei Messer lange im Voraus besorgt. Das heißt, er hat die Morde sehr sorgfältig geplant.«

Watson erhob sich mit lässiger Eleganz.

»Und das bringt uns zu den Opfern«, sagte Kastrup. »Der Täter hat die Morde sorgfältig geplant, und er hat nicht einfach irgendjemanden umgebracht, sondern sehr gezielt genau diese Personen. Keines seiner Opfer hat sich ernsthaft gewehrt.«

Watson strich Kastrup um die Beine. Wahrscheinlich wollte er gestreichelt werden.

»Wenn es aber darum geht, diese beiden Personen aus dem Weg zu räumen, dann spielt der Tatort wahrscheinlich keine große Rolle. Er hätte sie an jedem beliebigen Ort in Hamburg niederstechen können. Aber er hat sich für die S-Bahn entschieden. Was heißt das? Zum einen will unser Täter Aufmerksamkeit. Deshalb auch das spezielle Messer. Er hätte es einstecken können. Er hat es nicht getan. Er will uns zeigen, dass diese beiden Morde eindeutig zusammengehören. – Ist das richtig?«

Watson äußerte sich nicht.

»Und jetzt kommen wir zu den Opfern. Das eine Opfer ist ein Student, von dem wir bisher nicht wissen, ob er irgendwelche Feinde gehabt hat. Aber das zweite Opfer ist Jutta Dachsteiger, und von der wissen wir sehr wohl, dass sie potentielle Feinde gehabt hat. Vor allem einen: ihre angebliche Tochter. Und was schließen wir daraus?«

Watson schloss nichts daraus.

»Daraus schließen wir, dass wir es nicht mit zufälligen Opfern eines irren Serienmörders zu tun haben, sondern mit jemandem, der äußerst planvoll vorgeht. Die Schlange von Hamburg ist Julia Dachsteiger.«

* * *

Bernd Kastrup war noch immer müde, als er ins Präsidium zurückkam. Alexander und Vincent hatten abwechselnd versucht, Carl Dachsteiger ans Telefon zu bekommen – ohne Ergebnis. Sie waren rausgefahren nach Rothenburgsort und hatten Julia Dachsteiger die Nachricht überbracht.

»Wie hat sie es aufgenommen?«, fragte Kastrup.

»So, wie man halt die Nachricht vom Tode seiner Mutter aufnimmt. Mit viel ›Oh, mein Gott!‹ und ›Das ist ja furchtbar!‹.«

»Ja, klar. Aber war sie echt erschüttert?«

»Mir schien das so.«

»Sie wirkte erschüttert«, bestätigte Vincent. »Aber wir kennen sie ja seit dem letzten Jahr. Sie ist eine Frau, die ihre Gefühle gut unter Kontrolle hat. Was sie gesagt hat, das klang echt – oder es war jedenfalls gut gespielt.«

Kastrup hatte nichts anderes erwartet. Er fragte: »Hat sie ein Alibi?«

»Das weiß ich nicht, danach habe ich nicht gefragt.«

»Das muss sofort nachgeholt werden. – Vincent?«

Vincent starrte auf sein Handy. Er war blass geworden. »Verdammte Scheiße«, sagte er.

Alexander hielt ihm das Schwein hin, in das jeder, der solche Ausdrücke benutzte, einen Euro zahlen sollte, aber Vincent reagierte nicht.

»Ich muss sofort nach Hause.«

»Du kannst doch nicht …«, setzte Kastrup an. Aber in dem Moment läutete das Telefon. Beelitz war am Apparat. »Dich hätte ich so früh am Morgen nicht erwartet«, knurrte Kastrup.

»Wenn du mir sagst, dass du die Ergebnisse so schnell wie möglich brauchst, dann kriegst du sie auch so schnell wie möglich. Aber wenn du mir jetzt natürlich erklärst, dass das alles keine Eile hat, und dass ich auch noch in Ruhe hätte frühstücken können, dann nehme ich alles zurück. Ich lasse den Text erst einmal sauber abtippen und schicke ihn dir dann per Post auf dem Dienstweg zu …«

»Red keinen Unsinn. Ich komme rüber zu dir, und dann sprechen wir alles durch. In einer Stunde, ist das okay?«

Kurt Beelitz hatte keine Einwände.

* * *

Die Wohnung von Julia Dachsteiger lag nicht auf dem Weg vom Polizeipräsidium zum Universitätskrankenhaus. Sie lag ziemlich genau in der entgegengesetzten Richtung. Kastrup fuhr dennoch zuerst nach Rothenburgsort. Wenn Julia wirklich die Schlange von Hamburg war, dann bestand die Gefahr, dass sie sich so schnell wie möglich absetzen würde. Er hätte sie gern festnehmen lassen, aber er hatte so gut wie gar nichts gegen sie in der Hand, und auf ein bloßes Gefühl hin würde er keinen Haftbefehl bekommen.

Er läutete. Keine Reaktion. Womöglich war Julia Dachsteiger ganz normal zur Arbeit gegangen? Nein, war sie nicht. Sie brauchte nur etwas länger, bis sie zur Tür kam.

»Oh, Herr Kommissar!« Sie sah verheult aus. Kastrup glaubte, in der Wohnung einen ganz leichten Geruch von Zwiebeln wahrzunehmen.

»Frau Dachsteiger, ich möchte Ihnen zunächst einmal mein herzliches Beileid ausdrücken.«

»Ja, danke. Das hat Ihr Kollege auch schon getan. Es ist furchtbar, was passiert ist. Mir fehlen einfach die Worte. Meine Mutter – sie war solch eine lebenslustige Frau, und nun dies.«

»Ja, schrecklich. Ich weiß, dass Ihnen das sehr unpassend vorkommen muss, aber ich habe noch ein paar Fragen …«

»Hat das nicht Zeit bis morgen? Ich bin völlig fertig, das können Sie sich ja wahrscheinlich vorstellen. Wir waren gestern noch in Berlin, mein Vater und ich, sind erst mitten in der Nacht zurückgekommen. Ich habe nur ein paar Stunden geschlafen, und dann hat Ihr Kollege mich mit dieser furchtbaren Nachricht geweckt.«

»Das tut mir leid, Frau Dachsteiger, aber bei einer Mordermittlung kommt es auf jede Stunde an. Das gilt natürlich besonders in einem Fall wie diesem, wo wir davon ausgehen müssen, dass es sich um einen Serientäter handelt. Deshalb wäre ich Ihnen sehr dankbar, wenn Sie mir meine Fragen beantworten würden. – Es dauert auch nicht lange.«

»Na schön – ich kann ja sowieso nichts machen. Also fragen Sie!«

»Frau Dachsteiger, haben Sie irgendeine Ahnung, wer Ihre Mutter umgebracht haben könnte?«

»Eine Ahnung? Ich denke, das ist alles ganz offensichtlich. Diese sogenannte Schlange von Hamburg ist das gewesen. Jedenfalls wurde das in den Nachrichten gesagt. Der gleiche Tatort, die gleiche Tatwaffe und wieder ein völlig zufälliges Opfer!«

»Das ist eben die Frage, ob Ihre Mutter wirklich ein zufälliges Opfer gewesen ist!«

»Ja, was denn sonst?«

»Wissen Sie, warum sie gestern spät abends in der S-Bahn unterwegs gewesen ist?«

»Ja, zufällig weiß ich das. Wir haben vorher darüber gesprochen. Sie wollte ins Kino gehen, ins *Cinemaxx* am Dammtor. In die Spätvorstellung.«

»Und in welchen Film?«

»Phantastische Tierwesen und wo sie zu finden sind. Das ist dieser Film, der auf Harry Potter aufbaut. Das Drehbuch ist von der Rowling. Aber das wissen Sie ja wahrscheinlich.«

»Und dieser Film läuft nur in der Spätvorstellung?«

»Nein.«

»Wäre es da nicht praktischer gewesen, zu einer früheren Zeit ...«

»Herr Kommissar, meine Mutter kann ins Kino gehen – oder besser gesagt: konnte ins Kino gehen – wann immer sie wollte. Und wenn sie in die Spätvorstellung wollte, dann konnte sie das tun. In diesem Fall hatte sie sogar einen guten Grund dafür. Ihre Freundin, mit der sie gehen wollte, die konnte nicht früher.«

»Haben Sie zufällig den Namen dieser Freundin?«

»Den Namen?« Julia überlegte. »Nein, ich glaube, da muss ich passen. Es ist eine alte Schulfreundin meiner Mutter. Ich kenne sie nicht persönlich. Ich weiß nur, dass sie nur für kurze Zeit hier in Hamburg ist. Aber wie sie heißt – nein, das weiß ich nicht. Ich habe sie noch nie gesehen.«

»Und Sie selbst, Sie sind in Berlin gewesen?«

Julia nickte. »Ja, mit meinem Vater.«

»Darf ich fragen, was Sie da gemacht haben?«

»Ja, das dürfen Sie. Wir sind beide viele Jahre nicht in Berlin gewesen, und da haben wir beschlossen, dass wir das jetzt nachholen wollten. Eigentlich hatten wir zu dritt fahren wollen, aber dann kam der Anruf von dieser Freundin meiner Mutter, und deswegen ist sie nicht mitgekommen. Aber mein Vater hat gesagt, was man sich vorgenommen hat, das sollte man niemals verschieben. Deswegen haben wir es nicht verschoben, sondern sind allein gefahren.«

»Gibt es irgendwelche Zeugen?«

»Was soll die Frage? – Ja, natürlich: meinen Vater.«

»Den werden wir befragen.«

»Haben Sie das noch nicht getan?«

»Wir haben versucht ihn anzurufen, aber ohne Erfolg.«

»Das verstehe ich nicht. Ich habe jedenfalls heute früh mit ihm telefoniert. Gleich, nachdem Ihr Kollege mir diese schreckliche Nachricht überbracht hat. Natürlich ist mein Vater aus allen Wolken gefallen. Er hat gesagt, er wollte gleich bei der Polizei anrufen. Hat er das nicht getan?«

»Offenbar nicht. – Und haben Sie in Berlin sonst irgendjemanden getroffen? Irgendjemand, den Sie kennen? Der Ihre Angaben bestätigen könnte?«

»Nein. – Glauben Sie mir etwa nicht?«

Kastrup war klar, dass die junge Frau ein Spiel mit ihm spielte. Selbstverständlich war ihr bewusst, dass der Kommissar ihr Alibi anzweifelte. »Was ich glaube, das spielt keine Rolle«, knurrte Kastrup.

»Tatsächlich nicht? – Herr Kommissar, machen Sie sich nichts vor! Was Sie glauben, spielt eine ganz erhebliche Rolle. Aber vielleicht gelingt es mir ja, Sie zu überzeugen. Wir haben Fotos gemacht in Berlin. – Warten Sie, ich habe die Bilder schon auf dem Laptop. Kommen Sie mit, ich zeige sie Ihnen!«

Julia ging voraus ins Arbeitszimmer und schaltete ihren Laptop ein. Kastrup hatte das unbestimmte Gefühl, dass die junge Frau schon die ganze Zeit auf diesen Moment gewartet hatte. Auf diesen Moment, in dem sie ihm zweifelsfrei beweisen konnte, wo sie zur Tatzeit gewesen war: ganz offensichtlich in Berlin.

»Das ist der Kurfürstendamm«, erläuterte Julia. »Und das hier auf dem nächsten Bild, das ist die Gedächtniskirche, die kennen Sie ja wahrscheinlich, und dann hier, das ist das Kanzleramt. Und das Hotel Adlon; da haben wir einen Kaffee getrunken. Und schließlich dies hier, na ja, das brauche ich nicht zu erläutern.«

Das letzte Bild aus der Serie zeigte das Brandenburger Tor.

»Die Aufnahmen sind alle von gestern Abend, das können Sie mir glauben.«

»Aber ich sehe keinen von Ihnen auf den Bildern«, stellte Kastrup fest.

»Ach, entschuldigen Sie, das habe ich vergessen. Sie sind ja nicht so sehr an Bildern aus unserer Hauptstadt interessiert, sondern daran, ob mein Vater und ich auch tatsächlich da gewesen sind. – Bitte! Hier ist der Beweis.«

Das nächste Bild war ein Selfie. Es zeigte Carl Dachsteiger und Julia vor dem Berliner Hauptbahnhof. Die Bahnhofsuhr im Hintergrund zeigte 22:30 Uhr.

»Wir haben den letzten ICE genommen, 22:39 Uhr ab Berlin, und sind dann um 0:30 Uhr in Hamburg angekommen.«

»Da haben Sie den Tag ja wirklich voll ausgenutzt«, sagte Kastrup. Wenn diese Angaben stimmten, dann kamen weder Julia Dachsteiger noch Carl Dachsteiger als Täter infrage. Als sie am Hauptbahnhof angekommen waren, war der Zug in Richtung Ohlsdorf bereits abgefahren. Sechs Minuten zuvor.

* * *

»Ist da die Mordkommission?« Die Frau am Telefon klang aufgeregt. »Mein Name ist Roswitha Bausch, Roswitha mit th, und ich rufe an wegen dieser Schlange von Hamburg.«

Bernd Kastrup bestätigte, dass sie hier an der richtigen Adresse sei.

»Ich habe sie nämlich gesehen, die Schlange.«

»Wo ist das gewesen?«

»Im Bus. Als ich mit dem Bus von Bergedorf nach Geesthacht gefahren bin, da hat sie schräg vor mir gesessen.«

Bernd Kastrup war skeptisch. Wie immer hatten sie viele Anrufe bekommen von Leuten, die angeblich irgendetwas gesehen oder gehört hatten. Bis jetzt war keine heiße Spur darunter gewesen. »Woran haben Sie erkannt, dass das die sogenannte Schlange von Hamburg gewesen ist?«

»Ganz wild hat sie ausgesehen, mit ungekämmten Haaren und dreckigen Fingernägeln ...«

»Ich verstehe.« Bernd Kastrup verzichtete darauf, die Frau darüber zu informieren, dass ungekämmte Haare kein sicheres Unterscheidungsmerkmal von Serienmördern waren. Und dreckige Fingernägel auch nicht.

»Und dann hatte sie dieses Messer. Ein ganz schreckliches Messer.«

»Was hat sie gemacht mit dem Messer? Hat sie Sie bedroht?«

»Bedroht? – Nein, das nicht. Aber sie hat sich ganz wild umgeguckt. Und dann hat sie sich mit dem Messer die Fingernägel sauber gemacht.«

»Aha. – Können Sie das Messer beschreiben?«

»Das Messer? – Das war ein ganz großes, schwarzes Messer. Ganz gefährlich hat das ausgesehen.«

»Hatte es vielleicht so ein kleines Zeichen auf dem Griff?«

»Zeichen? Was denn für ein Zeichen?«

»Irgendein Zeichen«, sagte Kastrup.

»Das habe ich nicht gesehen. Sie hat es ja in der Hand gehalten, die Schlange. Da konnte ich den Griff nicht sehen.«

»Und die Frau? Können Sie die beschreiben?«

»Ja, natürlich. Also, ganz wild geguckt hat die. Mit feurigen Augen ...«

»Mit feurigen Augen?«

»Naja, ganz wild eben.«

»War sie jung oder alt?«

»Jung«, sagte Frau Bausch bestimmt.

»So etwa 30 Jahre?«

»Nein, viel jünger. Vielleicht 18 oder 20.«

Dann konnte es jedenfalls nicht Julia Dachsteiger gewesen sein. »Und ihre Kleidung? Können Sie ihre Kleidung beschreiben?«

Ja, das konnte Roswitha Bausch. Das Gespräch wurde aufgezeichnet, aber Kastrup machte sich dennoch Notizen.

»Und wann haben Sie diese Frau gesehen? Jetzt gerade?«

»Nein, jetzt doch nicht! Jetzt bin ich ja bei der Arbeit. Ich arbeite in Hamburg. – Nein, das war doch auf dem Weg nach Hause, gestern Nachmittag. Ich hatte etwas früher Schluss gemacht, warten Sie, das muss also so gegen 15:00 Uhr gewesen sein. Da habe ich den Bus von Bergedorf genommen, das ist der 8800er, den 8900er hätte ich natürlich auch nehmen können, der ist ja schneller ...«

»Und warum haben Sie dann nicht gleich angerufen?«

»Ach, Herr Kommissar, das ist nicht so einfach für mich als Frau. Wenn man so was macht, dann wird man ja immer gleich als Klatschbase verschrien. Als ob man nichts anderes zu tun hätte, als dauernd irgendwelche Dinge zu melden, die nicht in Ordnung sind.

Jedenfalls habe ich heute erst einmal mit meinen Kolleginnen hier in der Firma darüber gesprochen, und die haben alle gesagt, das müsste ich melden. – Ja, und dann habe ich Sie angerufen.«

»Das war vollkommen in Ordnung. – Wissen Sie noch, wo diese verdächtige Frau ausgestiegen ist?«

»Kurz vor Geesthacht ist das gewesen. In Düneberg, glaube ich. Da, wo früher diese Pulverfabrik gewesen ist ...«

* * *

Das *Café Dallucci* im zweiten Stock des Universitätskrankenhauses Eppendorf hatte schon vormittags geöffnet. Als Bernd Kastrup dort eintraf, saß Dr. Beelitz bereits an einem der Tische und aß ein Stück Torte.

»Entschuldige, dass ich vorhin so knurrig war«, sagte Kastrup. »Ich bin in letzter Zeit etwas gereizt.«

»In letzter Zeit?«, fragte Beelitz.

»Jedenfalls möchte ich dich zum Frühstück – oder was immer das ist, was du hier auf dem Teller hast – jedenfalls möchte ich dich dazu einladen.«

»Danke. Sehr großzügig. – Ach ja, ich vergaß, du sollst ja inzwischen eine ganz ansehnliche Erbschaft gemacht haben!«

Kastrup starrte den Mediziner an.

»Entschuldige, das war jetzt nicht sehr feinfühlig von mir.«

»Nein.« Gabrieles Tod hatte Kastrup schwer getroffen, und die Erbschaft war ihm vollkommen egal. Er hätte alles dafür gegeben, dass Gabriele noch lebte.

»Weißt du was? Du lädst mich zum Frühstück ein, und ich lade dich zum Frühstück ein. Dann sind wir quitt. Was hältst du davon?«

»Ja, in Ordnung.« Kastrup wusste, dass er selbst auch mitunter auf den Gefühlen anderer herumtrampelte. Eigentlich war es ihm nicht bewusst. Er hatte es nur gelegentlich aus den Gesprächen seiner Mitarbeiter geschlossen. »Und – was gibt es?«

»Mokkatorte.« Der Mediziner wies auf seinen Teller.

»Nein, ich meine, was gibt es Neues von unserer Toten aus der S-Bahn?«

»Du hast sie ja gesehen. Die Stiche sind mit großer Wucht ausgeführt worden. Das belegt eindeutig, dass der Täter die Absicht gehabt hat, sein Opfer zu töten. Aber das weißt du ja sowieso; es ist ja schließlich schon der zweite Fall dieser Art.«

Kastrup hatte nichts anderes erwartet.

»Interessant ist natürlich, dass der Täter auch dieses Mal nur wenige Stiche benötigt hat, um sein Ziel zu erreichen. Er hat nicht damit gerechnet, dass sein Opfer sich vielleicht wehren könnte, und es hat sich auch nicht allzu stark gewehrt. Es gibt kaum Abwehrverletzungen.«

»Kein Wunder, wenn einem einer das Messer ins Herz rammt!«

Beelitz schüttelte den Kopf. »Ein kleines Wunder ist es schon«, sagte er. »Auch bei Verletzungen des Herzens ist es nicht unbedingt so, dass das Opfer sofort handlungsunfähig ist. Im Gegenteil. Normalerweise leben die Leute lange genug, dass sie noch sagen können, wer sie angegriffen hat. Wenn denn jemand da ist, der sie hört.«

»Und wie erklärst du dir dieses Wunder?«
»Hast du meinen Bericht nicht gelesen?«
»Den habe ich doch noch gar nicht!«
»Den Bericht über den Mordfall Roland. Darin habe ich doch ganz klar geschrieben, dass der Student von einer Feier mit seinen Freunden nach Hause gefahren ist, und dass er etwas getrunken hatte. Offenbar so viel, dass er es für klüger gehalten hat, das Auto stehen zu lassen. Das stand jedenfalls auch im Bericht. Nicht in meinem, sondern in eurem. Hast du den etwa auch nicht gelesen?«
Natürlich hatte Kastrup beide Berichte gelesen. Aber in keinem der beiden Schriftstücke war ausdrücklich gesagt worden, dass der Student stark betrunken und zum Zeitpunkt des Angriffs gar nicht mehr handlungsfähig gewesen war.
»War die Klinge auch dieses Mal wieder vergiftet?«
»Ja, die Klinge war auch dieses Mal wieder vergiftet. Was das genau gewesen ist, das wird noch analysiert. Aber ich nehme an, es ist wieder Schierling gewesen. Das hat aber auf die Todesursache keinen Einfluss gehabt.«
»Na schön ...« Kastrup erhob sich.
»Wo willst du denn hin? Du hast doch noch gar nicht gefrühstückt?«
»Ich habe morgens nie viel Hunger.«
»Aber das ist falsch, Bernd! Du musst etwas essen! Wenn du keinen Kuchen magst, dann hol dir wenigstens eines von diesen leckeren Brötchen. Und einen anständigen Kaffee dazu.«
»Nein, schönen Dank, aber ich muss wirklich ...«
»Aber ich bin doch noch gar nicht fertig! Das Wichtigste habe ich dir doch noch gar nicht erzählt!«

Kastrup setzte sich wieder. »Was ist das Wichtigste?«, fragte er.

»Also, bei dem ersten Überfall in der S-Bahn, da hat der Angreifer offenbar schräg vor dem Opfer gestanden und dementsprechend schräg von oben zugestochen.«

»Ja, das weiß ich, das stand in deinem Bericht.«

»Aber dieses Mal nicht. Und das ist das Besondere, Bernd! In diesem Fall ist der Stich seitlich ausgeführt worden. Der Täter hat rechts neben seinem Opfer gesessen und im Sitzen zugestochen. Dir ist klar, was das bedeutet?«

Kastrup nickte. Wenn in einer leeren S-Bahn Täter und Opfer direkt nebeneinandersaßen, dann konnte das eigentlich nur bedeuten, dass die beiden sich gekannt hatten.

* * *

Vincent kam zu spät; die Polizisten hatten die Familie seiner Frau längst in ein Auto verfrachtet und waren auf dem Weg zum Flughafen.

»Alle haben geweint«, sagte Lana. »Am Ende haben alle geweint.« Sie wischte sich die Augen.

»Die Polizisten haben nicht geweint«, widersprach Lukas. Er sah seinen Vater an. »Was seid ihr nur für ein Scheißverein!«

Vincent antwortete nicht.

»Schade, dass du deine Pistole immer im Präsidium lässt. Wenn sie hier gewesen wäre – ich hätte sie benutzt, das schwöre ich dir!«

»Deswegen ist sie ja im Präsidium«, sagte Vincent. »Damit keiner damit irgendwelchen Unsinn anstellt. Bitte beruhigt euch. Das lässt sich alles klären. Frankreich ist nicht Syrien. Ich bin überzeugt, dass auch in Frankreich niemand unserer Familie etwas tun wird. Auch die Franzosen werden sie nicht nach Raqqa zurückschicken.«

Lukas registrierte, dass sein Vater »unsere Familie« gesagt hatte. Das war bei Vincent keine Selbstverständlichkeit.

* * *

Das Telefon läutete. Julia Dachsteiger war dran. Sie klang aufgeregt: »Ich habe soeben eine Mail gekriegt«, sagte sie. »Eine Mail von meinem Vater. Er fühlt sich nicht mehr sicher. Er glaubt, dass wir alle in Gefahr sind. Er hat gesagt, er wird jetzt wegfahren und erst zurückkommen, wenn diese ganzen Morde aufgeklärt sind.«

»Wo will er hin?«

»Das hat er nicht gesagt.«

»Und wann genau haben Sie die Mail bekommen?«

»Jetzt gerade, vor zehn Minuten.«

»Danke. Es ist gut, dass Sie uns gleich informiert haben. Wir werden uns darum kümmern.«

»Glauben Sie denn, dass wir wirklich in Gefahr sind? Glauben Sie denn, dass ich mich besser auch aus dem Staub machen sollte?«

»Nein, Frau Dachsteiger, Sie sind nicht in Gefahr. Sie können getrost in Hamburg bleiben. Wir sorgen für Ihre Sicherheit.« Kastrup legte auf.

Bevor er irgendwelche Schritte unternehmen konnte, meldete sich Thomas Brüggmann am Telefon. »Kurzer Zwischenbericht«, sagte er. »Das Labor hat den Plastikbeutel untersucht; es sind nur die Fingerabdrücke deiner Frau drauf. Es gibt also keinen Hinweis auf irgendeine Fremdeinwirkung.«

»Heißt das, dass die Untersuchungen eingestellt sind?«

»Nicht ganz. Da gibt es immer noch das kleine Problem, dass dieses Buch mit der Anleitung zum Selbstmord ...«

»*Final Exit.*«

»... dass dieses Buch bisher nicht gefunden worden ist. Unsere Leute haben noch einmal die ganze Wohnung auf den Kopf gestellt, alles vergebens.«

»Was ist mit der Mülltonne?«, fragte Kastrup.

»Die haben sie auch untersucht. Es sind Profis, Bernd.«

»Ja, natürlich.« Außerdem fiel Kastrup kein vernünftiger Grund ein, warum Gabriele ihren Selbstmord vorbereiten und dann das Buch in die Mülltonne stecken sollte. Die Sache blieb rätselhaft.

* * *

Vincent telefonierte. Die Abschiebung war rechtmäßig. Lanas Verwandte waren über Paris eingereist, hatten dort ihre Fingerabdrücke hinterlassen, und über ihren Asylantrag musste demzufolge in Frankreich entschieden werden. Wenn der Antrag abschlägig beschieden werden sollte, war auch die Abschiebung aus Frankreich fällig. Dies war aber eher unwahrscheinlich, da Flüchtlinge aus Syrien, noch dazu aus Raqqa, der Hochburg des IS, in der Regel zumindest eine befristete Aufenthaltsgenehmigung bekamen.

»Dann können sie also, wenn alles gut geht, in ein paar Wochen wieder zu uns kommen?«, fragte Lana hoffnungsvoll.

»Das sollte möglich sein. Insbesondere, wo es sich ja um eine Familienzusammenführung handelt.«

»Aber?«

»Die Frau, mit der ich eben gesprochen habe, sagt, es wird bei einer Abschiebung zunächst einmal ein Wiedereinreiseverbot ausgesprochen. Dieses gilt nicht unbefristet, aber eine Frist wird erst genannt, wenn der abgeschobene Ausländer die Kosten für seine Abschiebung vollständig bezahlt hat.«

»Gangster!«, rief Lukas ungehalten. »Faschisten!«

Vincent bremste ihn. »Das mag sein, wie es will. Im Augenblick gibt es keine andere Möglichkeit, als das Asylverfahren in Frankreich einzuleiten und hoffentlich erfolgreich abzuschließen.«

Lana sagte: »Vincent, das schaffen meine Eltern nicht. Sie sprechen kein Französisch. Ich habe inzwischen mit meinem Vater telefoniert. In Toulouse gibt es gar nichts. Niemand kümmert sich um sie. Angeblich ist niemand zuständig.«

»Wir werden das klären. Ich werde mich erkundigen, wer genau in Frankreich für die Flüchtlinge zuständig ist, speziell für die Flüchtlinge in Toulouse, und dann werde ich dafür sorgen, dass sie eine angemessene Unterkunft bekommen und anständig behandelt werden.«

»Wie willst du das machen von hier aus? Wenn die Franzosen nicht helfen wollen, dann legen sie einfach den Hörer auf.«

»Wir fahren hin«, entschied Vincent. »Das heißt, Lana und ich fahren hin und bringen die Sache in Ordnung.«

»Ich fahre mit«, sagte Lukas entschieden. Plötzlich wurde ihm bewusst, dass das nicht ging. Seine Aufgabe war es, sich um Sylvia zu kümmern.

Lana sagte: »Du fährst nicht mit, Lukas. Du hast Schule.«

* * *

Jennifer und Alexander standen vor der Wohnung von Julias Eltern im Heimweg.

»Versuch es noch einmal«, sagte Jennifer.

Alexander tippte erneut die Telefonnummer von Carl Dachsteiger in sein Handy, aber auch diesmal ging niemand ran.

»Der hat sich abgesetzt«, vermutete Jennifer. »Genau wie Julia gesagt hat.«

»Oder er ist tot.«

»Gehen wir rein?«

Alexander nickte. Die Haustür war unverschlossen. Jennifer läutete noch einmal an der Wohnung der Dachsteigers. Nichts rührte sich.

»Wir müssen da rein. Gefahr im Verzug.«

»Das ist ein Sicherheitsschloss«, stellte Jennifer fest.

»Aber keine Sicherheitstür!« Es war eine schwere Holztür mit einem soliden Schloss. Alexander vermutete, dass ihre schwächste Stelle die Aufhängung war. Er brachte sich in Position. Jennifer erschrak, als er mit einem lauten Schrei die Tür aus den Angeln trat.

»Das ging leichter, als ich gedacht habe«, sagte er. »Die meisten Türen geben nicht gleich beim ersten Tritt nach!«

Jennifer fragte sich, warum in dem Haus niemand auf den Lärm reagierte. Wahrscheinlich waren die anderen Mieter zu dieser Zeit bei der Arbeit. Sie folgte Alexander in die Wohnung.

Alexander riss alle Türen auf. Die Zimmer waren leer.

»Hier ist niemand.«

Das war einerseits gut, so bestand jedenfalls eine Chance, dass Carl Dachsteiger noch am Leben war. Andererseits war es schlecht, denn mit Sicherheit würde es Ärger geben wegen der eingetretenen Tür, besonders wenn Carl Dachsteiger im nächsten Moment nach Hause kam.

Aber Carl Dachsteiger kam nicht nach Hause. Während Alexander die Wohnung durchsuchte, Schranktüren öffnete und Schubladen herauszog, telefonierte Jennifer wegen der Durchsuchungsgenehmigung. Als das geklärt war, ließ sie sich in einen Sessel fallen und dachte nach. Dies war der Sessel, in dem sie schon einmal gesessen hatte, vor einem Jahr, als sie zusammen mit Vincent hier gewesen war und den Dachsteigers eröffnet hatte, dass ihre Tochter noch am Leben sei. Damals hatte sie noch nicht geahnt, dass Julia Dachsteiger eigentlich eine Schwindlerin war.

Carl Dachsteiger tat ihr leid. Er hatte von Anfang an nicht geglaubt, dass seine Tochter noch lebte. Aber als seine Frau darauf bestand, dass die junge Frau im Krankenhaus ihre Tochter sei, da hatte er sie gegen sein besseres Wissen unterstützt. Er hätte sagen müssen, was er dachte. Er hätte sagen müssen, was er zu wissen glaubte. Und er hätte auf jeden Fall eine DNA-Analyse machen lassen sollen. Zu spät.

Jetzt war seine Frau tot und er selbst auf der Flucht. Jennifer ging davon aus, dass die angebliche Tochter ihn ebenfalls aus dem Weg räumen wollte. Es gab drei Personen, die ihre falsche Identität entlarven konnten. Eine davon war Jutta Dachsteiger gewesen, die zweite war Carl Dachsteiger. Und sie, Jennifer Ladiges, sie war die dritte Person. Davon war sie überzeugt. Warum das so war, wusste sie nicht.

Jennifer hatte tagelang als Gefangene mit Julia Dachsteiger zusammengelebt. Dabei hatte sich nichts ergeben, was als Beweis geeignet gewesen wäre. Julia hatte sich mit ihrem Komplizen über alles Mögliche unterhalten, aber von ihren Eltern war nie die Rede gewesen.

Jennifer ließ alle Ereignisse, bei denen sie mit Julia Dachsteiger zusammengetroffen war, noch einmal vor ihrem inneren Auge Revue passieren. Da war die erste Befragung im Krankenhaus – unspektakulär. Da war die Gegenüberstellung im Krankenhaus – glaubwürdig. Zumindest gut gespielt. Und dann ihre Geiselnahme – ein Albtraum. Geendet hatte sie damit, dass Jennifer Julia Dachsteiger überwältigt hatte, und dass Vincent und Alexander ihren Kumpanen vertrieben hatten. Während ihrer Gefangenschaft war ihr nichts Besonderes aufgefallen.

Die Frage der Identität hatte in dem Prozess keine entscheidende Rolle gespielt. Julias Eltern hatten ihre angebliche Tochter voll akzeptiert, und das wurde nicht in

Zweifel gezogen. Was war es, was Jennifer hätte anführen können, was diese Aussage womöglich erschüttert hätte? Ihr fiel nichts ein.

Alexander hatte inzwischen seine oberflächliche Durchsuchung der Wohnung abgeschlossen.

»Und?«

»Nichts. Kein Hinweis darauf, dass irgendetwas Ungewöhnliches passiert sein könnte. Wahrscheinlich hat sich der Mann wirklich in Sicherheit gebracht.«

»Ja, hoffentlich.« Jennifer starrte auf die weiß gestrichene Wand des Wohnzimmers. Neben dem Fernseher hing ein Bild. Eine Fotografie. Jennifer stand auf und sah sich das Bild aus der Nähe an.

»Pinguine«, sagte Alexander.

Ja, das Foto zeigte Pinguine in der Antarktis – möglicherweise aus irgendeiner Zeitschrift ausgeschnitten. Aber Jennifer war sich auf einmal sicher, dass sie diese Fotografie noch nie zuvor gesehen hatte. »Hier war vorher ein anderes Bild«, sagte sie.

Alexander zuckte mit den Schultern. Was bedeutete das schon? Die Bilder, die er in seiner Wohnung an die Wände geheftet hatte, wechselten in kurzen Abständen. Meist waren es irgendwelche Computergrafiken. »Ich sehe mir mal den Computer an«, sagte er.

»Warte mal«, sagte Jennifer, »hier hat früher ein anderes Bild gehangen. Ein größeres Bild.« Die Flächen rechts und links neben den Pinguinen waren etwas heller als die Umgebung.

»Und was ist das gewesen?«

»Ein Foto. Irgendein Familienfoto. Julia und ihre Eltern. Ein Bild aus der Zeit, als sie noch eine Familie gewesen sind. – Warum haben sie das Bild jetzt abgenommen?«

»Keine Ahnung. Vielleicht haben sie es nicht mehr gebraucht, jetzt, wo sie ihre Tochter doch angeblich wieder hatten?«

Jennifer schüttelte den Kopf.

»Jedenfalls ist das Bild nicht mehr da«, sagte Alexander. »Und es liegt auch nicht irgendwo in einer Schublade. Ein Bild in dieser Größe, ein gerahmtes Bild, das hätte ich gesehen.«

»Es war eine Amateuraufnahme«, erinnerte sich Jennifer. »Kein Bild, das irgendwo im Studio gemacht worden ist. Am Strand vielleicht. Ja, das könnte am Strand gewesen sein.«

»Und wann?«

»Das weiß ich nicht. Sie ist 1987 geboren. Das wissen wir. Auf dem Bild war sie, wenn ich mich recht entsinne, ein Schulkind. Ein großes Schulmädchen. Das heißt, das Bild muss irgendwann zwischen 2000 und 2005 entstanden sein. So ungefähr jedenfalls. Warum fragst du?«

»Ich frage mich, ob wir nach Negativen oder Bilddateien suchen müssen. Wahrscheinlich eher Bilddateien. Um 2000 habe ich jedenfalls schon längst eine Digitalkamera gehabt. Wir nehmen am besten den Computer mit.«

* * *

»Das ist furchtbar, Vincent!« Kastrup war erschrocken. »Ganz furchtbar. Soll ich mit Thomas sprechen? Vielleicht kann der Chef etwas ausrichten.«

Vincent glaubte nicht, dass irgendein Polizist, welche hohe Stellung er auch immer bekleiden mochte, von Hamburg aus irgendetwas ausrichten konnte. »Ich muss selbst hin. Ich muss nach Frankreich und sehen, dass die Sache da in Ordnung kommt. Das heißt, Lana und ich, wir fahren beide.«

»Hältst du das für sinnvoll?«

»Hast du einen besseren Vorschlag? Fest steht, dass Lanas Familie auf keinen Fall nach Syrien zurückgeschickt werden darf. Sie kommen aus Raqqa. Dort kann man niemanden hinschicken.«

»Das wird doch auch niemand tun!«

»Ich traue den Behörden alles zu. – Ich hatte vorhin schon überlegt, ob ich sie nicht einfach über die grüne Grenze nach Deutschland zurückholen sollte, und ob sie dann nicht Kirchenasyl bekommen könnten. Aber ich habe mit der Kirche telefoniert. Die machen das nicht. Wenn meine Leute in Frankreich ihre Fingerabdrücke hinterlassen haben, sagen sie, dann müssen sie ihren Antrag in Frankreich stellen. Dagegen ist auch die Kirche machtlos.«

»Aber – wie stellst du dir das vor? Willst du Urlaub beantragen? Das geht nicht, jetzt, mitten in einer Mordermittlung. Das genehmigt dir keiner. Monatelang ist gar nichts los in Hamburg, aber ausgerechnet jetzt haben wir mehrere Morde gleichzeitig aufzuklären, und außerdem die OSZE-Vorbereitung …«

»Das schafft ihr schon. Jetzt, wo Jennifer wieder da ist.«

»Vincent, das geht nicht …«

»Doch, das geht. Das muss gehen. Ich frage niemanden. Ich fahre einfach los.«

»Vincent, ich bitte dich! Das ist absolut gegen die Vorschrift!«

»Tut mir leid, Bernd, aber meine Familie ist mir wichtiger als irgendwelche Vorschriften.«

Bernd Kastrup seufzte.

Vincent sagte: »Ich bin einfach von jetzt ab nicht mehr da, verstehst du?«

»So geht das nicht. – Nein, Vincent, wir machen das anders. Du bist krank, hörst du? Ich werde einfach sagen, dass du krank bist. Und wenn deine Krankmeldung nicht gleich eingeht, dieser gelbe Zettel, dann ist da eben irgendetwas schiefgelaufen. Wir decken dich, das ist selbstverständlich. Wir gehen so weit, wie wir nur irgend können. Und darüber hinaus, wenn es sein muss.«

»Das ist lieb von euch, aber ...«

»Wann bist du wieder hier?«

»Das kann ich nicht sagen. Das hängt davon ab, wie es in Frankreich läuft. Und nach allem, was wir bisher am Telefon gehört haben, läuft es chaotisch. Die Bilder von diesem wilden Flüchtlingslager am Kanaltunnel hast du ja selbst gesehen. Die Behörden sind, milde ausgedrückt, krass überfordert.«

»Was schätzt du denn, wie lange das dauern könnte?«

»Ich habe keine Ahnung. Vielleicht komme ich nie mehr zurück.«

»Was?«

»Bernd, vielleicht ist dir nicht ganz klar, was heute früh passiert ist. Was das bedeutet, wenn man erleben muss, dass seine eigene Familie auf diese Weise aus dem Land geworfen wird. Ich bin erschüttert. Ich bin zutiefst erschüttert. Mein Vertrauen in dieses Land ist erschüttert. Und wenn – wenn es mir nicht gelingt, Lanas Verwandte wieder hierher zurückzuholen, dann – dann muss dieser Staat in Zukunft ohne mich auskommen. Dann kündige ich.«

»Vincent, ich bitte dich! Unternimm keine voreiligen Schritte, ganz gleich, was passiert! Es gibt unendlich viele Möglichkeiten, immer, zu jeder Zeit, in irgendwelche unerfreulichen Prozesse einzugreifen und alles zum Guten zu wenden. Denk an deine Frau, denk auch an euren Sohn!«

»Ich habe ja nicht die Absicht, das Land zu verlassen.«

»Was ist mit Lukas?«

»Lukas bleibt hier. Er kann uns in Frankreich nicht viel helfen. Und außerdem muss er doch zur Schule.«

»Vincent, wenn du Hilfe brauchst, wenn irgendeiner von euch irgendwelche Hilfe braucht, dann sagt es mir bitte. Ich tue alles, was in meiner Macht steht. Ruf mich an, von wo auch immer.«

»Das ist lieb von dir.«

»Und für mich bist du krank. Von mir aus wochenlang, monatelang, bis zum Beweis des Gegenteils …«

»Danke.«

Am anderen Ende wurde der Hörer aufgelegt. Und jetzt? Kastrup beäugte das sogenannte »Scheißschwein«, das die Kollegen hier aufgestellt hatten, und in das jeder einen Euro zahlen sollte, der hier in diesen Räumen das Wort Scheiße benutzte. Wenn er jetzt aussprach, was er dachte, hätte er das Schwein vollständig mit Münzen füllen müssen. Aber so viele Münzen hatte er nicht. Er nahm sich zusammen und sagte gar nichts.

* * *

Bernd Kastrup hatte Oliver Rühl nach Rothenburgsort vorausgeschickt. Der Schrebergärtner sollte Julias Wohnung observieren und der jungen Frau folgen, falls sie das Haus verließ. Als Kastrup dort eintraf, lehnte Oliver am Stamm eines der Chausseebäume im Vierländer Damm und sah aus wie ein Polizist, der sich bemüht, unauffällig irgendetwas zu beobachten.

»Hier tut sich nichts«, sagte er. Immerhin hatte er seinen Standort so gewählt, dass man ihn von dem Haus auf der anderen Straßenseite nur sehen konnte, wenn man nach draußen trat.

»Dann komm mit.«

Sie überquerten die Straße. Als sie auf den Eingang zugingen, hatte Kastrup plötzlich ein ungutes Gefühl. Das letzte Mal, als er dieses Haus betreten hatte, hatten hier zwei Leichen gelegen. Die eine hatten sie sofort entdeckt, die andere erst viel später.

»Hast du deine Pistole dabei?«

»Ja, natürlich.«

Kastrup bezweifelte, dass Oliver Rühl die Waffe im Ernstfall schnell genug ziehen konnte. Aber wahrscheinlich gab es sowieso keinen Ernstfall. Wahrscheinlich war die Wohnung einfach leer.

Sie läuteten.

Ein Fenster öffnete sich, aber die Frau, die herausschaute, war nicht Julia Dachsteiger. »Wenn sie zur Frau Dachsteiger wollen«, sagte sie, »dann müssen Sie sich eine Weile gedulden. Die ist vor einer halben Stunde weggegangen. Wahrscheinlich zum Einkaufen.«

»Zum Einkaufen?« Kastrup war skeptisch.

»Ja, das dauert nicht lange. Wahrscheinlich ist sie nur eben zu Penny. Oder zum Schneemann. Das ist der Getränkemarkt. Ecke Billhorner Deich. Da kaufen wir auch immer.«

»Schönen Dank!«, sagte Kastrup. Und zu Oliver: »Komm, wir gehen ein Stück in Richtung Billhorner Deich. Sonst fallen wir hier bloß unnötig auf.«

* * *

Julia kam nicht. Nachdem Kastrup und Rühl eine halbe Stunde hin und her gegangen waren und vergeblich gewartet hatten, ließ Kastrup die Wohnungstür öffnen. »Gefahr im Verzug«, sagte er. Dennoch nahm er sich die Zeit, den Schlüsseldienst zu bemühen, sodass sie ohne den Einsatz von Gewalt in die Wohnung gelangten.

Oliver Rühl blieb auf dem Flur stehen, während Kastrup in alle Zimmer guckte. Es gab keine Überraschungen. »Der Vogel ist ausgeflogen«, sagte er. Er war sich nicht sicher, ob das stimmte. Möglicherweise war Julia nicht zum Einkaufen gegangen, wie ihre Nachbarin geglaubt hatte, sondern schlicht und ergreifend zur Arbeit. Möglicherweise hatten sie in ihrer Softwarefirma flexible Arbeitszeiten, und sie konnte kommen und gehen, wann sie wollte. Dies hätte sich durch einen Anruf klären lassen. Aber Kastrup rief nicht an. Er nutzte stattdessen die Gelegenheit, sich weiter in der Wohnung umzusehen.

Nichts sprach dafür, dass Julia Dachsteiger Hals über Kopf geflüchtet war. Alles wirkte sauber und ordentlich. An der Stelle, an der vor einem Jahr der Fassadenkletterer in seinem Blut gelegen hatte, lag jetzt ein schlichter, rotbrauner Teppich.

»Nepal ist das«, sagte Oliver.

»Was?«

»Das ist ein Nepal-Teppich. So einen habe ich auch zu Hause. Nicht ganz so schlicht wie dieser, sondern mit Blümchen am Rand.«

Kastrup nickte. Er ging ins Schlafzimmer und öffnete den Kleiderschrank. Dieser war gut gefüllt. Es sah nicht so aus, als ob hier jemand Dinge herausgenommen hätte. In einer Ecke hinter dem Kleiderschrank standen zwei Koffer. Beide waren leer. Julias Nachtzeug lag auf dem Bett.

»Die ist nicht abgehauen«, sagte Oliver. »Die ist noch hier. Wo arbeitet sie noch mal?«

Kastrup nannte den Namen der Softwarefirma.

»Die Telefonnummer hast du nicht zufällig?«

Nein, die Telefonnummer hatte Kastrup nicht. Oliver Rühl rief bei der Auskunft an und erhielt die gewünschte Nummer.

Jetzt das Bad. Auch hier gab es nichts Ungewöhnliches. Keinerlei Hinweise darauf, dass etwa außer Julia noch jemand hier gewesen sein könnte. Und die Haarbürste – Kastrup beäugte die Haarbürste. Sie war voller blonder Haare.

»Sie ist bei der Arbeit!«, rief Oliver. »Ich hab bei der Firma angerufen. Julia Dachsteiger ist ganz normal bei der Arbeit.«

Kastrup entschied, dass er das nicht gehört hatte. »Die nehmen wir mit!«, sagte er. »Diese Haarbürste, die nehmen wir mit.« Auf diese Weise ließ sich endlich ein für alle Mal klären, ob diese Frau wirklich Julia Dachsteiger war.

* * *

Carl Dachsteiger war noch immer nicht in den Heimweg zurückgekehrt. Am Nachmittag hatten sie seinen Computer im Präsidium.

»Eine ganz alte Kiste. Ein Wunder, dass die noch funktioniert!«, sagte Alexander.

Ja, der Computer funktionierte. Das einzige Problem war, dass sein Inhalt passwortgeschützt war. Alexander machte sich daran, das Passwort zu knacken. Er spielte die wahrscheinlichsten Varianten durch.

»Wir haben auch Spezialisten für solche Aufgaben!«, erinnerte ihn Kastrup.

»Im Grunde ja«, gab Alexander zu. »Aber du weißt ja, wie das ist. Die Spezialisten sind ständig überlastet. Wenn wir eine schnelle Lösung wollen, dann machen wir es besser selbst.«

Alexander versuchte es.

Dachsteiger – falsches Passwort!

Carl – falsches Passwort!

»Stopp mal!«, rief Kastrup. »Noch ein Fehlversuch, und der Rechner ist gesperrt!«

Alexander schüttelte den Kopf. »Nicht für mich. Und schon gar nicht bei diesem alten Modell.«,

CarlDachsteiger – falsches Passwort!

Jutta – falsches Passwort!

JuttaDachsteiger – falsches Passwort!

Julia – falsches Passwort!
JuliaDachsteiger – falsches Passwort!
Julia1987 – falsches Passwort!
Schnucki – falsches Passwort!
Schnucki123 – falsches Passwort!
HSV– falsches Passwort!
StPauli – falsches Passwort!

»Hoffnungslos!«, meinte Kastrup.

Alexander schüttelte den Kopf. »So schnell gebe ich nicht auf. Die nächste Möglichkeit, die wir probieren können, das ist ein sogenannter Wörterbuch-Angriff. Auf Englisch *dictionary attack.* Dabei nutzt man die menschliche Eigenschaft, dass man dazu neigt, als Passwörter tatsächlich existierende Wörter zu verwenden. Die Auswahl solcher Wörter ist aber ziemlich klein. Man kann sie mit einem entsprechenden Programm sehr schnell alle durchprobieren. Man kann sie auch kombinieren oder mit den üblichen Zahlen oder Sonderzeichen kombinieren. Dadurch vergrößert sich die Auswahl. Aber berechnen lässt sich alles. Und wenn wir damit nicht weiterkommen, dann machen wir es mit brutaler Gewalt. Mit einer *brute force attack.* Aber ich glaube nicht, dass das erforderlich ist.«

Nein, es war tatsächlich nicht erforderlich. Und es war nicht Alexander Nachtweyh, der das Problem löste, sondern Bernd Kastrup. Das Passwort hieß *Heimweg2002.* Es klebte unter dem Keyboard.

»Endlich!«, sagte Alexander erleichtert.

Auf dem Bildschirm erschienen die Mails, die Carl Dachsteiger in den letzten Tagen erhalten hatte. Eine dubiose Firma bot ihm billiges Viagra an. Hostelworld hatte *practically perfect private rooms* im Angebot, und eine Mrs Minaya schrieb: *I need your help*. Es zeigte sich jetzt auch, dass Carl Dachsteiger Mitglied bei LinkedIn war, und so bekam er *31.000 new jobs in the Hamburg area* angeboten.

»Das ist alles Quatsch«, befand Kastrup. »Mich interessiert vielmehr, welche Mails in der letzten Zeit rausgegangen sind.«

In dem Ordner *Gesendete Elemente* fand sich an erster Stelle eine Nachricht, die Carl Dachsteiger offensichtlich heute früh an Julia geschickt hatte. Sie lautete:

Liebe Julia,

ich kann es noch gar nicht fassen, was passiert ist. Jutta tot. Es ist so schauderhaft. Ich halte das nicht aus. Am Ende werden wir alle der Reihe nach umgebracht. Ich setze mich ab und kehre erst wieder nach Hamburg zurück, wenn die Polizei diesen Wahnsinnigen verhaftet hat. Wahrscheinlich wäre es am besten, wenn du das gleiche tust.

Dein Papa.

Bernd Kastrup deutete auf die Zeitangabe auf dem Bildschirm. »Die Zeit stimmt«, sagte er. »Diese Mail ist tatsächlich abgeschickt worden, kurz bevor Julia bei uns angerufen hat. – Aber das ist auch alles, was hier stimmt«, fügte er hinzu.

»Was stimmt denn nicht?«, fragte Alexander.

»*Dein Papa* stimmt nicht«, sagte Kastrup. »Carl Dachsteiger war sich hundertprozentig sicher, dass Julia nicht seine Tochter war. Er hätte niemals geschrieben *Dein Papa*.«

»Was schließt du daraus?«

»Julia ist in der Wohnung gewesen. Julia ist in der Wohnung gewesen, als Jutta schon tot und Carl verschwunden war. Sie hat diese E-Mail an sich selbst geschickt. Wahrscheinlich ist auch Carl Dachsteiger tot.«

»Oder auch nicht«, sagte Alexander. »Guck mal, was ich hier gefunden habe!«

Kastrup starrte auf den Bildschirm. Dort lief ein Video ab, das offenbar mit einer Nachtsichtkamera aufgenommen worden war.

»Eine richtige Schlangenhöhle!«, sagte Alexander.

Kastrup bemerkte die Schlange erst, als Alexander sie ihm zeigte. In dem Video fragte ein unsichtbarer Zuschauer:

»Ist die *giftig?*«

»Ähm – ja. Wenn sie bedroht wird, beißt sie ohne Warnung zu. Bei Menschen führt das Gift manchmal zu leichten Lähmungen. – Da ist noch eine. Auch eine ›Braune Nachtbaumnatter‹, *Boiga irregularis*. Diese Biester sind extrem schlank, eher wie Würmer, aber sie können über zwei Meter lang werden.«

Alexander sagte: »Entweder Carl Dachsteiger ist tot, oder er ist die Schlange von Hamburg.«

Jennifer schüttelte den Kopf.

* * *

In der Kantine setzte sich Alexander neben Jennifer. Sie hatte schon damit gerechnet, dass das passieren würde.

»Ich wollte vorhin nicht unhöflich sein«, sagte er. »Warum glaubst du, dass Carl Dachsteiger nicht die Schlange von Hamburg sein kann?«

»Ich glaube, dass Julia die Schlange ist.«

»Warum?«

Jennifer schwieg einen Augenblick. Dann sagte sie kurz: »Sie beobachtet mich.«

»Was?«

»Sie geht mir nach. Schon seit Wochen. Vielleicht schon länger. Aufgefallen ist es mir erst im September. Das Datum weiß ich nicht mehr. Ich kam zurück vom Einkaufen. Mein Schuhband war aufgegangen, und ich bin stehen geblieben, und da habe ich sie gesehen.«

»Sicher?«

»Was heißt sicher? Eine Frau, die aussah wie Julia Dachsteiger. Mehr kann ich dazu nicht sagen.«

Alexander schnitt sich noch ein Stück von seiner Currywurst ab, dann sagte er: »Und du bist dir ganz sicher, dass das nicht so eine Art Verfolgungswahn ist?«

»Ich weiß es nicht, Alexander. Ich glaube, dass sie es ist. Und ich habe Angst.«

Entscheidungen

Dienstag, 8. November 2016, nachmittags

Bernd Kastrup stand auf dem Obergeorgswerder Hauptdeich und fror. Gegen das nasskalte Novemberwetter half der Anorak auch nichts. Hier von der Deichkrone hatte er einen Blick auf die umliegende Landschaft, die an Hässlichkeit schwer zu überbieten war. Im Norden lag der Damm der Autobahn A 1 mit der Brücke über die Norderelbe. Dort war im letzten Jahr Christian Sommerfeld auf seiner Flucht ins eiskalte Wasser gesprungen und nicht wieder aufgetaucht. In dem Gestrüpp am jenseitigen Ufer war er auch nicht gelandet; dort hätte die Polizei ihn auf jeden Fall gefunden. Und auf dieser Seite?

Die Böschung war durch Steine gesichert. Zwischen der Ufersicherung und dem Deich hatte die Freie und Hansestadt Hamburg ein Biotop eingerichtet, ein vielleicht 100 mal 100 Meter großes Süßwasserwatt mit einer rechteckigen Wasserfläche und einer kreisrunden Insel in der Mitte – eine vollkommen unnatürliche Konstruktion, wie sie sich nur irgendwelche Schreibtisch-Naturschützer ausdenken konnten.

Landeinwärts lagen ehemalige Spülfelder, die mit riesigen Lagerhäusern bebaut worden waren. Logistikunternehmen hatten sich hier angesiedelt. Wenn Sommerfeld es wirklich geschafft haben sollte, lebend aus der Elbe herauszukommen, dann musste er hier irgendwo an Land gekrochen sein. Und dann? Zwischen der Straße und dem hoch aufgeschütteten Spülfeld lag ein knapp 100 Meter breiter Streifen voller Gebüsch und Unkraut, auf dem noch einzelne Häuser standen. Hatte Sommerfeld hier Unterschlupf gesucht?

Kastrup ging zu dem Haus, das ihm am nächsten lag. *Jürgen Garbrecht* stand auf dem Schild über der Klingel. Ein alter Mann öffnete die Tür. »Ich hab Sie schon gesehen«, sagte er, »wie Sie da oben im Regen gestanden haben. Sie sehen aus wie jemand, der irgendetwas sucht.«

Kastrup erklärte, dass er von der Polizei sei.

»Von der Polizei?« Der Alte lachte. »Da hätten Sie früher nicht bei mir kommen dürfen. Da hätte ich Sie gar nicht ins Haus gelassen. Früher, da haben wir uns mit der Polizei herumgeschlagen. Als Studenten, 68 und so.«

»Aber heute nicht mehr?«, fragte Kastrup.

»Nein, heute nicht mehr. – Mögen Sie eine Tasse Tee?«

»Gern, danke.« Eigentlich war Kastrup Kaffeetrinker, aber diese Einladung konnte er nicht ausschlagen.

Sie gingen ins Wohnzimmer. Die Möbel waren alt und in schlechtem Zustand. Es sah so aus, als hätte der Alte sie vom Sperrmüll zusammengesammelt. Kastrup setzte sich auf das Sofa. Auf dem Sessel lag eine Katze.

»Ich habe auch eine Katze«, sagte Kastrup.

»Dann sind Sie sonst wahrscheinlich auch zu viel allein?«

Kastrup nickte, obwohl aus seiner Sicht zwischen seiner Einsamkeit und dem Kater kein unmittelbarer Zusammenhang bestand.

Garbrecht sagte: »Hier wohnen nicht viele Menschen. Und die Behörde will natürlich am liebsten, dass wir alle verschwinden. Und sie drohen immer mit allem Möglichen. Mal ist es die Gefahr durch den Arsenstaub, mal die Lärmbelastung, die die zulässigen Grenzwerte übersteigt. Aber wir sind bisher immer geblieben, die meisten jedenfalls, und wir leben noch immer.«

»Stand hier nicht früher auch ein altes Fachwerkhaus?«, fragte Kastrup.

»Ja, das ist richtig. Der sogenannte Schrödersche Hof, Baujahr 1760, als Baudenkmal geschützt, aber irgendwann haben sie ihn dann doch abgerissen. Zwischen 2006 und 2008 ist das gewesen. Das Haus stand zu dicht am Deich, haben sie gesagt, und es gefährdete die Sturmflutsicherheit. Angeblich sollte es Stein für Stein abgebaut und woanders wieder aufgebaut werden. Es lief aber dann doch auf einen brutalen Abriss hinaus. Einige Bretter und Balken sind wohl gerettet und irgendwo eingelagert worden. Am Ende haben sie schließlich doch alles komplett neu gebaut, ein paar Hundert Meter weiter südwestlich.«

»Immerhin«, sagte Kastrup. »Der Tee schmeckt übrigens ausgezeichnet.«

Der Alte nickte.

»Und Sie waren 1968 mit dabei? Rudi Dutschke und so?«

»Ja, da war ich mit dabei.«

»Dann sind Sie jetzt wie alt? 70?«

»71. Es ging nicht ganz so schnell mit dem Studium damals. Wir haben eine Menge diskutiert und demonstriert, das wissen Sie ja.«

Kastrup wusste es nicht aus eigener Erfahrung. Er war ja erst 1961 geboren. Er fragte: »Was haben Sie denn studiert?«

»Lehramt. Erst in Berlin, an der Freien Universität, später dann in Hamburg.«

»Dann waren Sie also Lehrer?«

Der Alte schüttelte den Kopf. »Dazu ist es nicht gekommen. Wir haben gejubelt damals, als Willy Brandt Kanzler wurde. ›Wir wollen mehr Demokratie wagen!‹, hat er gesagt in seiner Regierungserklärung. Wir haben es geglaubt. Aber drei Jahre später kamen dann die Berufsverbote. Und ich – ich war leichtsinnigerweise in die DKP eingetreten. Eine legale Partei. Aber nach dem Radikalenerlass konnte ich in keiner staatlichen Schule mehr eingestellt werden. In irgendeiner elitären Privatschule hatte ich damit natürlich sowieso keine Chance.«

»Und was haben Sie dann gemacht?«

»Alles Mögliche. Ich habe mich mit allerlei Gelegenheitsarbeiten durchgeschlagen. Vielleicht hätte ich auswandern sollen. Aber dazu fehlte mir am Ende dann doch der Mut. Und jetzt – jetzt lebe ich von der Grundsicherung, wie das so schön heißt. 385 Euro im Monat.«

»Davon kann man keine großen Sprünge machen«, sagte Kastrup.

»Nein, das nicht. Aber für den Tee reicht's noch. Und für das Katzenfutter.«

Kastrup schwieg. Er selbst hatte nicht besonders viel Geld, aber es ging ihm dennoch deutlich besser als diesem Mann.

»Aber Sie sind vermutlich nicht gekommen, um mit mir eine Tasse Tee zu trinken?«

Kastrup schüttelte den Kopf.

»Ich habe schon gedacht, dass Sie kommen würden«, sagte der Alte. »Nicht Sie persönlich, das konnte ich ja nicht wissen, aber dass irgendjemand kommen würde, damit hatte ich schon gerechnet. Ich bin überrascht, dass es so lange gedauert hat.«

»Aber nun bin ich da«, sagte Kastrup.

»Ja, nun sind Sie da. – Es ist jetzt fast ein Jahr her, dass das passiert ist. Da habe ich der Obrigkeit zum letzten Mal ein Schnippchen geschlagen. Da stand plötzlich dieser Mann vor meiner Tür, pitschnass und vollkommen durchgefroren. ›Ich komme direkt aus der Elbe‹, hat er gesagt. Natürlich habe ich ihn reingelassen.«

So war es also gewesen, dachte Kastrup.

»Er hat die nassen Klamotten ausgezogen; ich habe ihm Zeug von mir gegeben. Das passte nicht so richtig, aber das war ihm egal. Er hat heißen Tee getrunken und sich aufgewärmt hier an der Heizung. Es hat eine ganze Weile gedauert, bis er nicht mehr gezittert hat. Und schließlich hat er gesagt: ›Dankeschön‹. Und ob ich ihn nicht vielleicht nach Stillhorn bringen könnte, zur Autobahnraststätte. Dort stünde sein Wagen, er wollte nach Hannover.«

»Und – haben Sie ihn hingebracht?«

»Womit denn? Ich habe doch kein Auto. Nein, ich habe ihm mein Fahrrad geliehen und gesagt, er soll es bei der Raststätte stehen lassen. Ich würde es mir dann am nächsten Tag dort abholen. Ich habe ihm den Weg beschrieben, so gut ich das konnte. Es ist ein bisschen kompliziert. Aber notfalls hätte er dann unterwegs irgendwo fragen können.«

»Und Sie? Sie haben keine Fragen gestellt?«

»Nein, ich habe keine Fragen gestellt. Mir war klar, dass der Mann auf der Flucht war. Mehr wollte ich gar nicht wissen.«

»Sie hatten keine Angst vor ihm?«

»Nein. Der wollte weg. Einfach nur weg. Er hat immer wieder auf die Uhr gesehen, und er konnte es gar nicht abwarten, bis er endlich so weit wiederhergestellt war, dass er von hier verschwinden konnte. Ich war mir ganz sicher: Der war auf der Flucht vor der Polizei!«

»Ja, das war er«, sagte Kastrup. »Es wäre besser gewesen, wenn Sie ihm nicht geholfen hätten, sondern wenn Sie stattdessen die Polizei gerufen hätten.« Er beschrieb in groben Zügen, was Sommerfeld getan hatte.

»Mörder oder nicht – er war ein Mensch in Not. Ich habe ihm geholfen.«

»Und – haben Sie Ihr Fahrrad zurückbekommen?«

»Ja, es stand an der Rückwand der Raststätte. Ich habe es am nächsten Morgen dort abgeholt. Es ist ja nicht allzu weit von hier. Vielleicht fünf Kilometer.«

»Und die nassen Sachen von ihm, hat er die später irgendwann mal abgeholt?«

»Nein, hat er nicht. Er hat mir gleich gesagt, die könne ich wegschmeißen. Und das habe ich dann auch getan.«

»Schade.«

Der Mann zuckte mit den Schultern. Er sah Kastrup an, als ob es da noch etwas gäbe.

»Aber?«, fragte Kastrup.

»Bevor ich den Kram weggeworfen habe, da habe ich natürlich noch mal geguckt, was er so in den Taschen hatte. Das war nicht viel. Ein paar Münzen ...«

»Euro-Münzen?«

»Euros und Cents, ja. Irgendwelches Wechselgeld wahrscheinlich. – Und dann war da noch dieser Schlüssel.«

»Was denn für ein Schlüssel?«

»Ein ziemlich großer Schlüssel mit einer Nummer drauf. Ich habe mir gedacht, das ist wahrscheinlich der Schlüssel zu irgendeinem Schließfach. Am Hauptbahnhof wahrscheinlich. Und so war es auch.«

»Und was war drin in dem Schließfach?«

»Das hier.« Der Mann erhob sich, ging an den Küchentisch, öffnete die Schublade. »Die hätte ich wahrscheinlich abgeben müssen«, sagte er.

»Ja, das hätten Sie«, sagte Kastrup.«

Er hielt seine Hand auf. Der Alte gab ihm die Pistole.

* * *

»Fehlanzeige!«, sagte Jennifer. Sie rieb sich die Augen.

»Nicht aufgeben!« Auch Alexander wirkte nicht mehr ganz so enthusiastisch wie am Anfang, als sie das Passwort geknackt hatten. Die Suche nach Bilddateien hatte etwas über 1000 Aufnahmen ergeben. Die ältesten stammten von 2002, die jüngsten von 2009, dem Jahr, in dem Julia Dachsteiger von der Bildfläche verschwunden war. Damals hatte sie schon seit längerer Zeit Drogen konsumiert. Unter den Aufnahmen fand sich auch jenes letzte Porträt, das Carl Dachsteiger ihnen damals bei der Vernehmung gezeigt hatte. Es zeigte Julia als ein drogensüchtiges Wrack. Danach hatten die Dachsteigers entweder gar nicht mehr fotografiert oder ihre Bilder nicht mehr auf dem Computer gespeichert. Die meisten Aufnahmen stammten von 2002 und 2003. Damals war Julia 15 bzw. 16 Jahre alt gewesen. Später hatte sie offenbar weniger mit ihren Eltern zusammen unternommen und mehr mit ihren Freunden, aber davon gab es keine Bilder auf dem Rechner.

»Es kann natürlich sein, dass das Foto, das ich meine, schon älter ist. Dass sie 2001 an der Nordsee gewesen sind. Oder 2000 oder sogar schon 1999.«

»Ja, das kann sein«, sagte Alexander etwas abwesend. Die Bilder waren alle in demselben Ordner abgelegt. Natürlich hatte Alexander sie nach dem Aufnahmedatum sortiert, aber das half nicht viel weiter. Leider hatten die Dachsteigers eine alte Kamera verwendet, die keine detaillierten EXIF-Angaben speicherte, sodass man die Aufnahmen nicht einfach nach den geographischen Koordinaten zuordnen konnte. Und natürlich waren die Bilder auch nicht beschriftet. Die Aufnahmen begannen mit der Nummer IMG0012 und endeten mit IMG1067. Alexander scrollte die Aufnahmen noch einmal der Reihe nach durch.

Kastrup kam zur Tür herein. »Was macht ihr denn da?«

Alexander berichtete.

»Und? Erfolg?«

»Bisher nicht.«

»Dafür habe ich einen Erfolg gehabt. Guckt mal, was ich euch mitgebracht habe!« Kastrup öffnete seine Aktentasche und legte die Pistole auf den Tisch.

»Wow, wo hast du die denn her?«, fragte Alexander. »Das ist ja eine *Desert Eagle.*«

»Aus der Elbe.«

»Was?«

»Nun ja, nicht direkt aus der Elbe.« Kastrup berichtete, wie er zu der Waffe gekommen war.

»Das heißt also«, sagte Alexander schließlich, »das heißt also, dass du tatsächlich recht gehabt hast und dass dieser Christian Sommerfeld noch lebt.«

»Ja, das heißt es.«

»Und was bedeutet das für uns?«

»Zunächst einmal bedeutet es, dass wir die Fahndung nach ihm wieder aufnehmen müssen. Und wir werden die Waffe untersuchen lassen. Mal sehen, was dabei herauskommt.«

»Fingerabdrücke?«

»Ich habe das Ding nicht angefasst. Aber natürlich hat der Alte vom Deich damit hantiert. Seine Abdrücke werden wir auf jeden Fall finden. Und darüber hinaus vielleicht noch die von Sommerfeld.«

»Typisch.« Alexander wies auf die Pistole. »Ich meine, die ist typisch für jemanden wie den Sommerfeld. Für jemanden, der nicht viel Ahnung von Schusswaffen hat.«

»Warum?«

»Da ist zunächst einmal die Größe. Über 27 Zentimeter lang! Sehr unpraktisch, wenn du das Ding in der Tasche mit dir herumtragen willst. Und das Magazin. Einfach lächerlich. Wenn du damit 44er Magnum-Munition verschießen willst, dann hast du nur acht Schuss. Meine Walther P99Q hat dagegen 15 Schuss, und sie ist 9 Zentimeter kürzer als die *Desert Eagle.*«

»Du kennst dich gut aus«, wunderte sich Jennifer.

»Die *Desert Eagle* kenne ich von meinen Computerspielen«, sagte Alexander. »Da wird sie gern eingesetzt, weil sie so imposant aussieht.«

»Ich bringe das Ding jetzt zur Kriminaltechnik. Mal sehen, was die Jungs herausbekommen.«

Als Kastrup gegangen war, wandten sich Alexander und Jennifer wieder ihren Fotos zu. Ein Besuch im Zoo – damit ging es los. Die Kamera war noch neu gewesen, und die Dachsteigers hatten ausgiebig damit fotografiert. Alle drei waren im Bild zu sehen. Julia, wie sie auf dem Elefanten ritt. Die meisten Aufnahmen zeigten aber die Affen.

»Keine Pinguine«, stellte Jennifer fest.

Nein, es gab keine Pinguine. Es folgten Urlaubsbilder irgendwo aus den Bergen, vielleicht aus Österreich. Weder Jennifer noch Alexander kannten die Landschaften, die die Dachsteigers fotografiert hatten. War Julia überhaupt mit in dem Urlaub gewesen? Auf den Bildern war sie jedenfalls nicht zu sehen. Weiter.

»Das ist Weihnachten«, sagte Jennifer.

Ja, daran bestand kein Zweifel. Der Tannenbaum war ziemlich klein und hatte elektrische Kerzen. Julia war zu sehen, wie sie ein Buch auswickelte. Es war *Harry Potter und der Gefangene von Askaban.*

»Danach können wir sie das nächste Mal fragen«, sagte Alexander. »Welches Buch hast du 2002 zu Weihnachten bekommen? – Wenn sie die echte Julia Dachsteiger ist, dann muss sie das wissen!«

Jennifer war skeptisch. »Weißt du denn noch, welches Buch du vor 14 Jahren zu Weihnachten bekommen hast?«

»Natürlich. 2002 – da war ich 27 Jahre alt. Da habe ich überhaupt gar kein Buch zu Weihnachten bekommen.«

Die nächsten Bilder zeigten das Silvesterfeuerwerk. Die Dachsteigers hatten es vom Anleger Rabenstraße an der Alster aus beobachtet und fotografiert. Aber die Kamera war nicht gut genug gewesen, um eindrucksvolle Bilder zu erzeugen. Schwarze Nacht über Hamburg mit einigen roten und gelben Lichtpunkten.

Hamburg im Schnee, blühende Frühlingsblumen – wahrscheinlich in *Planten un Blomen*, einige große Schiffe auf der Elbe, eine strahlende Julia Dachsteiger, die irgendeine Urkunde in der Hand hielt. Oder vielleicht auch ein Zeugnis, so genau konnte man das nicht erkennen. Dann Bilder aus irgendeinem Wald …

»Halt, Alexander! Warte mal eben!«

»Das ist nicht am Meer.«

»Nein. Die Nummern. Siehst du die Nummern? Da ist eine Lücke!«

»Was?« Ja, tatsächlich. Da fehlte ein Bild. »Ach, das haben sie wahrscheinlich gelöscht«, sagte Alexander. Aber zur Sicherheit überprüfte er die Anzahl der Bilddateien. Jennifer hatte recht. »Da fehlt noch mehr«, sagte er. Theoretisch hätte der Ordner 1056 Aufnahmen enthalten sollen. Es waren aber nur 1021. 35 Bilder fehlten. Aber welche?

Noch einmal gingen sie den Ordner gemeinsam durch. Sie brauchten nicht lange zu suchen. »Hier!«, rief Jennifer. »Hier ist es!«

Im Jahre 2003 fehlte eine Gruppe von 22 Aufnahmen. Alexander suchte im Papierkorb, aber der Papierkorb war leer. »Das ist verdächtig«, sagte er. Er deutete auf den Bildschirm. »Mein Papierkorb ist nie lange leer. Hier hat irgendjemand kürzlich versucht, alles zu löschen.«

»Aber kann man das nicht …?«

»Man kann!«

Im Nu hatte Alexander die entsprechende Software aus dem Internet heruntergeladen, und da nach dem Leeren des Papierkorbs ganz offensichtlich nicht mehr viel auf dem Rechner passiert war, hatte er keine Schwierigkeiten damit, die fehlenden Bilddateien zu rekonstruieren. Nicht alle. Die zwölf Bilder vom Anfang und das eine fehlende Foto waren offenbar schon vorher entfernt worden. Aber diejenigen, die erst vor sehr kurzer Zeit gelöscht worden waren, waren wieder da: 22 Bilder aus dem Jahre 2003.

»Sommerurlaub an der See«, stellte Alexander fest. »Genau, wie wir vermutet haben!«

»Wo ist das?«, fragte Jennifer. Das war eine weitere Frage, die sie Julia Dachsteiger stellen könnten: Wo sind Sie 2003 im Urlaub gewesen? – Aber wahrscheinlich würde Julia auf alle derartigen Fragen antworten, dass sie sich nicht mehr daran erinnerte. Immerhin war sie ja zwischendurch drogenabhängig gewesen, und wie ihr Gedächtnis das überstanden hatte, das war nicht so sicher.

»Ich weiß nicht. Jedenfalls nicht Sylt.« Die Bilder zeigten die Familie Dachsteiger am Strand. Ganz offensichtlich gab es nur einen sehr schmalen Sandstrand, und dahinter lag ein grasbedeckter Deich. Die Aufnahmen waren bei Niedrigwasser gemacht worden, und zu Füßen der Personen sah man die Kothäufchen der Wattwürmer.

»Büsum?«, fragte Jennifer.

Ja, das könnte Büsum sein.

»Und welches ist nun die Aufnahme, die hier im Wohnzimmer an der Wand gehangen hat?«

Jennifer sah sich die Bilder genau an. Offenbar hatten die Dachsteigers einen anderen Badegast gebeten, sie zu fotografieren. Es gab eine ganze Reihe ähnlicher Bilder, die immer wieder dasselbe Motiv zeigten, aber wahrscheinlich war es die 17. Aufnahme gewesen; die hatte jedenfalls den besten Bildaufbau.

»Und was ist an diesem Foto nun so besonders?«

Ja, das war die Frage. Jutta Dachsteiger war zu dick für den Badeanzug, in den sie sich gezwängt hatte. Ihr Lächeln wirkte etwas gequält. Carl Dachsteiger stellte seinen Bierbauch selbstbewusst zur Schau. Zwischen den beiden stand Julia im Bikini, 16 Jahre alt. Sie war eine Schönheit gewesen. Jennifer hätte nicht mit Sicherheit sagen können, ob sie nun identisch war mit der heutigen Julia Dachsteiger. Wenn es irgendein eindeutiges Unterscheidungsmerkmal gab, dann konnte sie es nicht erkennen. Sie hatte keine besonderen Kennzeichen.

Und die alte Julia? Erst als sie die Aufnahme stark vergrößerte, stellte Jennifer fest, dass das, was sie für irgendeinen Schatten gehalten hatte, in Wirklichkeit ein Leberfleck war, knapp oberhalb des Bikinis. Dieser Fleck war höchstens so groß wie eine Ein-Cent-Münze, aber er war nicht allein. Bei näherem Hinsehen entdeckte Jennifer eine ganze Reihe kleinerer, brauner Punkte. Und diese Punkte hatte die heutige Julia nicht.

»Das ist der Beweis«, sagte Jennifer.

»Das ist kein Beweis. Man kann so etwas wegoperieren lassen.« Alexander war nicht überzeugt.

»Aber warum hätte sie dann das Bild von der Wand nehmen und die Aufnahmen im Computer löschen sollen?«

Alexander musste zugeben, dass es dafür keine Erklärung gab.

»Und du bist dir ganz sicher, dass diese Julia keine solchen Pigmentstörungen gehabt hat?«

»Ganz sicher. Die einzige Besonderheit war ...« Sie zögerte.

»Was war das für eine Besonderheit?«

»Sie hat eine Tätowierung auf dem rechten Oberarm. Eine ziemlich kleine Tätowierung. Hier, an dieser Stelle ...« Sie hielt mitten im Satz inne. Dass sie daran nicht vorher gedacht hatte!

»Was für eine Tätowierung?«

»Eine Schlange.«

* * *

Die Stadtväter von Geesthacht liebten es dramatisch. *Verlassen der Wege* ***verboten****! Achtung* ***Lebensgefahr*** *durch ungesicherte* ***Gefahrenstellen****!* Das klang vielversprechend. So wie er Sylvia kannte, war dieses Schild geradezu eine Einladung für sie. Lukas folgte dem Weg in das gefährliche Gelände.

Als Erstes fiel ihm ein hässlich surrendes Geräusch auf, aber das war harmlos; es stammte von einem großen Windrad. Rechts lag ein Gewerbegebiet, links eine Wiese mit hohem Gras, und dahinter, das musste das Gelände der ehemaligen Pulverfabrik sein. Lukas hatte sich vorbereitet. Er wusste von den Bildern im Internet, dass die Pulverfabrik in einem Dünengelände angelegt worden war, den Besenhorster Sandbergen. Aber hier stand er außerhalb der Sandberge. Der Boden war vollkommen eben. Vor dem dunkelgrünen Wald leuchtete ein Ahorn in herbstlichen Farben.

Lukas folgte dem Weg und stand plötzlich vor zwei spektakulären Ruinen. Riesige Hallen aus Beton, die Außenmauern fehlten zum Teil. Fenster gab es nicht mehr. Unbekannte Besucher hatten ihre Botschaften hinterlassen. Lukas las: *Chriss ist die Ziege.* Lukas sah sich alles genau an. Er fragte sich, ob die Löcher in den Wänden hineingesprengt worden waren, oder ob sich Jugendliche hier mit dem Vorschlaghammer verausgabt hatten. An die halb zerstörte Rückwand hatte jemand geschrieben: *Ich liebe Dich – Nick + Lisa 15.9.2014.*

In der anderen Halle wurde es politisch. *Stoppt den Naziterror!* hatte jemand an einen der Betonbalken an der Decke gesprüht – offenbar schon vor längerer Zeit, denn darunter stand: *Die Brandstifter sitzen in Bonn!* Unschlüssig betrachtete Lukas zwei hochhackige Damenschuhe, die irgendeine Besucherin hier zurückgelassen hatte. Nein, das konnten nicht Sylvias Schuhe sein. Er hatte sie niemals in hochhackigen Schuhen gesehen.

Weiter. Lukas folgte dem Pfad, der als Reitweg ausgewiesen war. Aber es kamen keine Reiter. Es war überhaupt niemand unterwegs außer einem jungen Vater, der einen Kinderwagen mit Baby durch den lockeren Sand pflügte, und der Lukas weder ansah noch seinen Gruß erwiderte. Wahrscheinlich hatte er Angst, dass der junge Mann mit den dunklen Haaren ihn überfallen und ausrauben wollte. Oder womöglich das Baby stehlen. Wer so aussah wie er, dem konnte man alles zutrauen.

Lukas gelangte in freies Gelände und stapfte durch gelben Dünensand. Hier war niemand. Hier war nicht einmal mehr ein Weg. Lukas hatte geglaubt, er habe sich den Plan des Geländes einigermaßen eingeprägt, aber nun musste er feststellen, dass das nicht der Fall war. Auf gut Glück ging er weiter, in den Wald hinein. Er fand zurück zum Weg und folgte verwundert einer Reihe von großen, gebogenen Betonstäben. Waren das die Pfosten eines Elektrozaunes gewesen? Eines Elektrozaunes von vier Metern Höhe? Waren hier im Krieg Zwangsarbeiter eingesetzt worden? Hatte man sie hinter diesem Zaun eingesperrt? Nein. Dies war nie ein Zaun gewesen, dies waren einfach nur die Masten einer ehemaligen Stromleitung, die im Tal entlanglief, und der Lukas jetzt folgte.

Das nächste größere Bauwerk, auf das er stieß, war ein schwarz gestrichener Bunker, der nahezu vollständig heil aussah. Lukas kletterte über umgestürzte Bäume und gab sich alle Mühe, auf dem vom Tau feuchten Moos nicht auszurutschen. Er trug normale Sportschuhe; hier wären Stiefel angebracht gewesen.

Der Bunker war nicht so heil, wie Lukas zunächst geglaubt hatte. Auf der Rückseite trat auf großen Flächen die rostige Armierung des Betons zutage, und hier lagen auch riesige Trümmer herum, deren ursprüngliche Funktion nicht mehr erkennbar war.

Als Lukas um die nächste Ecke bog, starrte ihm plötzlich eine zähnefletschende Fratze entgegen, die irgendein Sprayer an diesem schwer zugänglichen Ort auf den Beton gesprüht hatte. Und jetzt sah Lukas, dass das, was er für einen massiven Bunker gehalten hatte, nach oben hin vollständig offen war. Dies war kein geeigneter Ort, um die Nacht zu verbringen, jedenfalls nicht zu dieser Jahreszeit, wo man damit rechnen musste, dass es nicht nur kalt, sondern obendrein auch noch nass werden könnte.

Weiter. Lukas bahnte sich einen Weg durchs Gestrüpp, stolperte über verrottetes Buschwerk und kam schließlich wieder auf den Reitweg. Irgendwo in der Ferne lachte eine Frau, und Lukas befürchtete schon, dass sie sich erschrecken würde, wenn sie ihm plötzlich begegnete. Aber das geschah nicht. Lukas blieb für sich allein.

Ganz offensichtlich war er jetzt in dem Teil des Geländes angelangt, den irgendein unbekannter Fotograf auf den in Google Earth abgespeicherten Bildern als *Bunkerwald* bezeichnet hatte. Und es war in der Tat ein Wald voller gesprengter Bunker. Die Zahlen bemerkte Lukas erst beim zweiten Hinsehen. Mit gelber Farbe waren dreistellige Zahlen auf den Beton gemalt worden – ganz offensichtlich erst, nachdem die Bunker gesprengt worden waren. Lukas musste nicht lange suchen.

Der Bunker mit der Nummer 432 war durch die Sprengung in mehrere große Betonplatten zerlegt worden, die wie ein dreifaches Dach aneinander lagen. Unter dem ersten Dach war niemand. Unter dem zweiten Dach wäre nur knapp genug Platz gewesen, um dort Unterschlupf zu finden. Und unter dem dritten Dach, dessen »Wohnraum« man vom Weg aus so gut wie gar nicht einsehen konnte, lag Sylvia eingerollt in ihren dunklen Schlafsack und rührte sich nicht. Lukas erschrak. War sie tot?

Er trat den Zaun nieder. So rasch wie möglich kletterte er über die Betontrümmer und umrundete die Reste des Bunkers. Jetzt stand er vor dem Innenraum. Er war geräumiger, als er gedacht hatte. Und Sylvia – Sylvia lebte. Sie rekelte sich in ihrem Schlafsack und schlug die Augen auf.

»Hallo, Sylvia!«, sagte Lukas.

Sylvia lächelte. »Ich wusste, dass du mich finden würdest!«, sagte sie. »Hast du was zu essen mitgebracht?«

Lukas schüttelte den Kopf.

»Schade.«

Lukas betrachtete die Schrift an der Decke des Bunkers. *Babylonshurer, Geisträuber, Geistausbeuter, Gehirnmörder, Menschenmörder … Weil du dieses getan hast, wirst du als Schlange verflucht sein vor allem Vieh und vor allem Getier der Erde …* »Das hast du nicht geschrieben, oder?«

Sylvia schüttelte den Kopf. »Das war schon da, als ich gekommen bin. – Ziemlich irre, was?«

Lukas nickte. *Gehirnmörder, Menschenmörder* – stand das wirklich so in der Offenbarung des Johannes? Und: … *Staub ist deine Speise, damit du sterbest, sterbest, sterbest und toter bist als der Tod* … Das sollte im ersten Buch Mose 3:14 stehen? Lukas zückte sein Handy. Ja, hier hatte er Empfang. Was hatte Gott zu der Schlange gesagt? Was sagte das Internet? *Auf dem Bauch sollst du kriechen und Staub fressen alle Tage deines Lebens.* Wer immer die Zeilen hier auf dem Beton geschrieben haben mochte, hatte keine Ahnung von der Bibel. Vom Sterben war nicht die Rede. Und die letzte Zeile war völlig aus der Luft gegriffen: *Suche den Menschenmörder,* stand da. *Suche die Hyäne.*

»Dies ist kein sicherer Ort«, sagte Lukas. Er hatte die Datumseinträge entdeckt.

»Oh!« Sylvia war davon ausgegangen, dass dieser irre Text vor langer, langer Zeit geschrieben worden war. Aber das war nicht der Fall. Im Gegenteil: der Verfasser schien in regelmäßigen Abständen zu diesem Bunker zurückzukehren. Zuletzt offenbar am 5. November.

»Heute ist Dienstag, der 8. November, oder?«

* * *

»Drehst du dich bitte um, wenn ich mich anziehe?« sagte Sylvia.

Lukas drehte sich um.

Nach einer Weile sagte Sylvia: »So, jetzt kannst du gucken.«

Sylvia hatte sich nicht angezogen, sondern sie hatte sich ausgezogen. Sie stand jetzt in der Kälte splitternackt vor Lukas und sah ihn herausfordernd an. Lukas wusste nicht, was er sagen sollte. Das war ganz offensichtlich falsch. Sylvia biss sich auf die Lippen, dann sagte sie ganz leise: »Fick mich.«

Lukas schüttelte den Kopf.

Er hatte gewusst, was jetzt kommen würde, und er war darauf vorbereitet. Er war viel stärker als Sylvia, das wussten sie beide, das hatte er mehrfach unter Beweis gestellt, aber Sylvia war einfach schneller. Sie schlug ihm mit der Faust ins Gesicht. Lukas packte sie und warf sie zu Boden. Sie wehrte sich mit aller Kraft, aber sie hatte keine Chance. Lukas hielt sie an beiden Armen fest und er lag auf ihr, sodass sie ihn weder treten noch abwerfen konnte.

»Hör auf!«, sagte er.

Sylvia hörte auf. »Entschuldige«, murmelte sie.

Lukas erhob sich. »Zieh dich bitte an.«

»Da kommt jemand!« Sylvia zog ihn zu sich herunter.

Ja, sie hatte recht, da kam jemand. Eine Reiterin. Durch das Loch in der Bunkerwand beobachteten sie beide, wie die junge Frau langsam vorüberritt. Lukas hielt den Atem an. Was sollte er sagen, wenn die Frau sie bemerkte? Wenn sie nun abstieg und sah, dass er hier mit einem nackten Mädchen im Bunker hockte?

Aber die Frau bemerkte nichts. Als sie weg war, zog Sylvia sich rasch an. Lukas tupfte sich mit dem Taschentuch das Blut aus dem Gesicht. »Wenn ich noch ein paar Monate lang mit dir zusammenbleibe«, sagte er, »dann sehe ich am Ende aus wie ein Boxer.«

»Das hab ich nicht gewollt«, murmelte Sylvia. Sie sah ihn nicht an.

Lukas seufzte. »Doch, das hast du gewollt, Sylvia. In dem Moment, wo du zugeschlagen hast, da wolltest du mir so stark wehtun, wie du nur konntest.«

Silvia nickte ängstlich.

»Warum tust du so etwas?«

Lukas glaubte nicht, dass das Mädchen darauf antworten würde, aber schließlich sagte Sylvia: »Du hast mich zurückgewiesen. Du willst mich nicht.«

»Was?« Lukas lachte.

»Das ist nicht komisch, Lukas. Es tut mir leid, dass ich dich geschlagen habe. Aber du hast mich – du hast mich gekränkt. Du bist der wichtigste Mensch in meinem Leben, und ich – ich wollte dir das Einzige geben, was ich wirklich habe. Und das ist mein Körper. Aber du willst mich nicht.«

Lukas schüttelte den Kopf.

»Du willst mich nicht«, wiederholte Sylvia. »Ja, ich weiß, ich bin nicht besonders schön und nicht besonders klug. Ich bin vollkommen wertlos …«

»Rede keinen Unsinn. Du bist genauso wertvoll wie jeder andere Mensch auch. Und ich mag dich wirklich gern. Aber du kannst dich doch nicht – du kannst dich doch nicht auf diese Weise anbieten!«

»Ja, das war falsch. Ich mache immer alles falsch.« Sylvia weinte.

Lukas nahm sie in die Arme. »Du machst nicht alles falsch«, sagte er. »Die meisten Dinge machst du vollkommen richtig, aber das hier – das war nicht richtig …«

»Ach, Lukas, ich – ich bin einfach nicht normal. Meine Mutter hat es mir mehr als einmal direkt ins Gesicht gesagt: ›Du bist verrückt, Sylvia!‹ Und sie hat recht. Ich bin verrückt. Ich bin anders als die anderen. Ich bin so vollkommen anders, dass niemand etwas mit mir zu tun haben will. Nicht einmal du.«

»Das ist nicht wahr.«

»Doch.«

»Nein, das ist nicht wahr. Du bist genau wie alle anderen Menschen. Der einzige Punkt, in dem du ein kleines bisschen anders bist als die meisten, das ist, dass du von deinem Vater missbraucht worden bist …«

»Musst du das sagen?«

»Sylvia, bitte!« Wie sollte er mit ihr umgehen, wenn er über den entscheidenden Punkt in ihrem Leben nicht einmal reden durfte?

»Ich kann das nicht«, sagte sie. »Ich bin noch nicht so weit, verstehst du? Vielleicht später.«

Lukas seufzte.

Sylvia sah ihn ängstlich an. »Die Behandlung in Eppendorf – ich glaube, die ist gut für mich. Die ist wirklich gut. Am Anfang hatte ich noch gedacht, ich halte das nicht aus, ich laufe einfach weg. Aber ich bin nicht weggelaufen. Ich glaube, dass ich die Behandlung durchhalte. Bis zum Ende.«

Lukas nickte. Er hatte im Internet alles Mögliche nachgelesen über posttraumatische Belastungsstörungen und er war sich darüber im Klaren, dass es nicht einfach sein würde, dauerhaft mit Sylvia zusammenzuleben. Er sagte: »Fest steht jedenfalls, dass du nicht allein bist. Du hast eine ganze Reihe von Menschen, die auf deiner Seite sind. Einer davon ist Leonie. Ein anderer ist mein Vater. Und ein dritter bin ich selbst. Ich mag dich sehr, sehr gern. Ich will dich. Aber ich kann jetzt nicht mit dir schlafen. Nicht so, nicht hier – in diesen Trümmern.«

Sylvia war nicht zufrieden. Sie schwieg eine Weile. Schließlich sagte sie: »Und was machen wir jetzt?«

Lukas sah auf die Uhr. »Schon fast Mittag. Ich glaube, es macht keinen Sinn, wenn du jetzt noch zur Schule gehst.«

»Hey«, rief Sylvia, »solltest du nicht eigentlich auch in der Schule sein um diese Zeit? – Das fällt mir jetzt erst auf!«

»Ja, das sollte ich. Aber manchmal gibt es Dinge, die sind einfach wichtiger. Und du bist wichtiger als die Schule.«

Sylvia sagte nichts, aber ihre Augen leuchteten.

»Jetzt müssen wir nur noch klären, wo du unterkommst. Hier in diesem Bunker kannst du jedenfalls nicht bleiben. Und zu Hause …«

»Ich will nicht nach Hause zurück.«

»Du könntest natürlich mit zu mir kommen.«

»Da würden sie mich doch zuerst suchen, Lukas! Ich will nicht gefunden werden. Nicht von meiner Mutter und ihrem neuen Freund.«

»Nein, das verstehe ich. – Komm mit, ich weiß, was wir machen. Wir gehen in die Wohnung von Bernd Kastrup in der Speicherstadt. Ich glaube, die steht zurzeit leer. Aber vorher fahren wir erst einmal nach Geesthacht und essen was.«

* * *

»Im Augenblick kann ich mir die Zukunft nicht vorstellen«, sagte Sylvia. Sie schnitt ein weiteres großes Stück von ihrem Schnitzel ab. Es war offensichtlich, dass sie Hunger hatte.

»Ich auch nicht«, bekannte Lukas. Er hatte sich nur eine Suppe bestellt.

»Du auch nicht?«

»Nein. Es gibt sowieso keine Zukunft«, behauptete Lukas. »Nächstes Jahr gibt es Krieg.«

»Was?«

»Nächstes Jahr gibt es Krieg«, wiederholte Lukas. »Und wenn nicht im nächsten Jahr, dann im übernächsten oder im Jahr darauf.«

»Wie kommst du darauf?«

Lukas zuckte mit den Schultern. »Alles deutet darauf hin«, sagte er. »Einfach alles. Ganz gleich, welche Nachrichten du hörst oder siehst, ganz gleich, welche Zeitung du aufschlägst – überall sagen sie dir, dass wir ganz dringend aufrüsten müssen, für den Fall, dass die Russen uns angreifen.«

»Die Russen?« Diese Vorstellung erschien Sylvia so absurd wie die Möglichkeit einer Landung von Marsmenschen. »Warum sollten sie?«

»Weil sie es können vielleicht? – Ich weiß es nicht. Vielleicht ist es einfach nur so, dass unsere Generäle darüber nachdenken, was die Russen tun würden. Und bei diesem Nachdenken ist dann herausgekommen, dass es ungeheuer toll wäre, uns anzugreifen …«

»Du spinnst!«

»Nein, ich spinne nicht. Ein englischer NATO-General hat gerade ein Buch darüber veröffentlicht. Das heißt: ›*2017 War with Russia*‹. Und der Autor ist nicht irgendein beliebiger General, sondern er war bis vor zwei Jahren ein ganz hohes Tier in der NATO.«

»Hast du das Buch gelesen?«

Nein, das hatte Lukas nicht. »Es gibt bisher noch keine deutsche Ausgabe«, sagte er. »Aber die wird sicher noch kommen. Jedenfalls behauptet dieser General, dass Russland im Mai 2017 nach Lettland einmarschieren wird, um sich anschließend das ganze Baltikum unter den Nagel zu reißen.«

»Glaubst du das?«

»Ich weiß nicht. – Alle behaupten, dass wir unbedingt aufrüsten und starke Truppen an den Grenzen zu Russland stationieren müssen, um einem Angriff zuvorzukommen. Und auf jeden Fall brauchen wir mehr Panzer und Flugzeuge und Schiffe. Das ist das Problem. Es ist ja nicht so, dass mehr Kriegswaffen gleichbedeutend sind mit mehr Sicherheit. Im Gegenteil. Es trägt so wenig zur allgemeinen Sicherheit bei, wie Waffen an die Bevölkerung zu verteilen und zu behaupten, das sei dann sicherer für alle. Dass das nicht so ist, das sieht man ja in den USA.«

Sylvia sah Lukas zweifelnd an. »Und was willst du machen?«, fragte sie.

»Nichts.«

»Nichts?«

»Was soll ich denn machen? Auswandern vielleicht? Ich habe noch nicht einmal mein Abitur. Und meine Eltern kommen sowieso nicht mit. Die Familie meiner Mutter ist gerade aus Syrien geflüchtet. Nach Europa – ausgerechnet!«

»Aber wenn du überzeugt bist, dass es Krieg gibt, dann kannst du doch nicht einfach zu Hause sitzen und nichts tun!«

»Vielleicht gibt es ja keinen Krieg. – Aber das haben unsere Großeltern sich auch eingeredet, als Hitler angefangen hat, aufzurüsten. Und dann kam der Zweite Weltkrieg. Der war schlimm genug, aber der nächste Krieg wird noch viel schlimmer.«

»Wegen der Atombomben«, sagte Sylvia.

Lukas nickte. »Vielleicht fällt ja keine auf Hamburg. Aber Hamburg wäre schon ein verlockendes Ziel. Eine Stadt mit fast 2 Millionen Einwohnern. Nicht die Hauptstadt, die werden sie nicht bombardieren, denn die Regierung brauchen sie ja noch, die muss die Kapitulationsurkunde unterzeichnen, aber eine richtig schön große Stadt. Und mit Deutschland werden sie anfangen. Denn wir sind eines der wenigen Länder, das bei einem solchen Krieg nicht direkt zurückschlagen kann. Das vergessen unsere Politiker gern, wenn sie mit dem Säbel rasseln. Wir haben gar keinen Säbel. Wir rasseln mit dem Säbel der Amerikaner.«

»Also?«, fragte Sylvia.

»Also kommt es darauf an, dass wir jetzt leben. Dass wir das tun, was wir am liebsten tun würden, denn morgen kann es zu spät sein.«

* * *

»Haare«, sagte Kurt Beelitz. Es klang skeptisch.

Etwas Besseres hatte Kastrup nicht. Die Haare aus Julias Haarbürste.

»Geht es um Drogen oder geht es um die Identität einer bestimmten Person?«

»Es geht nicht um Drogen. Jedenfalls nehmen wir an, dass es nicht um Drogen geht. Aber wenn du schon einmal dabei bist, dann könntest du den Drogentest auch gleich durchführen lassen.«

»Das kann ich machen. – Aber was die DNA-Analyse angeht, da bin ich skeptisch.«

»Du hast doch jede Menge Haare!«

»Ausgekämmte Haare, ja. Die sind nicht viel wert. Die sagen eigentlich nur, dass diese Person Haarausfall hat. Aber für einen verlässlichen Vaterschaftstest haben diese Haare zu wenig Kern-DNA. Die Chance, dass wir damit etwas anfangen können, liegt unter 50 Prozent. Für eine vernünftige DNA-Analyse brauche ich die Haarwurzeln. Die Wurzeln von gesunden Haaren. Es wäre also günstiger gewesen, wenn du dem Kerl die Haare ausgerissen hättest, anstatt ihn sanft mit der Haarbürste zu streicheln.«

»Es ist kein Kerl«, widersprach Kastrup. »Die Haare stammen von einer Frau. Und ich kann sie ihr nicht ausreißen, weil die Dame schlicht und ergreifend verschwunden ist.«

»Von einer Frau? So kurze Haare?«

»Manche Frauen tragen ihre Haare kurz.«

Beelitz machte ein Gesicht, als ob er es geradezu unanständig fand, wenn Frauen ihre Haare kurz trugen.

»Und dann brauche ich noch eine zweite DNA-Analyse.« Kastrup entnahm seiner Aktentasche den Beutel mit der Gewebeprobe der toten Jutta Dachsteiger.

»Das sieht besser aus«, befand Beelitz.

»Die Frage, um die es hier geht, ist ganz einfach, ob die tote Frau, von der wir die Gewebeprobe haben, die Mutter der Frau ist, von der wir die Haare haben.«

Beelitz zog die Augenbrauen hoch. »Geht es etwa um die Familie Dachsteiger?«, fragte er.

Kastrup nickte.

»Gut. Und in diesem Fall hast du wirklich Glück. Die DNA-Analyse von Haaren ist normalerweise äußerst unergiebig. Das habe ich ja schon gesagt. Aber es gibt eine Ausnahme. Ich kann dir zwar keinen Vaterschaftstest liefern, wohl aber einen Mutterschaftstest.«

»Was soll das heißen?«

»Haare enthalten sogenannte mitochondriale DNA, abgekürzt mtDNA ...«

Kastrup winkte ab. »Diese Einzelheiten brauchst du mir nicht zu erzählen!«

Beelitz ließ sich nicht unterbrechen: »… und die wird von der Mutter an die Tochter vererbt. Auch von Mutter zu Sohn, aber nicht von Vater zu Sohn, nicht von Vater zu Tochter. Damit sollte sich eindeutig klären lassen, ob diese Flora Dachsteiger …«

»Sie heißt Julia Dachsteiger!«

»Egal, wie sie heißt. Jedenfalls können wir damit nachweisen, ob sie nun tatsächlich die Tochter ihrer angeblichen Mutter ist oder nicht.«

* * *

Als Bernd Kastrup ins Präsidium zurückkam, hatten die Kollegen längst Feierabend gemacht. An der Tür seines Zimmers klebte ein großer Zettel: *Post für dich!* In seinem Postfach steckte ein dicker, wattierter Umschlag. Die Post hatte ganz offensichtlich Schwierigkeiten gehabt, die Sendung zuzustellen. Auf dem Umschlag gab es verschiedene Vermerke darüber, wann versucht worden war, den Brief in der Speicherstadt abzugeben. Schließlich hatte jemand registriert, dass die Sendung an einen Hauptkommissar Kastrup gerichtet war und sie hierher ins Präsidium geleitet. Kastrup riss den Umschlag auf. Das Erste, was ihm entgegenfiel, war ein kleiner Zettel, den ganz offensichtlich seine Frau geschrieben hatte:

Lieber Bernd,

wenn du diesen Brief bekommst, habe ich den letzten Schritt getan, den ich Dir schon vor längerer Zeit angekündigt habe.

Ich weiß, was ich tue. Es liegt alles bereit. Ich habe glücklich gelebt, und ich bin auch nicht unglücklich, wenn ich jetzt sterbe. Falls Du jemals in dieselbe Situation kommen solltest, in der ich mich jetzt befinde, dass Du unheilbar krank bist und Deinem Leben ein Ende setzen möchtest, dann ist Dir das beiliegende Buch womöglich von Nutzen.

Alles Liebe, Deine Gaby.

Kastrup zog das Buch aus dem Umschlag. *Final Exit.* Da war es also.

Kastrup sah sich um. Jahrelang hatte er hier gewohnt. Das war nun nicht mehr nötig. Er konnte zurück in das Haus, das er nach der Scheidung verlassen hatte. Gabrieles Haus war nun sein Haus. Er steckte das Buch ein und machte sich auf den Weg.

* * *

Endlich in einem richtigen Haus. Es kam Kastrup so vor, als hätte er jahrzehntelang in dem Lagerraum in der Speicherstadt gewohnt, dabei waren es weniger als fünf Jahre. Er hatte sich vollkommen daran gewöhnt, auf jeden Komfort zu verzichten, und jetzt – jetzt hatte er plötzlich alles. In Gabys Haus lagen Teppiche auf dem Fußboden, gab es Schränke und Regale mit Büchern und Blumenvasen und allerlei Schnickschnack, der sich im Laufe ihres Lebens angesammelt hatte. Einige dieser Objekte stammten von gemeinsamen Reisen. Der aus Holz geschnitzte Bärenkopf zum Beispiel, den sie auf einer Auktion in Irland ersteigert hatten. Wenn man den Kopf aufklappte, kam ein Tintenfass zum Vorschein. Es war niemals Tinte darin gewesen; schließlich schrieb keiner von ihnen mehr mit Tinte und Feder. Es war ganz einfach eine Kuriosität, und hier, auf dem Regal, sah sie so aus, als ob sie genau dorthin gehörte.

Alle Dinge in Gabys Haus sahen so aus, als ob sie genau an diesen Platz gehörten. Dabei war Gaby kein besonders ordentlicher Mensch gewesen, aber sie hatte einen Blick dafür gehabt, welche Dinge man am besten wohin stellt. An den Wänden hingen richtige Bilder. Kein einziges davon zeigte irgendeine Katastrophe – im Gegensatz zu den Postern, mit denen Kastrup sich in der Speicherstadt umgeben hatte. Kastrup fiel auf, dass erstaunlich viele Bilder Kinder zeigten, völlig unbekannte Kinder. Hätte Gabriele gern Kinder gehabt? Sie hatten nie darüber gesprochen.

Das Haus bot genügend Platz, dass er seine gesamte Ausstellung aus der Speicherstadt hier aufstellen konnte – besonders, wenn die Mieter im ersten Stock ihre Ankündigung wahr machten und auszogen. Wahrscheinlich hatte Gabrieles Schwester mit ihnen geredet. Kastrup hatte den Eindruck, sie wollten nicht länger als nötig mit jemandem im selben Haus wohnen, der angeblich seine Frau umgebracht hatte. Kastrup war das recht. Er wollte auch nicht mit jemandem zusammen im selben Haus wohnen, der so etwas von ihm glaubte.

Die Bücher in den Regalen waren natürlich fast alle Gabrieles Bücher. Das Einzige, das er sofort als sein eigenes erkannte, war George Orwells *1984*. Das hatten sie in der Schule gelesen, und Kastrup hatte es langweilig gefunden. Damals war ihm die totale Überwachung der Bürger vollkommen unrealistisch erschienen. Heute nicht mehr.

Kastrup blätterte in dem Buch. Ja, da war es wieder. Das Wahrheitsministerium und die Hasswoche. Und Winstons erster Tagebucheintrag vom 4. April 1984: *Gestern Abend im Kino. Lauter Kriegsfilme. Ein sehr guter, über ein Schiff voll Flüchtlingen, das irgendwo im Mittelmeer bombardiert wird …*

Etwas Positives wäre nicht schlecht. Hatten sie nicht auch irgendwelche positiven Bücher? Kastrup stand ratlos vor dem großen Regal. Kalle Blomquist vielleicht? Das war auch eins von seinen Büchern gewesen. *Hier kommt einer, der dein Herzblut sehen will!* – Nein, das war auch nicht das Richtige. Damals war es ihm ganz unschuldig erschienen, aber heute erinnerte es ihn sofort an den toten Studenten und an Jutta Dachsteiger, deren Herzblut er in der Tat gesehen hatte. Er beschloss, nichts zu lesen, sondern stattdessen früh schlafen zu gehen.

Ein großer Vorteil gegenüber der Wohnung in der Speicherstadt war das Bett. Kastrup hatte es neu bezogen. Die Bettwäsche war ihm zwar vollkommen sauber erschienen, aber er hatte sie dennoch gewechselt; immerhin war Gabriele vielleicht darin verstorben. Oder hatte sie in ihrer letzten Stunde in dem großen Sessel am Fenster gesessen? Er wusste es nicht.

Ein Bier vor dem Schlafengehen? Das wäre nicht schlecht. Aber Gabrieles Kühlschrank war genauso leer wie Kastrups Kühlschrank in der Speicherstadt. Noch einmal nach draußen gehen wollte Kastrup nicht. Er trank kurzerhand ein Glas Wasser. Es schmeckte – nun ja, akzeptabel, aber eben einfach nach Wasser. Sein Kater fiel ihm ein. Doktor Watson. Der würde jetzt ohne ihn zurechtkommen müssen. Oder sollte er ihn holen? – Ja, wahrscheinlich sollte er ihn holen.

Kastrup legte sich schlafen. Er hatte gedacht, dass er völlig entspannt sofort einschlafen würde, aber dem war nicht so. Obwohl jetzt alles ihm gehörte, war dies für ihn noch immer Gabrieles Haus und Gabrieles Bett, und er kam sich vor wie ein Eindringling. – Nein, das stimmte nicht, er war kein Eindringling. Ein Gast vielleicht. Nein, eigentlich auch kein Gast, aber dennoch fremd hier, obwohl er jetzt hier wohnte. Es würde eine Weile dauern, bis er sich daran gewöhnt hatte.

* * *

Lukas hatte gewusst, dass Bernd Kastrups Wohnung zurzeit nicht genutzt wurde. Das leere Haus in der Speicherstadt hatte etwas Unheimliches, fand er. Dabei war es gar nicht vollständig leer. Im Erdgeschoss residierte der Teppichhändler, der ihnen den Schlüssel gegeben hatte. Aber die oberen Stockwerke wurden zurzeit nicht genutzt. Sicher gab es hier Mäuse. Und vielleicht auch Ratten. Sie waren jetzt im obersten Stockwerk, in dem Kastrup bis vor Kurzem gelebt hatte.

Kastrup war weg, das hatte ihnen der Teppichhändler bestätigt, aber sonst hatte sich nichts verändert. Die ganzen Stellwände mit den Katastrophenbildern waren noch da, und auch die spärliche Möblierung, die sich der Kommissar vom Sperrmüll zusammengesucht hatte. Zum Glück hatte er auch den Heizlüfter zurückgelassen, ohne den es jetzt hier oben empfindlich kühl gewesen wäre. Direkt nachdem sie hier eingetroffen waren, hatte Sylvia überprüft, ob alle Fenster geschlossen waren, und dann hatte sie den Heizlüfter auf *full power* gestellt, und ganz langsam wurde es ein bisschen wärmer in dem riesigen Lagerraum.

Sylvia kam zurück vom Einkaufen. »Ich habe Wein für uns mitgebracht.« Sie strahlte.

»Das ist lieb von dir«, sagte Lukas. »Aber ich trinke nicht mit. Ich trinke keinen Alkohol.«

»Warum das denn nicht?« Sylvia war verblüfft.

»Weißt du, ich heiße nicht einfach nur Lukas Weber. Ich habe noch einen zweiten Vornamen: Mohammed.«

»Ja und? Das macht doch nichts.« Bei Sylvia in der Klasse gab es zwei Mohammeds.

»Ich bin Moslem, verstehst du?«

Sylvia starrte ihn entgeistert an. »Moslem?«

»Ja, tut mir leid.« Das heißt, eigentlich tat es ihm nicht leid. Er war stolz darauf, Moslem zu sein. Was ihm leid tat, das war, dass er Sylvia damit enttäuscht hatte.

Sie fragte noch einmal nach: »Ganz ernsthaft?«

Lukas nickte.

Sylvia schwieg.

Lukas sagte: »Weißt du, wenn man an etwas glaubt, dann finde ich schon, dass man das von ganzem Herzen tun sollte und nicht nur – nicht nur ein kleines bisschen. Meine Eltern sind Moslems. Lana stammt aus Syrien, das habe ich dir schon mal erzählt.«

»Ja.« Ja, das hatte Lukas ihr erzählt, aber sie hatte sich bisher keine Gedanken darüber gemacht, was das bedeutete.

»Meine Mutter geht zur Moschee und – und betet so, wie es vorgeschrieben ist.«

»Und dein Vater?«

»Mein Vater nicht. Ich denke, er glaubt an gar nichts. Er ist damals nur zum Islam übergetreten, damit er Lana heiraten konnte. – Jetzt versteh mich bitte nicht falsch. Ich mache ihm deswegen keine Vorwürfe. Jeder soll glauben oder nicht glauben, was er will.«

Sylvia nickte. Sie sah ihn ernst an. Schließlich fragte sie: »Das – das ist jetzt vielleicht eine ziemlich blöde Frage, aber wenn du – wenn du später mal heiraten willst – muss deine Frau dann auch …?«

Lukas schüttelte den Kopf. Er war sich sicher, dass sein Großvater das ganz anders sah, und ihm war bewusst, dass es ernsthafte Auseinandersetzungen geben würde, wenn er etwa kundtat, dass er die Absicht hatte, Sylvia zu heiraten – noch dazu ein Mädchen »von niederem Stand«, wie der alte Herr sich ausdrücken würde, aber er war sich ebenso sicher, dass er sich durchsetzen würde.

* * *

Da war sie wieder, diese Angst. Jennifer war bis zum Abendessen bei Alexander geblieben. Sie hatten dann noch ein schnelles Computerspiel gespielt, und Alexander hatte vorgeschlagen, dass sie auch genauso gut eine Flasche Wein öffnen könnten und Jennifer würde dann bei ihm übernachten, aber das hatte sie dankend abgelehnt. Ein Fehler. Wie kalt es war, merkte sie erst jetzt. Und nun stand sie draußen auf der Straße, und die Haustür war hinter ihr zugefallen.

Wovor fürchtete sie sich? Die Hoherade war eine Straße in Eimsbüttel, in einem sehr schönen Wohngebiet, und das Haus, in dem Alexander wohnte, hatte eine wunderschöne Jugendstil-Fassade, und Alexander stand jetzt im dritten Stock auf dem Balkon hinter dem eisernen Geländer und winkte ihr zu. Jennifer winkte zurück, dann ging sie entschlossen in Richtung S-Bahn.

Jennifer mied die dunklen Bereiche des Gehwegs im Schatten der großen Bäume. Sie ging auf dem Kopfsteinpflaster, in der Mitte der Fahrbahn. Um diese Zeit fuhren hier keine Autos. Jennifer sah auch keine Fußgänger. Die Anwohner waren offenbar längst zu Hause. Alles war ruhig.

Jennifer ging am Spielplatz vorbei. Sie passierte das witzige Häuschen am Straßenrand. Ganz offensichtlich ein Klo. Ob das wohl jemals jemand benutzte? Vor ihr links stand ein Transporter mit offener Ladeklappe. Vielleicht jemand, der gerade umziehen wollte? Es war aber weit und breit niemand zu sehen. Keine Gefahr, dachte Jennifer. Und: Nimm dich zusammen! Eimsbüttel ist nicht Sankt Pauli! Keiner tut dir was!

Jetzt nach links, vorbei an dem Kinderheim. Und dann die kleine Treppe hinunter – jedenfalls wäre das der kürzeste Weg. Aber die Treppe war schlecht beleuchtet. Jennifer drehte um, ging wieder am Kinderheim vorbei, weiter zur Langenfelder Straße und dann wieder nach links, auf der anderen Seite am Kinderheim vorbei.

Die Langenfelder Straße war eine große, gut beleuchtete Straße. Und wohl auch etwas belebter als die Hoherade. Jedenfalls kam ihr ein Mann entgegen. Jennifer wechselte auf die andere Straßenseite. Der Mann überquerte ebenfalls die Straße. Was jetzt? Das konnte kein

Zufall sein. Gehetzt sah sie sich um. Links von ihr lag die dunkle Treppe, die sie eben vermieden hatte. Jetzt rannte sie die Stufen nach oben, stürmte die Hoherade entlang. Da war das Haus mit der Jugendstil-Fassade. Jennifer klingelte Sturm.

Alexander öffnete. »Hast du es dir anders überlegt?«

Jennifer nickte. »Ich habe es mit der Angst gekriegt«, sagte sie. »Da war ein Mann …«

»Wo?« Alexander ging hinaus auf die Straße, blickte nach links und nach rechts. »Hier ist kein Mann«, sagte er. »Er ist weg.«

»Ja.« Jennifer kam sich dumm vor.

Alexander sah sie spöttisch an. »Aber hier in diesem Haus ist ein Mann«, sagte er. »Bist du dir sicher, dass du dich traust mit ihm zusammen in seiner Wohnung zu übernachten?«

»Wenn dieser Mann ein Gentleman ist, dann ruft er mir ein Taxi«, sagte Jennifer bestimmt.

War das ernst gemeint? Bei solchen Dingen war sich Alexander nie ganz sicher. »Schade«, sagte er. »Wirklich schade. Aber der Kerl, der hier wohnt, der ist leider überhaupt kein Gentleman. Er ruft dir kein Taxi. Er nimmt dich nicht einmal mit in sein Bett. Du müsstest schon auf dem Sofa schlafen …«

Verfolgungswahn

Mittwoch, 9. November 2016

Jennifer wachte davon auf, dass plötzlich Schüsse fielen. Sie fuhr hoch. Sie war nackt, und sie lag in einem fremden Bett. Im Hintergrund ratterte ein Maschinengewehr. Jemand schrie. Wo war sie? Was zum Teufel ging hier vor?

»Habe ich dich geweckt?« Das war Alexander, der plötzlich in der Tür stand, mit einer Tasse Kaffee in der Hand.

Richtig, sie war bei Alexander. Sie hatte nicht auf dem Sofa geschlafen, sondern mit ihm zusammen im Bett, und es war sehr schön gewesen. Aber jetzt? »Was geht hier vor?«

»Nichts.«

Jemand schrie in höchster Not, wieder ratterte ein Maschinengewehr, und dann klang es, als rasten Flugzeuge im Tiefflug über sie hinweg. Inzwischen hatte Jennifer begriffen, dass der Lärm aus dem Soundsystem im nächsten Zimmer kam.

»Das ist nichts?«

»Ach, entschuldige, ich hätte nicht gedacht, dass es dich stört. Das ist *Battlefield 1*. Ich habe es ganz neu gekriegt. Erster Weltkrieg. Ein Computerspiel. Es ist nicht schlecht. Es ist wirklich nicht schlecht. – Willst du auch einen Kaffee?«

Jennifer nickte. Während die Kaffeemaschine röhrte und die feindlichen Armeen sich in Alexanders Arbeitszimmer ein Artillerieduell lieferten, zog Jennifer sich rasch an. Wie spät war es eigentlich? Mussten sie nicht zum Dienst?

»So, hier kommt dein Kaffee. Brötchen sind auch da. Fertig belegt, frisch vom Bäcker.«

»Danke.«

»*Battlefield 1* – das ist völlig neuartig. Die älteren Versionen, die waren immer so ausgelegt, dass man mehrere Spieler brauchte. Und dies jetzt, das kann man auch allein spielen.«

Jennifer nickte. Sie hatte schon gewusst, dass Alexander gern spielte.

»Aber es hat natürlich auch einen Multi-Player-Modus. Und ich will jetzt ausprobieren, ob es möglich ist, dass ich einfach verschiedene Spieler gegeneinander antreten lasse. Spieler, die ich mir selbst ausgedacht habe. Und dann gucke ich zu, was passiert. Und hinterher kann ich meine Leute optimieren …«

Jennifer lachte. »Machst du das auch im wirklichen Leben?«, fragte sie. »Bei uns im Landeskriminalamt? Bist du da auch damit beschäftigt, deine Kollegen aufeinanderzuhetzen und sie dann entsprechend zu optimieren?«

»Unsinn! – Die Welt der Computerspiele hat mit der wirklichen Welt nicht viel gemeinsam. Es geht um optische Effekte und Reaktionsfähigkeit und solche Dinge. Die Handlung ist nicht entscheidend. Und es interessiert mich schon, wie man das programmiert. Es ist nicht so schwierig, wie man glaubt. Man kann eine ganze Menge Sachen selbst machen. Soll ich dir mal etwas zeigen?«

Jennifer nickte. Sie biss etwas von ihrem Käsebrötchen ab.

Alexander stoppte den Tankangriff bei Cambrai und holte stattdessen eine friedlichere Szene auf den Bildschirm. »Das ist Dino«, sagte er. »Ein Dinosaurier!«, fügte er überflüssigerweise hinzu.

Dino lag am Rande des Dschungels auf einer grünen Wiese. Schmetterlinge flatterten vorbei. Dino gähnte, erhob sich träge und bewegte sich schließlich in einem seltsam watschelnden Gang auf den Zuschauer zu. Dann blieb er stehen, gähnte noch einmal, wobei er das Maul weit aufriss, anschließend drehte er sich um, watschelte zurück und verschwand im Dschungel.

»Weiter bin ich noch nicht«, sagte Alexander.

»Das sieht gut aus«, befand Jennifer. Der Dinosaurier gefiel ihr besser als die Panzerschlacht aus dem Ersten Weltkrieg.

»Das mit dem Gähnen«, sagte Alexander. »Daran muss ich noch arbeiten. Es sieht noch immer ein bisschen so aus, als ob der Saurier den Zuschauer gleich verschlingen wollte. Aber das ist natürlich falsch. Ich habe selbst schon viele Male vor dem Spiegel gestanden und gegähnt, um zu sehen, wie das geht, aber bis jetzt ist es mir nicht gelungen, das perfekt zu modellieren.«

»Wahrscheinlich liegt das daran, dass du kein Dinosaurier bist«, sagte Jennifer. »Was meinst du, wollen wir heute noch zur Arbeit?«

Alexander sah auf die Uhr. »Oh, Mann!«, sagte er. »Ich habe gar nicht auf die Zeit geachtet!«

* * *

Sie hatten gut geschlafen. Als Lukas die Augen aufschlug, war es schon hell. Mit anderen Worten: Sie hatten zu lange geschlafen, und für die Schule war es jetzt zu spät. Sie würden sich eine gute Ausrede überlegen müssen. Und Sylvia – Lukas fuhr hoch, als er bemerkte, dass Sylvia nicht mehr neben ihm lag. Aber sie war nicht weggelaufen, sondern sie war barfuß und im Nachthemd unterwegs und studierte die Ausstellung. Lukas wollte zu ihr, doch in dem Moment klopfte jemand an die Tür.

»Bleib, wo du bist!«, rief er leise in Sylvias Richtung. Und in Richtung Tür, wesentlich lauter: »Ja, ich komme!« Er zog sich rasch an.

Es klopfte noch einmal. »Ja doch! Ich komm ja schon!«

Er machte die Tür auf. Draußen stand ein junger Mann. »Bohndiek. Ich komme von der Lagerhausgesellschaft.«

»Aha.« Dieser Bohndiek sah nicht so aus, als ob er besonders gefährlich wäre. »Kommen Sie rein.« Offenbar war der Mann kurzsichtig. Lukas registrierte, dass er eine starke Brille trug.

»Herr Kastrup, Sie können sich sicher vorstellen, warum ich gekommen bin.«

»Ja, natürlich«, behauptete Lukas.

»Herr Kommissar ...«

»Hauptkommissar«, korrigierte Lukas.

»Herr Hauptkommissar, wir haben ja schon in unserem Schreiben darauf hingewiesen, dass diese Räumlichkeiten nicht für Wohnzwecke genutzt werden dürfen, schon allein aus versicherungstechnischen Gründen, und deshalb möchten wir Sie bitten, selbstverständlich innerhalb einer angemessenen Frist …«

»Wenn ich Sie mal kurz unterbrechen dürfte«, fiel ihm Lukas ins Wort. »Ich nutze diesen Raum nicht als Wohnung. Ich habe hier lediglich meine Ausstellung untergebracht, für die im Augenblick im Präsidium keine Räumlichkeiten vorhanden sind. Ich hatte deswegen neulich schon mit einem Ihrer Vorgesetzten telefoniert …«

»Mit Herrn Carstens?«

»Ja, vielleicht. An den Namen kann ich mich nicht mehr erinnern. Jedenfalls hat der Herr mir zugesagt, dass zunächst alles beim Alten bleiben könne, und insofern wundert es mich ein bisschen …«

Bohndiek hörte nicht zu. Er starrte auf die Stellwände. »Was ist das hier überhaupt für eine Ausstellung?«, wollte er wissen.

»Katastrophen«, sagte Lukas. Durch seinen Vater wusste er, dass Kastrup sich für Katastrophen und deren Vermeidung interessierte. Er hatte sich am Vorabend im Licht der Taschenlampe einen Teil der Poster angesehen.

»Das hier zum Beispiel«, sagte er, »das ist die Katastrophe der *Andrea Doria*. 1956 ist das gewesen.«

»Ah ja, davon habe ich gehört.«

Das hieß, dass der Schnösel keine Ahnung hatte. »Die *Andrea Doria* ist damals im dichten Nebel mit einem anderen Passagierschiff zusammengestoßen. Die Ursache war, dass der Kapitän der *Andrea Doria* dem entgegenkommenden Schiff zur falschen Seite hin ausgewichen ist. Das Schiff hieß …« – ein rascher Blick auf den Erläuterungstext – »das Schiff hieß *Stockholm*.« Mehr wusste Lukas nicht. Nun musste er improvisieren. »Der Kapitän war natürlich betrunken. Und er ist, wie man das ja leider immer wieder erlebt, als Erster von Bord gegangen. Es herrschte ein unbeschreibliches Durcheinander. Pferde wieherten angstvoll und galoppierten in Panik über das Deck. Sie hatten nämlich auch Pferde geladen. 50 Rennpferde für den Aga Khan. Viele sind ertrunken. Menschen und Pferde. Und es wären noch viel mehr Menschen ertrunken, wenn nicht der Schiffsjunge gewesen wäre. Der hat auf der Mundharmonika gespielt, und nach und nach haben sich alle beruhigt …«

Das war frei erfunden, und wenn Herr Bohndiek sich die Zeit genommen hätte, Kastrups Erläuterungstext zu lesen, dann wäre der Schwindel aufgeflogen. Aber Herr Bohndiek nahm sich nicht die Zeit.

»Und was ist das hier?« Er deutete auf eine Schautafel, auf der mit großzügigen Strichen eine Gruppe von Personen dargestellt war, die auf irgendeine nicht ohne Weiteres erkennbare Weise miteinander interagierten. Genau in der Mitte des Bildes befand sich ein ziemlich großer schwarzer Balken, bei dem sich Lukas sicher war, dass das ein Penis sein sollte.

»Das ist die Katastrophe der modernen Kunst«, sagte er.

* * *

»Ich habe das gemacht, was mir der Therapeut in Eppendorf vorgeschlagen hat«, erklärte Sylvia. Sie waren jetzt wieder unter sich. »Der Mann hat gesagt: Wenn du nicht sagen kannst, was damals passiert ist, dann zeichne es einfach. Ich habe es auch nicht zeichnen können. Bis jetzt jedenfalls nicht. Aber nun habe ich es versucht.«

Lukas betrachtete das Bild. Es sah nicht so aus, als ob es von einem 16-jährigen Mädchen gemalt worden wäre. Es sah aus wie das Bild eines kleinen Kindes.

»Das da, das bin ich«, sagte Sylvia.

Ja, daran bestand kein Zweifel. Sie war das Mädchen, erkennbar an den langen Haaren, auf das der Penis zielte. Aber wer waren die anderen Personen?

»Die Frau, das ist deine Mutter?«

Sylvia nickte. Die Frau war klein, kaum größer als Sylvia selbst, und sie stand im Hintergrund. Sie sah nicht so aus, als ob sie sich für das Geschehen im Vordergrund interessierte.

Aber dann gab es da noch zwei Männer. Lukas deutete auf den Mann mit dem bösen Gesicht, zu dem offenbar der Penis gehörte. »Das ist dein Vater?«

Sylvia schüttelte den Kopf. »Nein. Das da, das ist mein Vater!« Sie deutete auf den anderen Mann.

»Und wer ist dies?«, fragte Lukas überrascht.

»Ich kenne ihn nicht.«

»Was?«

»Ich kenne den Mann nicht. Mein Vater hat ihn damals mitgebracht. Mit zu uns nach Hause. Sie haben zusammen – gearbeitet, glaube ich. Und irgendwelche kriminellen Dinge geplant und wohl auch ausgeführt.«

»Und dieser fremde Mann, der hat dich – vergewaltigt?«

Sylvia nickte.

»Ich habe immer gedacht, es sei dein Vater gewesen, der dich missbraucht hat!«

»Ja, das ist auch richtig. Mein Vater hat mich missbraucht. Das war nicht schön. Das war furchtbar. Und ich habe getan, was er wollte. Aber er hat mich nicht vergewaltigt. Er hat keine Gewalt angewendet, jedenfalls keine – keine körperliche Gewalt.«

»Aber das hat dieser Mann gemacht.«

»Ja.«

»Hat dein Vater davon gewusst?«

Sylvia nickte.

»Und du weißt nicht, wer das ist?«

»Doch. Bis vor Kurzem habe ich nicht einmal seinen Namen gekannt. Aber ich wollte es wissen, verstehst du, ich wollte unbedingt wissen, wie er heißt und wo er wohnt. Deshalb habe ich den Kontakt zu meinem Vater aufgenommen. Deshalb habe ich ihn im Gefängnis besucht und mit ihm geredet. Und jetzt weiß ich, wie der Mann heißt. Er heißt Benjamin Tarp. Und ich weiß auch, wo er wohnt. Er wohnt in Hausbruch, im Schanzengrund. So heißt die Straße. Ich werde zu ihm gehen, und ich werde ihn zur Rede stellen. Und dann werde ich ihn töten. Genauso, wie diese Schlange von Hamburg das macht, von der sie immer in den Nachrichten reden.«

Sylvia zeigte Lukas das große Messer, das sie seit Wochen mit sich herumtrug.

* * *

»Bezüglich der Schlange von Hamburg gibt es eine neue Entwicklung«, sagte Oliver. »Unser Kollege Fleischhauer hat vorhin angerufen und gesagt, wir sollten uns mal um das Hansa-Theater kümmern.«

»Um das Hansa-Theater?«, fragte Kastrup. Dieser Fleischhauer wurde auch von Tag zu Tag wunderlicher.

»Ja, er hat gesagt: In dem neuen Programm des Varietés tritt eine Schlangenfrau auf.«

»Eine Schlangenfrau? Du meinst eine Kontorsionistin?«

»Ja, so nennt man das wohl. – Vielleicht gibt es da einen Zusammenhang.«

Das war absurd. Aber andererseits konnten sie es sich nicht leisten, irgendeinem Hinweis nicht nachzugehen, schon gar nicht, wenn der von einem ihrer Kollegen kam. »Wann warst du zuletzt im Hansa-Theater?«

»Oh, das ist schon eine ganze Weile her …«

»Dann gehst du am besten mal hin und sprichst mit dieser Dame.«

»Ja, das ist eine gute Idee.«

Kastrup seufzte. Es war keine gute Idee, aber es war jedenfalls eine Aktivität. Thomas Brüggmann konnte ihnen nicht vorwerfen, dass sie nicht wirklich alles versuchten. Oliver hatte am Vortag schon bei *Schlange & Co* angerufen. Das war eine Consulting-Firma. Die Dame am Telefon hatte ihm ganz ernsthaft versichert, dass die Beratung in Sachen Mord nicht zu ihrem Tätigkeitsbereich gehörte.

* * *

»Hallo Bernd!« Vincents Stimme war am Telefon kaum zu erkennen.

»Vincent! Wie geht es dir? Wo bist du?«

»Ich bin noch in Toulouse.«

Bernd erschrak. Irgendetwas war schiefgegangen, dachte er: »Wie sieht es aus?«

»Nicht schlecht.«

»Erzähl!«

»Also, um die Sache kurz zu fassen: Mithilfe eines Anwalts haben wir es geschafft, meine Familie freizubekommen. Sie dürfen wieder nach Deutschland zurück ...«

»Da bin ich aber froh, Vincent!«

»Ja, ja. Die Sache hat nur einen kleinen Haken. Sie dürfen erst zurück, wenn die Kosten für die Ausweisung beglichen sind. Die Flugkosten. Und weil es ja eine deutsche Behörde ist, ist der Flug natürlich per Lufthansa gebucht worden. Und weil alles so schnell gehen sollte, ist es natürlich ziemlich teuer geworden. Hamburg – Frankfurt – Toulouse für 414 Euro pro Person. Und weil Lanas Familie aus zehn Personen besteht, müssen wir schlappe 4140 Euro berappen. Plus Bearbeitungsgebühr. – Und die habe ich nicht. Das Geld für den Anwalt, das habe ich gerade noch zusammenkratzen können. Aber dieser Betrag – das ist einfach zu viel. Und außerdem müssen wir natürlich noch wieder nach Deutschland zurück.«

»Das sind dann also über 8000 Euro? Und wenn ihr nun mit der Bahn fahrt?«

»Nein, nein. Der Flug – wenn wir sofort buchen, dann kriegen wir die Tickets für knapp 2000 Euro. Aber das wäre dann erst nächste Woche.«

Kastrup überlegte einen Moment. Dann sagte er: »Ich überweise dir das Geld. Und dann macht ihr euch so schnell wie möglich auf den Weg. Vor allen Dingen du. Ganz egal, was das kostet. Die Hauptsache ist, dass du so schnell wie möglich hier wieder auftauchst.«

»Das ist wirklich großzügig von dir, und ich weiß gar nicht ... Natürlich zahle ich alles so schnell wie möglich zurück ...«

»Red keinen Unsinn! Du weißt doch, dass ich geerbt habe. Und für irgendetwas muss dieses verdammte Erbe ja gut sein. Sag mir nur bitte, was ich tun muss. Ich habe nämlich noch nie 20.000 Euro nach Frankreich überwiesen.« Kastrup hatte noch nie irgendwohin eine solche Summe überwiesen. Und er hatte noch nie so viel Geld zur freien Verfügung gehabt. Er kam sich vor wie irgendein Lord oder Ölscheich. Ein schönes Gefühl. Eigentlich hätte es ein schönes Gefühl sein können. Schade nur, dass der Preis dafür so hoch gewesen war.

Kaum hatte er aufgelegt, da läutete das Telefon erneut. Oliver Rühl war dran. »Mit wem telefonierst du denn so lange?«, fragte er.

Kastrup war nicht gewillt, darauf zu antworten. »Was gibt's?«

»Mord. Wir haben einen Anruf gekriegt. Draußen im Duvenstedter Brook liegt ein Toter.«

»Jetzt ist Fleischhauer mal dran«, brummte Kastrup. »Wir können uns nicht um jede verdammte Leiche kümmern, die hier in Hamburg gefunden wird.«

»Der Kollege Fleischhauer hat uns benachrichtigt«, erwiderte der Schrebergärtner. »Es sieht so aus, als ob das doch unsere Leiche ist. Fleischhauer glaubt, es sei Carl Dachsteiger.«

* * *

Das Duvenstedter Brook war ein ausgedehntes Naturschutzgebiet an der nördlichen Landesgrenze.

»Galloway-Rinder gibt es hier«, sagte Oliver Rühl.

Aber es waren nicht die Galloway-Rinder, die den Toten gefunden hatten, sondern die Wildschweine. Spaziergänger hatten die Leiche entdeckt, als sie sich die Schäden aus der Nähe ansehen wollten, die die Wildschweine hier auf dem moorigen Boden hervorgerufen hatten. Die Schweine waren auf die Leiche gestoßen, hatten sie ausgegraben, an die Geländeoberfläche gezerrt und begonnen, den Kadaver zu fressen.

»Schweine essen gern Fleisch«, sagte der Naturschutzbeauftragte, der es sich nicht hatte nehmen lassen, auch mit nach draußen zu kommen.

Sie alle standen ein ganzes Stück abseits von der Stelle, wo der Tote lag.

Im Augenblick war Kurt Beelitz damit beschäftigt, die Leiche in Augenschein zu nehmen. Alexander deutete auf den Mediziner: »Was glaubst du wohl, was er zuerst gefragt hat, als er hier draußen angekommen ist?«

»Keine Ahnung«, brummte Kastrup.

»Wo ist hier die Landesgrenze?« Alexander lachte. »Aber die Landesgrenze ist von dieser Stelle über einen Kilometer weit entfernt, und also gibt es niemanden, der dem Mediziner seine Arbeit hätte streitig machen können.«

Alexander hatte es geschafft, sich einen Kaffee zu organisieren. Kastrup registrierte, dass der junge Kollege diesmal nicht irgendwelche Dinge in sein iPad tippte.

Oliver sagte: »Der Brook hat bis in die Zwanzigerjahre noch zum Kreis Stormarn gehört. Aber dann hat Hamburg die Fläche aufgekauft. Später hat dann der Gauleiter Karl Kaufmann hier gewohnt. Er hat sich angeblich Rotwild aus den Karpaten kommen lassen und es dann hier in einem eingezäunten Stück Land gejagt. Heute ist das hier alles Naturschutzgebiet.«

»Schön.« Der Schrebergärtner war eine stete Quelle für überflüssige Informationen. Kastrup fror.

Endlich war der Mediziner mit seiner ersten Begutachtung des Toten fertig. Er hatte am Boden gekniet, und sein weißer Schutzanzug sah jetzt längst nicht mehr so makellos aus wie zu Beginn seiner Untersuchungen.

»Na, was hast du herausgefunden?«

Beelitz zuckte mit den Schultern. »Der ist tot«, sagte er. Er liebte es, den ungeduldigen Kastrup ein wenig zu necken.

»Das sehe ich, dass er tot ist«, brummte Kastrup.

»Das ist erstaunlich«, bemerkte der Mediziner. »Von hier, wo du stehst, sind es immerhin mindestens 50 Meter. Und wenn ich von hier aus da rübergucke, dann bin ich mir keineswegs sicher, ob da wirklich ein Toter liegt, oder einfach nur ein Besoffener.«

»Aber es ist kein Besoffener?«, fragte Alexander.

»Nein. Es ist Carl Dachsteiger. Er hat seinen Ausweis dabei. Sonst hätte ich ihn nicht wiedererkannt. Die Schweine haben ganze Arbeit geleistet.«

»Du hast den Ausweis angefasst?«

»Ja. Ich hätte das Ding ja nicht berührt, wegen der Fingerabdrücke, aber die Spaziergänger, die ihn gefunden haben, die haben schon mal ein bisschen nachgeforscht. – Wie dem auch sei, der Mann ist schon seit ein paar Tagen tot, würde ich sagen. Genauere Angaben kann ich dir erst machen, wenn ich ihn mir im Labor angesehen habe. Was ich dir aber jetzt schon sagen kann, das ist, dass ihn jemand erstochen hat. Die Schweine haben sich zwar große Mühe gegeben, die Spuren zu verwischen, aber so ganz ist ihnen das nicht gelungen.«

»Mit einem Schlangenmesser?«, fragte Alexander.

»Das weiß ich nicht. Die Waffe ist noch nicht gefunden worden. – Aber möglich wäre es schon.«

»Jemand hat ihn umgebracht und dann hier eingegraben«, sagte Kastrup.

»Ja, das ist richtig. Und derjenige hat sich keine allzu große Mühe gegeben. Er hat den Toten zwar ein ganzes Stück weit vom Weg weggeschleppt, aber dann hat er ihn nur ganz flach vergraben, keine 50 Zentimeter tief, und da haben ihn die Schweine natürlich gefunden.«

»Also ist er gar nicht hier im Brook umgebracht worden?«

»Das weiß ich nicht, Bernd, da musst du deine Leute fragen. Vielleicht finden die ja trotz des Regens noch irgendwelche Spuren. Aber was mir aufgefallen ist, das ist, dass man hier mit dem Auto ziemlich dicht heranfahren kann. Der Weg ist zwar gesperrt, aber wenn man das ignoriert, dann kommt man schon ganz schön weit. Etwa bis dahin, wo ihr jetzt steht.«

»Dass wir die Leiche finden, das war sicher nicht eingeplant«, sagte Kastrup. »Und dass wir den Ausweis finden erst recht nicht. Wir sollten diese Information zurückhalten. Wir sagen der Presse nicht, dass wir wissen, wer der Tote ist. Julia Dachsteiger soll sich in Sicherheit wiegen – sonst läuft sie uns am Ende doch noch davon, bevor wir genügend Beweise gegen sie in der Hand haben.«

»Ich habe übrigens vorhin mit der Frau gesprochen«, sagte Oliver.

»Mit welcher Frau?«, fragte Kastrup. »Mit Julia?«

»Nein, mit der Kontorsionistin.«

»Was denn für eine Kontorsionistin?« Alexander war nicht im Bilde.

»Die Schlangenfrau aus dem Hansa-Theater. Sie heißt Svetlana Belova, und sie ist wirklich fantastisch. Sie war mit dem *Cirque du Soleil* in Australien, bei der Premiere von *Ovo*, 2012 ist das gewesen, und da ist sie mit ihrem sieben Monate alten Baby auf Tour gewesen. – Sie ist übrigens nicht so jung, wie sie aussieht …«

»Ja, Oliver …«

Wenn Oliver einmal in Fahrt war, ließ er sich so leicht nicht unterbrechen. »Sie hat mir alles gezeigt, einfach alles. Und es ist in Wirklichkeit gar nicht so schwer, wie man immer denkt. Es ist einfach eine Sportart, eine ganz besondere Sportart. Man muss nicht dazu geboren sein, man kann es einfach trainieren. Am einfachsten ist es natürlich, wenn man schon als Kind damit anfängt, aber das muss gar nicht sein. Und es ist für den Körper nicht schädlicher als irgendein anderer Sport.«

»Das ist alles ganz großartig, Oliver. Aber was ist mit der Schlange von Hamburg?

»Ja, dazu habe ich sie natürlich auch befragt. Auf Russisch natürlich. Ich spreche ja ganz gut Russisch. Schlange heißt змея.«

»Sme… was?«

»Змея. Femininum. Genau wie im Deutschen.«

»Hat sie irgendetwas zu der Schlange gesagt?«

»Nein. Von der Schlange von Hamburg hat sie noch nie etwas gehört.«

* * *

»Wir probieren es aus«, hatte Alexander gesagt. »Wir probieren es einfach aus.«

Jennifer hatte genickt, aber es war ihr nicht wohl in ihrer Haut. Sie wusste, dass Alexander nicht daran glaubte, dass Julia Dachsteiger ihr seit Monaten folgte. Und jetzt hatte er vorgeschlagen, dass sie heute spät abends, nach 22:00 Uhr, allein losgehen sollte, in eine einsame Gegend, und er würde ihr mit großem Abstand folgen und feststellen, ob sie nun wirklich verfolgt wurde oder nicht. Sie waren über ihre Handys miteinander verbunden.

»Ich bin jetzt unten auf der Straße«, sagte Jennifer. »Ich gehe nach rechts.«

»Alles klar.«

So war das abgesprochen. Jennifer würde die Hoherade nach Norden bis zum Ende gehen, dann nach links abbiegen und an den fünfgeschossigen Wohnblocks vorbei, bis sie zur Kieler Straße kam. Sie würde die Kieler

Straße an der großen Kreuzung überqueren, anschließend den Holstenkamp entlanggehen und von dort aus in den kleinen Park am Ziegelteich hinuntersteigen – wahrscheinlich die einsamste Gegend, die in bequemer Fußgehentfernung von Alexanders Wohnung lag.

An der Ecke zum Pinneberger Weg sah sie sich kurz um. Sie war allein. Niemand folgte ihr. Und wo war Alexander? Ganz offensichtlich war er so weit zurückgeblieben, dass sie ihn nicht sehen konnte.

»Ich bin jetzt am Pinneberger Weg«, sagte Jennifer.

»Ja. Ich bin hinter dir. Alles in Ordnung.«

Jennifer ging weiter. Auf der Kieler Straße war selbst zu dieser späten Zeit noch sehr viel Verkehr. Sie überquerte die Kreuzung an der Ampel, ging vorbei an dem Gedenkstein für die »Schöne Marianne«, die in dieser Gegend im 19. Jahrhundert eine Gastwirtschaft betrieben hatte, und musste an der zweiten Ampel kurz warten. Sie nutzte die Gelegenheit, sich noch einmal umzusehen. Sie sah niemanden. Sie überquerte die Straße, ging den Holstenkamp entlang und kam nun in immer einsamere Gegenden.

»Ich bin jetzt an der Ecke Große Bahnstraße und gehe hinunter in den Park.«

»Ja, das ist gut. Ich bin hinter dir. Aber jetzt bitte keine unnötigen Kontakte mehr; wir wollen deinen Verfolger ja nicht verscheuchen.«

»Ist sie hinter mir?«, fragte Jennifer dennoch alarmiert.

»Nein.«

Jennifer ging in den Park hinein. Das Gelände lag tiefer als der angrenzende Holstenkamp. Von oben konnte man nicht sehen, was hier unten geschah. Der Parkweg war zwar erleuchtet, aber die Lampen reichten nicht aus, um das ganze Gelände zu erhellen. Im Gesträuch und im Schatten der Bäume war es absolut finster. Rechts von ihr lag die schwarze Wasserfläche des Ziegelteiches.

Unbewusst ging Jennifer schneller. Sie sollte den gesamten Teich umrunden und dann wieder in Richtung Hoherade zurückgehen. Sie wusste, dass der Teich lächerlich klein war, keine 100 Meter im Durchmesser, aber der Weg um den Teich herum erschien ihr dennoch bedrohlich lang. Sie hörte Stimmen. Irgendjemand lachte übertrieben laut. War das oben auf dem Holstenkamp? Vielleicht. Vielleicht auch nicht. Jennifer rechnete jeden Moment damit, irgendjemandem zu begegnen, einer Gruppe betrunkener Jugendlicher zum Beispiel, aber das geschah nicht.

Schon kam sie an die Stelle, wo sie in die gut beleuchtete Straße Am Ziegelteich hätte einbiegen können, aber das war nicht vorgesehen. Jennifer blieb im Park; sie wandte sich nach rechts. Hier gab es keine Beleuchtung. Es war nicht vollkommen dunkel; in der Stadt wurde es niemals vollkommen dunkel, und Jennifer hatte keine Schwierigkeiten, dem Weg zu folgen. Sie passierte den Spielplatz auf der rechten Seite – um diese Tageszeit natürlich verlassen. Auf der Gegenseite lag der Bolzplatz im Dunkeln. Auch verlassen, oder? Nein, da war jemand. Da war jemand und rauchte. Sie sah das kurze Aufglühen einer Zigarette. Wer dort stand, konnte sie nicht erkennen. Irgendein Rentner vielleicht, der mit seinem Hund draußen war? Egal, das betraf sie nicht. Sie ging weiter.

Der Weg führte jetzt vom eigentlichen Teich weg und dann in einer Art Schleife um einen dunklen Seitenarm des Gewässers herum wieder an den Ziegelteich heran. Dies war eine Stelle, wo Jennifer eigentlich jeden Verfolger hätte sehen müssen, aber sie sah niemanden. Keine Verfolger und keinen Alexander. Jennifer zögerte. Wo war Alexander? Kurz entschlossen bog sie in den kleinen Stichweg ein, der zu dem Aussichtspunkt am Ufer des Teiches führte. Das Wasser im Teich stand höher als normal. Das Kopfsteinpflaster des Weges führte direkt in die trübe Brühe hinein. Hier bei den beiden Bänken würde sie warten, bis Alexander sie eingeholt hatte. Irgendwo am anderen Ufer des Teiches regte sich eine verschlafene Ente. Kein Mensch zu sehen. Und Alexander kam nicht.

Jennifer wartete. Allmählich wurde sie nervös. Sie nahm ihr Handy – und ließ es dann doch wieder in ihrer Tasche verschwinden. Keine unnötigen Kontakte, so war es abgemacht. Jennifer sah auf die Uhr. 22:13 Uhr. Sie wartete. Nichts geschah.

Als sie fünf Minuten gewartet hatte, griff sie schließlich doch zum Handy. »Ich bin jetzt um den Teich herum«, sagte sie. Das stimmte zwar nicht, aber sie wollte Alexander zu irgendeiner Reaktion zwingen.

»Ja, gut.« Das war Alexanders Stimme, aber im Hintergrund gab es irgendein undefinierbares Geräusch.

»Ich gehe jetzt zurück zu deiner Wohnung.«

»Ich bin hinter dir.« Noch immer dieses Geräusch, es klang wie eine Art Musikuntermalung, ziemlich leise, und dann ganz deutlich eine Stimme, die sagte: »Promise me that you get me back in one piece!«, und eine andere, die antwortete: »Okay, I promise …« In dem Augenblick beendete Alexander das Gespräch.

Jennifer atmete tief durch. Plötzlich begriff sie, was passiert war. Alexander war keineswegs hinterhergegangen. Er hatte sie allein auf diesen nächtlichen Spaziergang geschickt. Er war zu Hause geblieben und hatte ganz einfach *Battlefield I* gespielt. Er war davon ausgegangen, dass sie sich ihre Verfolgerin nur eingebildet hatte. Und ganz offensichtlich stellte er sich vor, dass dies die beste Methode sei, um ihren Verfolgungswahn zu heilen.

Jennifer war grenzenlos wütend. Alexander war ein arrogantes Arschloch. Sie überlegte, was sie jetzt am besten tun sollte. Ihn direkt zur Rede stellen? – Nein, das wäre zu billig. Sie würde ihm zeigen, dass sie keine Angst hatte. Nein, nicht ihm! Sie würde sich selbst beweisen, dass sie keine Angst hatte. Kurz entschlossen drehte sie sich um und ging denselben Weg zurück, den sie gekommen war. Sie ging zweimal um den ganzen Teich herum, aber es zeigte sich kein Verfolger.

Als sie schließlich wieder in die Hoherade einbog, kam ihr Alexander entgegen. »Da bist du ja!«, sagte er. »Ich hatte allmählich angefangen, mir Sorgen zu machen. – Komm mit nach oben!«

Jennifer sagte: »Ich habe es mir anders überlegt. Ich übernachte zu Hause.«

Einer soll sterben

Donnerstag, 10. November 2016

Lukas und Sylvia steckten noch immer auf dem Speicherboden. Lukas hatte Brötchen geholt und Frühstück gemacht. Er hatte auch den Heizlüfter eingeschaltet, und es war angenehm warm. Sylvia genoss es, von Lukas umsorgt zu werden. Das war sie von zu Hause nicht gewohnt. Lukas war ein ganz besonderer Mensch. Er hatte ihr sogar vorgeschlagen, sie könnten in den Weihnachtsferien zusammen nach Schweden fahren. Sie war noch nie im Ausland gewesen. Jetzt saß sie ganz still auf Kastrups ramponiertem Sessel und träumte von der geplanten Reise.

»Und wie kommen wir nach Schweden?«, fragte sie. »Ich habe nämlich kein Geld«, fügte sie hinzu.

»Du brauchst kein Geld«, erklärte Lukas. »Ich bezahle das. – Wir fahren mit dem Auto.«

»Mit dem Auto? Kannst du denn Autofahren?«

Ja, Lukas konnte Autofahren. Er zeigte ihr seinen Führerschein. »Wir nehmen Papas Auto«, sagte er.

»Wow!« Sylvia war beeindruckt. »Und hast du denn auch einen Pass?«

»Für Schweden brauchen wir keinen Pass. Da reicht der Personalausweis.«

»Ich habe einen Pass«, behauptete Sylvia.

»Was? Du hast einen Pass?«

»Willst du mal sehen? – Hier!«

Sylvia zog tatsächlich einen Reisepass aus der Tasche. Lukas nahm ihn ihr aus der Hand und blätterte darin. »Wo hast du denn den geklaut?«, fragte er.

»Nirgendwo.« Was man von zu Hause mitnahm, das war noch nicht geklaut, oder? »Den habe ich einfach gefunden.«

»Gefunden!«

»Doch, ganz im Ernst!«

»Ich habe noch nie einen Reisepass gefunden«, sagte Lukas.

»Ich habe sogar zwei«, trumpfte Sylvia auf. Endlich einmal gab es etwas, womit sie Lukas wirklich beeindrucken konnte.

Lukas nahm den zweiten Pass. Er war genau wie der erste noch nagelneu. Beide Pässe waren auf verschiedene Personen ausgestellt, aber beide Passbilder zeigten denselben Mann.

»Ist das dieser …?« Lukas deutete auf das Foto.

»Ja, der wohnt jetzt bei uns«, sagte Sylvia leichthin. »Der neue Freund meiner Mutter.«

Lukas nickte. Der Mann sah unsympathisch aus. »Ein ziemliches Ekel, was?«

Sylvia lachte. »Ja, das ist er. Ich mag ihn nicht. Wegen ihm bin ich von Zuhause weggelaufen. Und ich gehe nicht eher zu meiner Mutter zurück, bis er verschwunden ist.«

Lukas überlegte. Mit den Pässen mussten sie zur Polizei gehen.

»Er heißt übrigens Christian«, sagte Sylvia.

»Wer?«

»Na, dieser Typ mit den Pässen.«

»Christian?« Der Name tauchte in keinem der beiden Dokumente auf. Also waren beide Pässe falsch.

»Meiner Mutter hat er erzählt, dass er Sven heißt. Aber das stimmt nicht.«

»Er ist schon ein ziemlich schräger Vogel«, sagte Lukas.

Sylvia nickte. Sie sah sich suchend um.

»Suchst du irgendetwas?«, fragte Lukas.

»Ja, mein Feuerzeug.«

»Hier liegt kein Feuerzeug.«

Nein, hier lag kein Feuerzeug. Sie musste es schon eher verloren haben. »Ach, unwichtig«, sagte sie.

»Ich kauf dir ein neues.«

»Ja. – Ich geh mich waschen!« Sylvia zog sich aus. »Bis gleich!«

»Halt, Moment mal!« Lukas hielt Sylvia am Arm fest. »Was ist das denn?«

»Nichts.« Sie versuchte loszukommen.

Lukas ließ nicht los. »Warum hast das gemacht?«, fragte er. »Warum hast du dich geritzt?«

»Warum? – Mir war einfach danach. Um den Schmerz zu spüren, verstehst du? Um irgendetwas zu spüren. Aber das ist vorbei. Das mache ich nicht mehr. Seit ich in der Therapie bin, mache ich das nicht mehr.«

Lukas sah sie an. Eine der Narben war frischer als die anderen.

»Das zählt nicht«, behauptete sie. »Ein einziges Mal, das zählt nicht. Das war, als ich so verzweifelt war. Das war, als ich von zu Hause weggelaufen bin und nicht mehr wusste, was ich tun sollte. Als ich draußen in dem gesprengten Bunker gesessen habe und Angst hatte, dass mich niemand suchen würde ...«

Lukas bemühte sich, seine Erschütterung nicht zu zeigen. »Das darfst du nicht machen, Sylvia«, sagte er sanft.

Sie nickte. »Ich mache es nicht mehr«, sagte sie. »Versprochen.« Sie sah ihn ängstlich an. »Das glaubst du mir doch, oder?«

Lukas wusste nicht, was er antworten sollte. Was hatte sein Vater gesagt? Worte bedeuten gar nichts. Du musst damit rechnen, dass sie dir alles verspricht, um dich festzuhalten. Einfach alles. Nur Tatsachen zählen ...

»Bitte, bitte, glaub mir das doch«, verlangte Sylvia.

Lukas sagte: »Wir schaffen das zusammen, Sylvia. Wir nehmen uns bei der Hand, und wir halten uns gegenseitig ganz fest, und dann schaffen wir das. Dann schaffen wir alles, was wir schaffen wollen.«

»Ja«, sagte Sylvia.

»Gibst du mir bitte die Pässe? Die müssen wir bei der Polizei abgeben.«

Sylvia schüttelte den Kopf. »Ich will jetzt nicht zur Polizei gehen«, sagte sie. »Ich will jetzt nicht mit der Polizei reden. Ich will Tarp haben, verstehst du? Erst einmal will ich Benjamin Tarp haben. – Kommst du nun mit oder nicht?«

* * *

»Die DNA-Analyse liegt vor. Und ich habe schlechte Nachrichten«, sagte Bernd Kastrup.

»Du kannst das Ergebnis nicht verwenden, weil du die Haarbürste nicht mitnehmen durftest«, vermutete Alexander.

Kastrup schüttelte den Kopf. »Ganz anders. – Die mitochondriale DNA in den Haaren, die wir aus der Haarbürste von Julia Dachsteiger gewonnen haben, und die DNA in den Gewebeproben ihrer toten Mutter sind identisch. Das heißt also – so leid es mir tut –, dass Julia Dachsteiger tatsächlich die Tochter ihrer angeblichen Mutter ist.«

»Das kann nicht sein!«, rief Alexander.

»Das ist vollkommen unmöglich«, sagte Jennifer. »Wir haben doch geklärt, dass diese Frau in Wirklichkeit Alix irgendwas heißt und aus Russland stammt!«

»Das ist der Mist bei diesen DNA-Analysen«, schimpfte der Schrebergärtner. »Angeblich sind sie hundertprozentig zuverlässig, aber in Wirklichkeit geht dauernd irgendetwas schief, und die Ergebnisse tragen eher zur Verwirrung bei, als dass sie uns bei unseren Untersuchungen weiterhelfen.«

Alle redeten durcheinander.

Kastrup hob die Hände. »Nun seid mal einen Augenblick ruhig! – All das, was ihr jetzt an Einwänden vorbringt, das habe ich Kurt Beelitz auch gesagt. Aber er beharrt darauf, dass die Analysen zuverlässig sind. Im Unterschied zu den bekannten Fällen, wo bei der Probenahme gepfuscht worden ist, können wir hier ausschließen, dass bei der Entnahme irgendetwas falsch gelaufen ist.«

»Wahrscheinlich ein Laborfehler!«, schlug der Schrebergärtner vor. »Die haben einfach zweimal dieselbe Probe analysiert!«

»Nein, das haben sie nicht.«

»Bist du dir ganz sicher?«

Kastrup nickte. »Beelitz ist sich ganz sicher.«

»Scheiße«, sagte der Schrebergärtner.

Alexander hielt ihm das Schwein hin.

Bernd Kastrup lief im Zimmer auf und ab. Alexander griff zum Telefon und versuchte, irgendjemanden zu erreichen. Der Schrebergärtner wiederholte nur immer wieder: »Das kann nicht wahr sein. Das kann einfach nicht wahr sein!«

Jennifer sagte gar nichts. Sie war erschüttert. Sie war sich ganz sicher gewesen, dass diese Frau nicht die echte Julia Dachsteiger sein konnte.

Wenn die tote Frau aus der S-Bahn wirklich Julias Mutter war, dann war der ganze Fall wieder offen. Julia hatte sicher nicht ihre Mutter umgebracht. Dazu gab es überhaupt keinen Anlass. Im Gegenteil. Wenn ihre Eltern lebten, dann konnte sie jederzeit nachweisen, dass sie ihre Tochter war – ganz gleich, was die Polizei für Gegenargumente vorbringen mochte. Die Pigmentstörungen auf dem Bauch – sie hatte sie einfach entfernen lassen. Das war die natürlichste Sache von der Welt. Wenn einen so etwas störte, dann ließ man es entfernen. Und das Foto im Wohnzimmer – warum sollten die Dachsteigers es nicht ausgetauscht haben? Es war ja ein ziemlich altes Bild, und wahrscheinlich hatten sie es dort nur hängen gehabt als eine Art Erinnerung an ihre frühere heile Familie. Aber jetzt, wo ihre Tochter wieder da war, da brauchten sie das Bild nicht mehr. Und die gelöschten Negative? Auch dafür mochte es eine ganz natürliche Erklärung geben.

Sicher, das Ganze war ziemlich ungewöhnlich. Aber die DNA-Analyse hatte den unumstößlichen Beweis erbracht, dass Julia Dachsteiger wirklich diejenige war, für die sie sich ausgab. Damit mussten sie sich abfinden.

Alexander gab seine Versuche auf, jemanden zu erreichen. »Da meldet sich niemand«, sagte er.

»Wen hast du angerufen?«, fragte Jennifer.

»Julia Dachsteiger natürlich.«

»Sie hat sich abgesetzt«, sagte der Schrebergärtner.

Kastrup schüttelte den Kopf. »Warum sollte sie?«

»Der Ausweis«, sagte Alexander. »Wie lässt sich der russische Ausweis erklären?«

»Du meinst den Pass, den wir in Julias Wohnung gefunden haben? Das Mädchen mit den blonden Haaren? Der Pass ist 2001 ausgestellt; das Kind auf dem Foto war damals also 14 Jahre alt. Wir haben geglaubt, dass das Julia Dachsteiger sei, aber das Dokument ist kein Beweis. Und das Foto …«

»Moment!«, sagte Alexander. »Damals hatten wir keine Möglichkeit, das Bild zu überprüfen, weil wir keine Kinderbilder der echten Julia Dachsteiger gehabt haben. Aber jetzt ist das anders.«

»Zeig mal!«

Alexander setzte sich an den Computer. Es dauerte einen Moment, bis er in seinem Ablagesystem das Bild aus dem russischen Pass gefunden hatte. Da war es. Und jetzt das andere Foto aus Hagenbecks Tierpark. Schon hatte er die beiden Bilder nebeneinander. Alexander veränderte das Foto, das vom Rechner der Dachsteigers stammte. Er nahm die harten Schatten weg und vergrößerte die Aufnahme so stark, dass die beiden Julias vergleichbar waren.

»Keine Übereinstimmung«, entschied Kastrup.

Alexander widersprach. »Das würde ich nicht sagen. Die Fotos sind zu unterschiedlich. Das eine ist ein Passbild, das andere ein Schnappschuss, der unter ganz anderen Bedingungen entstanden ist. Die Lichtverhältnisse sind überhaupt nicht vergleichbar. Und dieses Bild bei Hagenbeck, das ist etwas schräg von oben aufgenommen. Julia war kleiner als ihr Vater. Das muss alles berücksichtigt werden.«

Kastrup schüttelte den Kopf.

»Außerdem dürft ihr nicht vergessen, dass das Passbild von 2001 stammt, das Foto aus dem Tierpark aber von 2002. Dass sie da wesentlich kürzere Haare hat und eine andere Frisur, das müsst ihr euch alles wegdenken.«

Das erschwerte den Vergleich. Auf dem Passbild hatte Julia sozusagen überhaupt keine Frisur. Ihre Haare hingen ihr glatt herunter bis auf die Schultern. Aber die Nase – die Nase war doch anders, oder? Die Augenpartie war auch anders, aber da mochte die Sonne im Spiel gewesen sein. Julia hatte im Zoo so gestanden, dass ihr die Sonne direkt ins Gesicht schien.

»Moment«, sagte Jennifer. »Was wollen wir jetzt eigentlich gerade beweisen?«

»Dass Julia … – Scheiße!« Kastrup zückte sein Portmonee und fütterte das »Scheißschwein«.

»Was?« Alexander hatte es noch immer nicht begriffen.

Jennifer erklärte es ihm: »Das Mädchen auf dem Passbild kann nicht die echte Julia Dachsteiger sein. Das ist ein russischer Pass. Das Mädchen auf dem Passbild ist definitiv eine Russin. Die echte Julia Dachsteiger ist definitiv keine Russin. Deshalb können die beiden Mädchen nicht identisch sein.«

»Und was jetzt?«, fragte Oliver Rühl.

Kastrup zögerte einen Moment, dann sagte er: »Wir sind ausgetrickst worden. Julia Dachsteiger hat diese Spur für uns gelegt. Das sind gar nicht ihre Haare. Was wir in ihrer Wohnung gefunden haben, das ist in Wirklichkeit die Haarbürste ihrer Mutter. Sie haben ungefähr dieselbe Haarfarbe, und beide tragen ihre Haare ziemlich kurz, sodass uns keine Unterschiede aufgefallen sind.«

»Das wäre eine Möglichkeit …«

»Das ist alles Blödsinn«, sagte Kastrup, plötzlich ernüchtert. »Julia ist in Berlin gewesen. Sie kann zur Tatzeit nicht am Tatort gewesen sein.«

»Das sagt sie.«

»Nein, das beweisen ihre Fotos.«

»Diese Fotos möchte ich gern einmal sehen«, sagte Alexander.

* * *

»Ich habe mir natürlich die Dateien geben lassen«, sagte Kastrup. »Sie sind hier auf dem USB-Stick.«

Alexander schob den USB-Stick in seinen Rechner. Kastrup hatte einen eigenen Ordner angelegt mit dem

Titel *Dachsteiger-Berlin*, und da waren die Bilder, insgesamt zwölf Aufnahmen.

»Soweit stimmt es«, sagte Alexander. Alle Bilddateien stammten von Montagabend, und die letzte Aufnahme vor dem Berliner Hauptbahnhof war in der Tat um 22:30 Uhr entstanden.

»Du bist skeptisch?«, fragte Kastrup.

»Ich bin immer skeptisch, wenn die Julia Dachsteiger mir irgendetwas erzählt«, erwiderte Alexander. »Ich bin ja noch nicht allzu oft mit ihr zusammengetroffen, aber jedes Mal, wenn sie irgendetwas gesagt hat, dann war das gelogen.«

»Aber diese Daten können doch nicht lügen, oder?«

»Wir werden sehen.«

Alexander klickte auf *Image – Information*, und ein neues Fenster öffnete sich, das allerlei Wissenswertes über die Bilddatei kundtat. So zeigte sich zum Beispiel, dass die Aufnahme IMG_3272 hieß, dass es sich um eine JPG-Datei handelte, die eine Auflösung von 3264 × 2448 Pixeln hatte, die der Rechner in 47 Millisekunden geöffnet hatte.

»Das wollen wir im Augenblick alles gar nicht wissen«, sagte Alexander. Er tippte auf ein Kästchen unten links in der Ecke mit der Aufschrift *EXIF info*.

Ein neues Fenster öffnete sich, das ihnen unter anderem verriet, dass für die Aufnahme die automatische Belichtung sowie der automatische Weißabgleich verwendet worden waren, dass das Bild mit einem iPad aufgenommen war, und sie erfuhren die geographischen Koordinaten des Standpunktes, von dem das Bild gemacht worden war, die Aufnahmerichtung und die Höhe über dem Meeresspiegel.

Alexander seufzte. »Es ist ziemlich gut gemacht«, sagte er. »Wirklich ziemlich gut. Du hast hier die verschiedenen Zeitangaben, und zwar gleich dreimal: *Date Time,* das steht hier oben, und dann weiter unten noch einmal *Date Time Original* und *Date Time Digitized.* Die drei Daten sollten übereinstimmen, und das tun sie auch, und sie alle zeigen den richtigen Zeitpunkt für diese Aufnahme an, nämlich Montagabend um 22:30 Uhr. Und dann gibt es noch eine weitere Zeitangabe, über die man leicht stolpern kann, wenn man die EXIF-Daten manipuliert, und das ist der *GPS Time Stamp.* Hier unten. Das ist nur die Uhrzeit, aber auch die stimmt mit den Angaben oben überein.«

»Man kann diese Dinge also manipulieren?«, fragte Kastrup.

»Ja, natürlich kann man das. Man kann alle Daten manipulieren. Alles, was du hier in diesen beiden Fenstern gesehen hast, das kannst du mit der entsprechenden Software frei verändern. Du kannst den Ort verändern und auf diese Weise zum Beispiel den Eindruck erzeugen, dass du den Berliner Hauptbahnhof hier im Präsidium fotografiert hast. Und du kannst das Datum verändern. Du kannst tun, als ob diese Aufnahme gestern gemacht worden sei, aber in Wirklichkeit ist sie schon einen Tag älter. Oder eine Woche.«

»Aber das ist hier nicht der Fall?«

Alexander grinste. »Selbst wenn alle Daten stimmen würden«, sagte er, »wäre das kein Beweis dafür, dass die Angaben echt sind. Aber in diesem Fall hat Julia Dachsteiger einen winzig kleinen Fehler gemacht, und wir können beweisen, dass die Angaben nicht echt sind. Hast du gemerkt, wo der Fehler steckt?«

Nein, Kastrup hatte nichts bemerkt.

Alexander ging zurück zu den *Image properties*, und da war er, der Fehler: in der Zeile *File date/time* stand zwar die richtige Uhrzeit, aber das Datum stimmte nicht. Julia und Carl Dachsteiger waren schon eine Woche zuvor in Berlin gewesen.

»Das kann leicht passieren, dass sich so ein Fehler einschleicht«, sagte Alexander. »Die anderen Daten kannst du mit dem *Exif Pilot* bearbeiten. Das ist das Programm, das ich auch einsetze. Aber für diese Zahl muss man auf ein anderes Hilfsmittel zurückgreifen, zum Beispiel den *Attribute Changer* ...«

»Machst du das auch bei unseren eigenen Daten?«, fragte Kastrup irritiert.

Alexander schüttelte den Kopf.

»Vorhin hat übrigens Doktor Beelitz angerufen. Es gibt neue Erkenntnisse bezüglich Carl Dachsteiger. Abgesehen von den Schweinebissen weist die Leiche nur unbedeutende Verletzungen auf. Abwehrverletzungen an den Händen. Gestorben ist der Mann an dem Schierlingsgift.«

Alexander sagte: »Die Schlange von Hamburg hat wieder zugeschlagen.«

* * *

Sie saßen sich in der Kantine gegenüber.

»Ich habe keine Lust mehr«, sagte der Schrebergärtner.

Bernd Kastrup zog die Augenbrauen hoch. Der Kollege war noch nie eine ausgesprochene Frohnatur gewesen, aber so niedergeschlagen wie jetzt hatte er ihn bisher nicht erlebt. »Was ist los mit dir?«, fragte er.

»Ich würde am liebsten alles hinschmeißen!«

»Alles? – Das ist falsch, Oliver. Das darf man nicht machen. Denk doch mal an deinen Schrebergarten!«

»Verkauft.«

»Was?« Kastrup sah den Mann überrascht an.

»Den Schrebergarten, den habe ich verkauft.«

»Warum das denn? Ich hatte immer das Gefühl, dass du eigentlich nur für diesen Schrebergarten lebst. Dass du jede freie Minute für die Gartenarbeit nutzt. Und jetzt – jetzt ist das alles auf einmal vorbei?«

Der Schrebergärtner nickte.

»Das kann doch nicht sein!«

»Doch, das ist so. – Bernd, dieser Garten, das war für mich eine Insel, auf die ich mich zurückziehen konnte. Ganz gleich, was sonst in der Welt los war, ganz gleich, ob es hier im Präsidium drunter und drüber ging, ob es Ärger gab mit den Vorgesetzten oder mit den Kollegen, mit dir zum Beispiel, das hat mir alles nichts ausgemacht, denn es gab diesen einen Ort, an dem Frieden herrschte. Ein Ort, an dem ich machen konnte, was ich wollte. Den ich so gestalten konnte, wie es mir in den Sinn kam. Und ich habe zugesehen, wie alles schön wuchs und blühte, und ich habe mich von ganzem Herzen wohlgefühlt. Und ich habe mir immer vorgestellt, die wenigen Jahre bis zur Pensionierung, die schaffe ich schon noch, und dann kann ich ganze Tage in meinem Garten zubringen …«

Kastrup hatte schon lange das Gefühl gehabt, dass der Mann ganze Tage in seinem Garten zubrachte, aber er hielt den Mund.

»Und dann auf einmal war alles vorbei. Seit bei mir eingebrochen worden ist, ist mir dieser Garten verleidet.«

»Aber – wenn ich mich recht erinnere, ist bei diesem Einbruch letztes Jahr doch gar nicht viel passiert, oder? Das war doch nur ein junges Mädchen, das von zu Hause weggelaufen war. Ein Kind sozusagen ...«

»Sie hat mich niedergeschlagen, Bernd!«

»Aber du bist doch nicht ernsthaft verletzt worden dabei. Ich meine, du bist hinterher wieder aufgestanden, hast den Fall zur Anzeige gebracht und dann ganz normal weitergearbeitet. Oder irre ich mich da?«

»Ich habe nicht ganz normal weitergearbeitet. Durch diesen Zwischenfall damals – durch diesen Zwischenfall, da ist sozusagen mein Traum geplatzt. Mein Traum, dass es irgendwo auf dieser Welt einen Ort des Friedens gibt. Mein Paradies sozusagen. Und dieses Paradies – das war jetzt auf einmal befleckt.«

Bernd Kastrup sah, dass der Schrebergärtner feuchte Augen hatte. »So geht das nicht«, sagte er. »So kannst du das nicht machen.«

»Ich habe es schon gemacht.«

»Dann mach es rückgängig! Dieses Mädchen damals – hat sie sich wenigstens hinterher bei dir entschuldigt?«

Der Schrebergärtner schüttelte den Kopf.

»Das hätte passieren müssen. Auf jeden Fall. – Weißt du was? Ich kenne das Mädchen. Sylvia heißt sie. Ich spreche mit ihr. Ich bin mir ganz sicher, dass es ihr heute leid tut, was sie damals gemacht hat. Und ich bin mir ganz sicher, dass sie nicht die leiseste Ahnung hat, wie weh sie dir damit getan hat. Und sie soll sich bei dir entschuldigen.«

»Das will ich nicht.«

»Warum nicht?«

»Bernd, das ist lieb gemeint, aber ich will nicht, dass sich irgendjemand bei mir entschuldigt, nur weil du ihn dazu überredet hast. Das ist keine Entschuldigung, sondern eher so eine Art Strafe, und davon habe ich nichts.«

»Ich spreche mit ihr. Sie soll zu dir gehen, und was du dann machst, ob du dann ihre Entschuldigung annimmst oder nicht, das ist dir überlassen. – Soll ich das so machen?«

Der Schrebergärtner schüttelte den Kopf.

Kastrup war nicht bereit, ein Nein für ein Nein zu nehmen. »Doch, das machen wir so!«, beharrte er.

Bevor Oliver Rühl widersprechen konnte, schnarrte Kastrups Handy. »Moment mal bitte!«

»Spreche ich mit Hauptkommissar Kastrup?«

»Am Apparat. Worum geht es?«

»Hier ist Becker, JVA Fuhlsbüttel. Ich möchte Ihnen mitteilen, dass ein gewisser Wolfgang Dreyer heute Vormittag einen Ausbruchsversuch unternommen hat. Er will unbedingt zu Ihnen …«

»Moment bitte! Heißt das, Dreyer ist draußen?« Das fehlte gerade noch.

»Nein, nein. Dreyer ist nicht draußen. Er ist nicht weit gekommen. Aber er hat ein großes Spektakel veranstaltet und immer wieder geschrien, dass er Sie unbedingt sprechen muss.«

»Hat er gesagt, worum es geht?«

»Nein, hat er nicht.«

* * *

»Dramatischer ging es wohl nicht!«, schnaubte Kastrup.

»Tut mir leid.« Wolfgang Dreyer trug einen Kopfverband. Bei seinem Ausbruchsversuch aus der Haftanstalt hatte er sich erhebliche Verletzungen zugezogen.

»Jedenfalls scheint es etwas sehr Wichtiges zu sein, weswegen Sie mich sprechen wollten.«

Dreyer nickte. »Ich danke Ihnen, dass Sie gekommen sind. Dieser Fluchtversuch – ich habe gewusst, dass er nicht gelingen konnte. Aber ich wollte Ihre Aufmerksamkeit erregen.«

»Das ist Ihnen gelungen.«

»Ja. Ich habe einfach nicht mehr gewusst, was ich machen sollte. Es geht um meine Tochter. Um Sylvia.«

»Was ist mit Sylvia?«

»Sie wissen wahrscheinlich, dass sie mich im Gefängnis besucht hat. Ich nehme an, dass Gesine Ihnen das erzählt hat. Sylvia hatte einen entsprechenden Antrag gestellt, und dem Antrag ist stattgegeben worden – wofür ich sehr, sehr dankbar bin.«

»Ich habe das für keine gute Idee gehalten«, erwiderte Kastrup rundheraus. »Aber natürlich ist das Sylvias eigene Entscheidung. Sie muss wissen, was sie tut.«

»Ja. – Ich fürchte, sie hat sehr genau gewusst, was sie getan hat.«

»Was meinen Sie damit?«

»Sie wissen wahrscheinlich … dieses Gespräch wird jetzt nicht irgendwie aufgezeichnet, oder?«

Kastrup verneinte.

»Sie wissen wahrscheinlich, dass es – dass es sexuelle Beziehungen zwischen mir und meiner Tochter gegeben hat. Unerlaubte sexuelle Beziehungen.«

»Ja, ich habe davon gehört. Wie alt war sie damals? Sechs Jahre?«

»Sieben Jahre. Angefangen hat es als so eine Art Spiel, wissen Sie? Wir haben zusammen im Bett herumgealbert, und sie hat mich angefasst, und ich habe sie angefasst, aber allmählich ist mehr daraus geworden und ...«

Bernd Kastrup schüttelte den Kopf. »Sie stellen das jetzt so dar, als ob das von Ihnen beiden ausgegangen wäre. Das kann ich nicht glauben.«

Wolfgang Dreyer seufzte. »Wahrscheinlich ist es von mir ausgegangen. Das will ich gar nicht bestreiten. Und ich weiß auch, dass ich das nicht hätte tun dürfen. Aber ich kann es nicht mehr rückgängig machen. Jedenfalls – jetzt, als Sylvia mit mir Kontakt aufgenommen hatte, da hatte ich gehofft, dass das – dass das sozusagen ein völlig neuer Anfang wäre. Und dass alles, was vorher zwischen uns gelaufen war, dass sie das vergeben und vergessen hätte.«

»Das können Sie doch nicht im Ernst angenommen haben?«

»Ich hatte es gehofft«, sagte Dreyer kleinlaut.

»Aber jedenfalls war es nicht so?«

»Nein, es war nicht so. Ich habe ihr natürlich gesagt, dass es mir leid tut, was ich damals getan habe. Und das ist die reine Wahrheit. Es tut mir leid. Und es gibt eine ganze Menge weiterer Dinge, die mir leid tun. Aber – aber was geschehen ist, das kann man nicht rückgängig machen, nicht wahr?«

»Man kann sein Leben ändern«, sagte Kastrup. »Daran glaube ich. Und wenn man sein Leben ändert, dann macht man zwar nichts ungeschehen, aber in der Bilanz macht es einen Unterschied.«

»Ich versuche es.«

»Aber ein gewaltsamer Ausbruchsversuch aus dem Gefängnis ist jedenfalls ein Schritt in die falsche Richtung.«

»Ja, ich weiß. Aber ich habe mir nicht mehr anders zu helfen gewusst.«

»Das müssen Sie mir erklären.«

»Ich will es versuchen. – Als Sylvia zu mir gekommen ist, da haben wir über alle möglichen Dinge geredet. Allgemeine Dinge zunächst, und ich habe sie daran erinnert, was wir alles Schönes gemeinsam gemacht haben, und wie wichtig das für mich gewesen ist. Und sie hat gesagt, dass es für sie auch wichtig war. Und das hat mich gefreut. Über konkrete Dinge konnten wir natürlich nicht reden. Über den sexuellen Missbrauch, wie Sie das wohl nennen würden …«

»Ja, so würde ich das nennen.«

»Wir waren ja nie allein. Es war immer jemand mit dabei, der mitgehört hat, und das hat dazu geführt, dass wir uns diesem Thema nur sehr behutsam annähern konnten.«

»Etwas mehr Behutsamkeit wäre damals sicher auch nicht verkehrt gewesen«, brummte Kastrup.

Dreyer ging nicht darauf ein. »Dann hat sie angefangen, nach einem Mann zu fragen, mit dem wir damals häufiger zusammen waren.«

»Wer war das?«

»Ben Tarp.«

»Der Sohn des Juweliers?«

Wolfgang Dreyer nickte. »Sie wollte wissen, wie er hieß und wo er wohnte und was ich sonst noch über ihn wusste. Und ich habe ihre Fragen beantwortet. Aber ich hatte gleich ein ungutes Gefühl dabei. Und je mehr sie wissen wollte, desto unheimlicher wurde es mir. Und als sie schließlich alles wusste, da ist sie nicht mehr gekommen. Und als sie zwei Besuchstermine nicht genutzt hat, da ist mir allmählich klar geworden, dass sie die ganze Zeit nur mit mir gespielt hat. Sie hat nur so getan, als ob es irgendeine Annäherung zwischen uns geben könnte. Sie hat nur so getan, als ob sie irgendetwas für mich empfindet. Aber in Wirklichkeit – in Wirklichkeit wollte sie nur Informationen über Ben Tarp.«

»Warum?«

Wolfgang Dreyer rückte näher an das Gitter heran. Er sagte leise: »Weil Tarp sie vergewaltigt hat.«

»Was?«

»Benjamin Tarp hat damals Sylvia vergewaltigt. Und es war meine Schuld.«

Bernd Kastrup zählte innerlich bis zehn. Dann sagte er so sanft, wie er nur irgend konnte: »Wie ist es dazu gekommen?«

»Es war pure Angabe. Wir hatten alle mehr getrunken, als wir vertragen haben, und der Tarp, der hat sich damit gebrüstet, was für ein toller Hecht er sei, und wie viele Frauen er schon im Bett gehabt habe. Und da habe ich schließlich gesagt, das sei gar nichts im Vergleich zu mir, und dass ich – dass ich mit meiner Tochter schlafe. Und er – er hat das nicht geglaubt.«

Kastrup sah Dreyer an.

Wolfgang Dreyer schwieg.

»Weiter«, sagte Kastrup. »Wie ging es dann weiter?«

»Alle waren ganz still. Ich hatte damals das Gefühl, dass sie mich bewunderten. Dass sie mich bewunderten, weil ich etwas getan hatte, was sich keiner von ihnen trauen würde. Ich war total betrunken. Und dann habe ich gesagt: ›Wollt ihr auch mal?‹ Und Benjamin Tarp war der Einzige, der darauf reagiert hat. Er hat gesagt: ›Na, klar! – Gib her die Kleine.‹ Und ich – ich konnte nicht mehr zurück. Und was dann passiert ist, das war eine brutale Vergewaltigung. Anders kann ich das nicht nennen.«

»Und Sie haben dabei zugesehen?«

Wolfgang Dreyer schwieg.

»Und Sie haben dabei zugesehen?«, wiederholte Kastrup.

Dreyer nickte.

»Diese Narben, die Sylvia hat – stammen die von dieser Vergewaltigung?«

»Ja.«

Kastrup zwang sich zur Ruhe. Als Wolfgang Dreyer nichts weiter sagte, sagte er: »Damit wir uns jetzt nicht missverstehen, Herr Dreyer: Das, was Sie getan haben, das ist ein Verbrechen, und das, was der Herr Tarp getan hat, das ist auch ein Verbrechen. Und ich kann diese Aussage nicht für mich behalten. Ich muss diese Information an die Staatsanwaltschaft weitergeben.«

»Das verstehe ich. Das wünsche ich sogar.«

Kastrup sah sein Gegenüber fragend an. »Warum?«

»Weil ich Angst habe. Ich habe Angst, dass Sylvia all diese Dinge nur erfragt hat, um sich an Benjamin Tarp zu rächen. Ich habe Verständnis dafür, dass sie das will.

Aber ich weiß, dass das falsch ist. Und wenn ihr Leben durch alles, was ich getan habe, noch nicht vollständig ruiniert ist, dann würde ein Mord an Tarp ihr den Rest geben. Das will ich nicht. Ich – ich liebe doch meine Tochter.«

Kastrup hätte an dieser Stelle eine Menge Dinge sagen können über Liebe und Gewalt, aber er verkniff sich jeden Kommentar. »Es gibt nur eine Möglichkeit«, sagte er. »Sie schreiben all das auf, was Sie mir eben erzählt haben, jetzt gleich, und Sie setzen Ihre Unterschrift drunter, und dann gehe ich damit zum Staatsanwalt und sehe zu, dass ich einen Haftbefehl bekomme, und dann nehmen wir Benjamin Tarp fest.«

Wolfgang Dreyer nickte. »Danke«, sagte er.

»Aber Sie sind sich darüber im Klaren, dass Sie sich durch diese Aussage selbst belasten?«

»Das nehme ich in Kauf.«

»Gut.« Hoffentlich machte er keinen Rückzieher, dachte Kastrup, hoffentlich spielte die Staatsanwaltschaft wirklich mit. Und hoffentlich war es noch nicht zu spät.

* * *

Da war sie wieder! Sicher würde sie wieder stundenlang unten auf der Straße stehen und sein Haus beobachten. Dass der junge Mann zu ihr gehörte, bemerkte Benjamin Tarp erst, als er auf die andere Straßenseite wechselte und sich neben sie stellte. Sie waren also zu zweit. Was jetzt?

Die Entscheidung wurde ihm abgenommen. Nachdem die beiden ein paar Minuten zu seinem Haus herübergestarrt hatten, setzten sie sich plötzlich in Bewegung. Sie öffneten die Gartenpforte.

Der Rollstuhl! Warum hatte er das verdammte Ding nicht hier im Wohnzimmer gelassen? Tarp ging so rasch er konnte zur Garage. Gut, dass er den direkten Zugang vom Haus aus hatte. Da stand der Rollstuhl. Tarp schob ihn ins Haus, setzte sich hinein und rollte zur Tür. In dem Augenblick läutete es.

Tarp öffnete. Draußen standen die beiden jungen Leute.

»Ja bitte?«

»Herr Benjamin Tarp?«, fragte das Mädchen.

Er nickte. In dem Moment, wo sie den Mund aufgemacht hatte, wusste er, wer sie war.

»Ich bin Sylvia«, sagte sie. »Und das ist mein Freund Lukas.«

»Kommt doch bitte herein.«

Während er ins Wohnzimmer vorausrollte, überlegte er verzweifelt, wie er mit dieser Situation umgehen sollte. Er hatte nicht damit gerechnet, Sylvia Schröder jemals wiederzusehen. Er hatte gedacht, dass sie alles, was damals passiert war, längst vergessen hätte. Es war doch nur ein winziger Moment in ihrem Leben gewesen, nicht einmal eine halbe Stunde, völlig unwichtig, wenn man es im Überblick betrachtete.

»Setzt euch doch bitte!«

Sie blieben stehen. Sylvia sagte: »Sie wissen, warum wir gekommen sind?«

Tarp nickte. Fast hätte er den Fehler gemacht, zu fragen, ob sie Geld von ihm wollten. Das wäre töricht gewesen. So, wie das Mädchen ihn ansah, ging es ihm nicht um irgendeine finanzielle Wiedergutmachung. »Es tut mir leid«, sagte er.

Sylvia sagte nichts.

»Es tut mir leid, was damals passiert ist. Weißt du, es war – es war irgendwie eine wilde Zeit, und wir haben Dinge gemacht, die waren ganz unverantwortlich. Und am Ende haben wir alle dafür bezahlt. Dein Vater, der ist im Gefängnis gelandet, und er wird wahrscheinlich nie wieder nach draußen kommen. Ich – ich sitze im Rollstuhl und werde niemals wieder gehen können. Weißt du, was das heißt? Ich bin ein Krüppel. Mein Leben ist vorüber. Und du, Sylvia – du hast dein ganzes Leben noch vor dir. Aber ich sehe, dass es dir noch immer zu schaffen macht, was ich damals mit dir gemacht habe.«

Sylvia schwieg. Sie sah ihn hasserfüllt an.

Lukas sagte: »Sie haben sie vergewaltigt. Ein siebenjähriges Mädchen!«

Was jetzt? Sie waren betrunken gewesen, natürlich. Dreyer hatte damit angefangen. Er hatte damit geprahlt, dass er sie alle haben könnte. Seine Frau, seine Tochter, jeden, den er haben wollte. Und er? – Tarp hatte ihn ausgelacht. Zuerst jedenfalls. Aber dann hatte Dreyer damit angefangen, ihn zu necken. »Willst du nicht auch mal?«, hatte er gesagt. »Oder traust du dich nicht?«

Tarp sagte: »Es tut mir unendlich leid.« Dabei tat es ihm nicht leid. Nicht wirklich. Es war ein ganz unglaubliches, unwiederholbares Erlebnis gewesen. Niemand hatte sich jemals wieder so gegen ihn gewehrt. Niemanden hatte er jemals wieder so vollständig seinem Willen unterworfen.

Hatte Sylvia die Erinnerung an den Triumph in seinen Augen gelesen? Sie sagte: »Ich bin gekommen, um Sie zu töten.«

»Das verstehe ich«, sagte Tarp. Er war jetzt eiskalt. »Wie willst du es machen?«

Sylvia antwortete nicht.

»Willst du mich erwürgen?«

Keine Antwort.

»Oder erschlagen?«

Nichts. Auch Lukas verzog keine Miene. Er blickte von einem zum anderen. Ganz offensichtlich war er bereit, jederzeit einzugreifen, falls erforderlich.

Einen endlosen Augenblick lang geschah gar nichts. Dann bewegte sich Sylvia. Sie zog das rechte Hosenbein ihrer Jeans hoch, und Tarp sah, dass in ihrer Socke ein großes Messer steckte. Ein großes, schwarzes Messer. Dieses zog sie unendlich langsam heraus und trat einen Schritt auf Benjamin Tarp zu.

Tarp schluckte. Er war sich nicht sicher, dass er mit den beiden fertig werden würde. »Hast du schon einmal einen Menschen getötet?«, fragte er. Er brauchte sich nicht mehr zu verstellen. Die Angst in seiner Stimme war echt.

Sylvia antwortete nicht.

»Ich bin ein Krüppel, Sylvia. Hast du schon einmal einen Krüppel getötet?«

»Es gibt immer ein erstes Mal«, sagte Sylvia.

»Ja, das stimmt.«

Tarp bemerkte das leichte Zögern in ihrer Stimme. Er war sich plötzlich sicher, dass sie es nicht tun würde. Nicht jetzt jedenfalls. Aber wenn sie jemals herausfinden sollte, dass er gar nicht behindert war, dann war er geliefert. Das hieß: Er würde niemals vor ihr sicher sein, solange sie lebte. Er wusste, dass er sie töten musste.

* * *

»Das war nicht abgesprochen«, sagte Lukas.

»Dass er mich vergewaltigt hat, das war auch nicht abgesprochen!«

»Trotzdem. Du darfst ihn nicht umbringen.«

»Tut mir leid«, murmelte Sylvia. »Ich wollte dich nicht schockieren. Aber dieser Kerl, der ist so aalglatt, so vollkommen skrupellos …«

»Er hat gesagt, dass es ihm leidtut.«

»Und das glaubst du ihm?«

»Ich glaube es ihm nicht. Aber das ist völlig belanglos. Du darfst ihn nicht töten.«

»Nicht? – Du hast gut reden, Lukas! Dich hat er nicht vergewaltigt! Dein Leben hat er nicht zerstört! Ich finde, ich habe sehr wohl das Recht, ihn zu töten.«

Lukas schüttelte den Kopf. »Er hat dein Leben nicht zerstört. Das ist Unsinn. Er hat dein Leben beschädigt, aber er hat es nicht zerstört. Du lebst immer noch, und du kannst ein wunderbares Leben führen, wenn du nur willst. Wenn du aber diesen Kerl umbringst, dann ist dein Leben auf einen Streich vorbei. Dann sitzt du von jetzt ab im Gefängnis, genau wie dein Vater, und wir können uns höchstens einmal im Monat sehen, für ganz, ganz kurze Zeit, wir sind niemals mehr für uns allein und ich kann dich nicht einmal in den Arm nehmen, um dich zu trösten, wenn du traurig bist.«

Sylvia schüttelte unwillig den Kopf. »Er soll leiden, verstehst du?«

»Wenn du das willst, dann gibt es einen sehr einfachen Weg: Geh zur Polizei. Wir können zusammen gehen, wenn du willst.«

»Ich habe kein Vertrauen zur Polizei.«

»Ich schon. Vergiss nicht, mein Vater ist Polizist. Du weißt, was er alles getan hat, um dir zu helfen. Und er ist nicht der einzige gute Polizist. Es gibt viele, viele andere.«

Sylvia antwortete nicht. Sie sah eine leere Bierdose, die am Gartenzaun lag. Sie hangelte mit dem Fuß danach, bis sie die Dose mitten auf dem Gehweg hatte. Dann versetzte sie ihr einen gewaltigen Fußtritt, dass sie quer über die Straße flog.

Lukas sagte: »Ich weiß nicht, ob du es bemerkt hast, aber bei unserem Besuch ist etwas ganz Wesentliches passiert.«

»Ja, wir sind angelogen worden.«

»Darum geht es nicht. Benjamin Tarp hat allerlei Unsinn erzählt, aber er hat auch etwas erzählt, was er eigentlich niemals hätte zugeben dürfen: Er hat zugegeben, dass er dich als Kind vergewaltigt hat. Er hat es zugegeben, als ich dabei war. Ich kann es bezeugen. Damit haben wir ihn.«

»Ja. Damit haben wir ihn.« Aber das war es nicht, was Sylvia sich vorgestellt hatte.

* * *

Benjamin Tarp wartete, bis seine beiden Besucher verschwunden waren. Dann zog er sich rasch um, lief in die Garage und stieg in seinen Jaguar. Während er den Wagen startete und das Garagentor automatisch geöffnet wurde, setzte er seine Sonnenbrille auf. Das war keine perfekte Tarnung, schon gar nicht bei dem trüben Herbstwetter, aber die beiden würden nicht vermuten, dass er ihnen folgte. Sie hatten ihn als Krüppel erlebt; sie hatten keinen Grund, an seiner Behinderung zu zweifeln.

Es war, wie er gedacht hatte. Sie gingen den Schanzengrund hinunter in Richtung Ehestorfer Heuweg. Mit dem Auto war er viel zu schnell. Tarp fuhr rechts ran und wartete. Ein Auto fuhr in langsamer Fahrt den Schanzengrund hinauf. Zwei Männer saßen darin. Sie sahen aus, als ob sie irgendetwas suchten. Sie beachteten ihn nicht.

Tarp wartete, bis Sylvia und ihr Freund hinter der Kurve verschwunden waren. Wahrscheinlich wollten sie zur S-Bahn nach Neuwiedenthal. Am günstigsten wäre es gewesen, wenn sie schräg durch den Wald gegangen wären. Der Weg war kürzer, und dort konnte ihnen Tarp mit dem Auto nicht folgen. Aber sie gingen nicht durch den Wald. Sie kannten sich nicht aus in dieser Gegend.

Als sie auf die B 73 kamen, änderte Tarp seine Taktik. Er wartete zunächst vor der Ampel, bis er sich ganz sicher war, dass die beiden nach links in Richtung Bahnhof gingen. Die Ampel war grün. Tarp ignorierte das Hupen des Taxis hinter sich. Erst bei der nächsten Grünphase bog er dann nach links ab, überholte die beiden, suchte sich in der Nähe des Bahnhofs einen Parkplatz und war schließlich vor ihnen auf dem Bahnsteig.

Tarp sah auf die Uhr. Jetzt müssten sie allmählich kommen. Die beiden kamen nicht. Hatten sie am Ende doch den Bus genommen? Unwahrscheinlich. Wo zum Teufel steckten sie? Sollte er sich ins Auto setzen und nach ihnen suchen? Nein, das war unsinnig. Er musste warten. Irgendetwas hatte sie aufgehalten. Irgendwann würden sie schon kommen.

Es dauerte fast eine Stunde, bis die beiden schließlich auftauchten. Sie gingen an ihm vorbei. Sie beachteten ihn nicht. Sie hatten ihn nicht wiedererkannt.

Die S-Bahn kam. Tarp stieg nicht in denselben Wagen; das erschien ihm zu dreist. Aber an jeder Station stieg er kurz aus und überprüfte, ob die beiden nicht auch ausstiegen. Das geschah nicht. Sie passierten Heimfeld, sie passierten Harburg-Rathaus und sie passierten Harburg. Nun kam Wilhelmsburg. Unweit vom Bahnhof Wilhelmsburg hatte Wolfgang Dreyer damals gewohnt. Benjamin Tarp rechnete damit, dass Sylvia hier aussteigen würde. Vielleicht nur Sylvia. Vielleicht würde ihr Freund weiterfahren, und dann hatte er womöglich eine Chance, diese gefährliche Zeugin sofort auszuschalten.

Nein, das war Unsinn. Er durfte nichts überstürzen. Das Einzige, was er jetzt tun konnte, das war, herauszufinden, wo die Kleine wohnte. Die S-Bahn bremste. Jetzt war es so weit: Wilhelmsburg. Tarp drängte sich nach draußen. Zahlreiche Fahrgäste stiegen ein und aus. Es war schwierig, den Überblick zu behalten. Nein, Sylvia war nicht ausgestiegen. Ihr Freund auch nicht. Tarp sprang rasch zurück ins Abteil.

* * *

»Er ist weg«, sagte Alexander. Er war gleich nach Kastrups Rückkehr zusammen mit dem Schrebergärtner zum Schanzengrund gefahren, um Benjamin Tarp festzunehmen. Vergeblich. Sie waren zu spät gekommen. »Niemand zu Hause.«

»Das gibt's doch gar nicht«, brummte Kastrup. »Dieser Tarp kann doch unmöglich gewusst haben, dass wir uns jetzt plötzlich für ihn interessieren. Er kann es noch nicht einmal geahnt haben. Dass der Dreyer versucht hat, aus dem Gefängnis auszubrechen, das ist doch überhaupt nicht durch die Medien gegangen. Und selbst wenn er auf irgendeine Weise davon erfahren hätte, dann hätte er doch nicht annehmen können, dass die Gefahr besteht, dass Sylvia ihn abmurkst.«

»Wann ist Sylvia zuletzt bei Wolfgang Dreyer gewesen?«, fragte Alexander.

»Vor knapp zwei Monaten. – Du meinst …«

»Vielleicht hat sie ihren Plan inzwischen in die Tat umgesetzt.«

»Du glaubst ernsthaft, dass sie Tarp getötet hat?«

»Wenn das wahr ist, was Dreyer dir erzählt hat, dann halte ich das durchaus für möglich. Und – wenn du mich fragst – dann hat er auch nichts anderes verdient!«

Kastrup schüttelte den Kopf. »Das ist falsch«, sagte er. »Selbstjustiz ist immer falsch. Für die Verurteilung von Kriminellen sind die Gerichte zuständig. Und das muss auch so bleiben. Denn die Bundesrepublik Deutschland ist ein Rechtsstaat. Wenn wir aber glauben, dass wir besser Recht sprechen können als die Gerichte, dann ist dieser Staat am Ende.«

Alexander schwieg.

Jennifer sagte: »Das ist eine ganz verteufelte Geschichte. Wenn Sylvia wirklich Selbstjustiz geübt hat, dann betrifft das nicht nur sie selbst. Dann betrifft das uns auch. Wer hat alles gewusst, was damals passiert ist, Bernd?«

»Von Tarp habe ich nichts gewusst.«

»Aber dass ihr eigener Vater Sylvia missbraucht hat, das hast du schon gewusst?«

»Ja, das habe ich …«

Alexander fiel ihm ins Wort. »So geht das nicht. So können wir nicht arbeiten. Wir vermischen hier private und dienstliche Belange. Sicher haben wir alle dabei die besten Vorsätze gehabt, aber fest steht, dass wir dadurch ein ziemliches Chaos angerichtet haben. Damit muss jetzt sofort Schluss sein. Deshalb sage ich: Bernd, leg jetzt mal die Karten auf den Tisch!«

»Was für Karten?«

»Alle Karten, die du bisher nicht gezeigt hast. All das, was du hinter unserem Rücken gemauschelt hast.«

»Ich habe nicht gemauschelt!« Es sollte ärgerlich klingen, aber Bernd Kastrup wirkte eher wie ein bei einer Schummelei ertappter Schüler.

»Doch, Bernd, du hast gemauschelt. Du neigst dazu, Dinge auf eigene Faust zu tun. Diese DNA-Analyse von den Haaren, von denen du geglaubt hast, dass sie von Julia Dachsteiger stammen, die war schlicht und ergreifend illegal.«

»Mein Gott, ich wollte endlich wissen, woran wir sind!«

»Es hat nichts genützt. Und selbst wenn die Analyse so ausgefallen wäre, wie du dir das vorgestellt hast, dann hätte es uns auch nichts genützt. Du hättest das Ergebnis nicht vor Gericht verwenden können.«

Jennifer sah besorgt von einem zum anderen. »Regt euch bitte ab«, sagte sie. »Diese Aufregung ist völlig überflüssig. Lasst uns das alles in Ruhe durchsprechen.«

»Ich bin ganz ruhig«, behauptete Alexander. »Fangen wir mal ganz von vorn an. Im Jahre 2007. Damals gab es diesen famosen Überfall auf das Juweliergeschäft im Neuen Wall, und da hast du Gesine Schröder kennengelernt. Damals hieß sie noch Gesine Dreyer und war die Frau des Hauptverdächtigen. Das hat dich aber nicht daran gehindert, mit ihr eine Beziehung anzufangen ...«

»Eine Beziehung anzufangen – was soll das heißen?«

»Das soll heißen, Bernd, dass ihr zusammen ins Bett gegangen seid. Das brauchst du gar nicht zu bestreiten, solche Dinge sprechen sich immer herum, und jeder weiß das.«

»Wenn du das sagst!«

»Ja, das sage ich. Diese Frau hat dich zu sich ins Bett geholt, und dafür hast du dafür gesorgt, dass sie nicht eingesperrt wird.«

Kastrup schüttelte den Kopf. Das stimmte nicht.

»Und dann, als das alles gelaufen war, da hat sie sich wieder von dir getrennt, und das war das Ende der Beziehung. Aber dabei ist es nicht geblieben. Als Dreyer vor drei Jahren aus dem Gefängnis gekommen ist, da habt ihr sofort die alte Verbindung wieder aufleben lassen. Und während links und rechts sämtliche Bekannten von Wolfgang Dreyer ermordet worden sind, da hast du deine Gesche bei dir versteckt. Die ganze Polizei von Hamburg hat nach ihr gesucht, aber du hast keinen Mucks gesagt ...«

»Das ist jetzt etwas ungerecht, Alexander«, mischte sich Jennifer ein.

»Ungerecht oder nicht – das muss mal gesagt werden. Und wenn wir diese Punkte geklärt haben, dann kommen wir zum alles entscheidenden Punkt: zu Sylvia. Warum ist dieses Mädchen so verhaltensgestört? Was hat ihre Mutter dazu gesagt?«

»Sylvia ist missbraucht worden.«

»Das hat sie dir gesagt? Wann hat sie dir das gesagt? Gleich damals, als ihr euch kennengelernt habt?«

»Nein, viel später.« Vincent hatte herausgefunden, dass das Mädchen missbraucht worden war. Er hatte Kastrup informiert, und der hatte Gesine Schröder zur Rede gestellt.

»Und dann habt ihr was gemacht?«

Kastrup seufzte. »Nichts«, sagte er.

Jennifer starrte ihn an.

»Versteht mich doch! Der Vater kam doch sowieso ins Gefängnis. Und es war völlig klar, dass er nicht wieder herauskommen würde, bis zum Ende seiner Tage. Wenn ich zu dem Zeitpunkt diese Geschichte auf den Tisch gebracht hätte, dann hätte man Gesine das Kind weggenommen und es in ein Heim gesteckt. Wem wäre damit gedient gewesen?«

Alexander schwieg einen Moment. Dann sagte er: »Gut. Dass du die besten Absichten gehabt hast, das will ich dir zubilligen. Aber das ist auch alles. Und wenn Sylvia tatsächlich inzwischen diesen Benjamin Tarp umgebracht hat, womöglich sogar gemeinsam mit Lukas Weber, dann kommen wir alle in Teufels Küche. Dann fliegen uns die Fetzen um die Ohren.«

»Und was sollen wir deiner Meinung nach tun?«

»Es gibt nur eine Möglichkeit. Wir gehen direkt zu Thomas Brüggmann und erzählen ihm die ganze Geschichte.«

Bernd Kastrup schüttelte den Kopf.

* * *

Thomas Brüggmann sah von einem zum anderen. Er strahlte eine wundersame Ruhe aus. Das war eine Eigenschaft, die ihn schon immer ausgezeichnet hatte, und die ihn auf jeden Fall für den Posten prädestinierte, den er jetzt innehatte. Er sagte: »Wie kommen wir da jetzt wieder raus?«

»Mit viel Glück!«, sagte Alexander.

Brüggmann schüttelte den Kopf. »Mit Verstand. Der erste Schritt ist getan: die Anzeige gegen Benjamin Tarp ist raus. Wir haben einen Haftbefehl. Und wir haben eine gute Chance, den Herrn Tarp relativ bald zu erwischen. Wir holen uns außerdem einen richterlichen Beschluss zur Öffentlichkeitsfahndung und geben die Fahndungsmeldung an die Presse.« Brüggmann machte eine Pause. Er trank einen Schluck Kaffee, dann fuhr er fort: »Der zweite Schritt muss sein, diese Sylvia zu finden. Sylvia und Lukas Weber. Als Erstes wird überprüft, ob das Mädchen sich nicht irgendwo in ihrem eigenen Haus versteckt hält. Wenn das nicht der Fall ist, gibt es bestimmte Punkte, die Sylvia mehr oder weniger regelmäßig anläuft. Der eine ist die elterliche Wohnung, ein zweiter die Wohnung ihrer Freundin Leonie, ein dritter das Universitätskrankenhaus Eppendorf, wo sie ja einmal pro Woche zur Behandlung auftauchen soll. Außerdem ist da natürlich noch die Schule. Vielleicht taucht sie da wieder auf.«

»Ich bin mir sicher, dass wir sie finden werden.« Kastrup war erleichtert, dass das große Donnerwetter ausgeblieben war. Er erhob sich.

»Halt, Bernd, ich bin noch nicht am Ende! Setz dich bitte wieder hin. Nach allem, was wir eben gehört haben, kannst du die Ermittlungen in diesem Fall nicht weiterhin leiten. Normalerweise würde ich dich jetzt nach Hause schicken, aber du weißt ja, wie die Lage ist. Wegen der Vorbereitungen für die OSZE brauchen wir jeden Mann. Du kannst also nicht nach Hause gehen. Aber Alexander Nachtweyh übernimmt die Federführung bei der Ermittlung in Sachen ›Schlange von Hamburg‹ und allem was damit zusammenhängt. Du hältst dich da völlig raus.«

Kastrup nickte.

»Wie geht es übrigens Vincent? Was macht seine Erkältung?«

»Seine Erkältung? – Ich habe gestern noch mit ihm telefoniert. So wie er am Telefon klang, ging es ihm schon deutlich besser. Ich nehme an, dass er in den nächsten Tagen wieder zu uns stoßen wird«, fantasierte Kastrup.

Alexander warf ihm einen misstrauischen Blick zu. Er hatte in den letzten Jahren ein ziemlich gutes Gespür dafür entwickelt, zu erkennen, wann Kastrup die Wahrheit sagte und wann nicht.

Wenn Thomas Brüggmann Zweifel an Kastrups Aussage hatte, gab er dies nicht zu erkennen. »Das wird auch Zeit, dass er zurückkommt«, sagte er. »Er weiß doch, wie knapp wir im Augenblick dran sind. Und husten kann er auch hier im Präsidium.«

»Ich werde es ihm ausrichten.«

»Und dann werden wir diesen ›Fall Sylvia‹ mal in aller Ruhe zusammen durchsprechen. Aber erst einmal müssen wir das Mädchen heil wieder zu Hause haben.«

Kastrup nickte. Es war offensichtlich, dass er besorgt war.

Thomas zögerte. Dann sagte er: »Den Kopf werde ich euch nicht abreißen, Bernd. Was soll ich mit den abgerissenen Köpfen von zwei Hauptkommissaren? Aber ganz ungeschoren kommt ihr mir nicht davon!«

* * *

Die Fleischerei Lesser an der Ecke Ehestorfer Heuweg/B 73 hatte einen Mittagstisch. Lukas und Sylvia hatten in aller Ruhe gegessen und waren dann gemächlich zum Bahnhof Neuwiedenthal gegangen. Jetzt saßen sie in der S-Bahn nach Hamburg.

»Das Messer«, sagte Lukas. »Was ist das für ein Messer?«

»Dieses hier?« Sylvia bückte sich und zog das Messer aus der Socke – mitten in der voll besetzten S-Bahn.

»Bist du verrückt?«, rief Lukas.

Sylvia warf ihm einen Blick zu, so wild, dass er erschrak.

»Entschuldige«, sagte er. »Das ist mir so herausgerutscht.«

Sylvia nickte. »Ich weiß«, sagte sie. »Und ich habe nichts gemacht. Hast du das gemerkt? Du hast das gesagt, und ich habe dich weder angeschrien, noch habe ich zugeschlagen oder sonst wie spontan reagiert – das ist die Therapie, weißt du? Das macht die Therapie. Seit ich in Therapie bin, hab ich mich viel besser unter Kontrolle.«

»Steck es bitte weg«, sagte Lukas.

»Hast du Angst?«

»Nein, aber du darfst nicht mit einem so großen Messer in der Hand hier in der Bahn herumfuchteln.«

»Ist das so?« Sylvia fuchtelte mit dem Messer durch die Luft.

»Bitte.«

Sie steckte das Messer weg.

»Wo hast du das überhaupt her?«

Sylvia sah Lukas an, überlegte einen Moment. »Gefunden.«

»Und wo hast du es gefunden?«

»Bei uns zu Hause.«

Lukas konnte sich nur schwer vorstellen, dass bei Gesine Schröder in der Küche solch ein gefährliches Mordwerkzeug herumlag. Es sei denn, es war gar nicht ihres. Vielleicht gehörte es dem neuen Freund der Mutter?

Aber bevor Lukas sie zur Rede stellen konnte, sagte Sylvia plötzlich: »Da ist einer!«

»Was?«

»Da ist einer, der uns beobachtet.«

»Wo?«

»Na da doch, im Nachbarabteil! Der Mann mit der großen Sonnenbrille.«

Der Mann war durch die beiden Fenster nur schwer zu erkennen, und Lukas war sich keineswegs sicher, ob er sie nun beobachtete oder nicht. Viel bedrohlicher fand er, dass einer der Fahrgäste inzwischen per Handy mit irgendwem telefonierte.

»Komm, wir laufen rüber!«, schlug Sylvia vor.

»Wir sollten lieber aussteigen«, sagte Lukas.

Sylvia antwortete nicht. Der Zug hielt in Hammerbrook. Kaum kam die S-Bahn zum Stehen, riss Sylvia die Türen auf und sprang nach draußen. Lukas hinterher.

»Zurückbleiben bitte!«

Sylvia kümmerte sich nicht darum.

»Zurückbleiben bitte!«, rief die Frau aus dem Lautsprecher, jetzt deutlich verärgert. Aber da waren Sylvia und Lukas schon in den nächsten Wagen hineingesprungen. Die Türen schlossen sich, und der Zug setzte sich in Bewegung.

Jetzt ging alles rasend schnell. Sylvia riss dem Mann die Sonnenbrille vom Gesicht; es war Benjamin Tarp. Er hatte sie reingelegt. Er war überhaupt nicht behindert. Tarp griff in die Tasche, zog eine Pistole. Doch er war zu langsam. Längst hatte Sylvia das Messer in der Hand, und sie stieß damit zu.

»Nicht!«, schrie Lukas.

Sylvia hörte nicht. Blut spritzte, die Pistole fiel zu Boden, und Tarp brach zusammen. Lukas versetzte der

Pistole einen Fußtritt; die Waffe rutschte quer durchs Abteil und verschwand unter einer der Sitzbänke.

»Oh Gott, oh Gott!«, schrie eine Frau.

Tarp lag am Boden und stöhnte. Er war also nicht tot. Sylvia warf Lukas einen triumphierenden Blick zu. Sie versetzte dem am Boden liegenden Tarp noch einen Fußtritt. Lukas legte ihr die Hand auf die Schulter. »Das reicht«, sagte er. »Das reicht jetzt wirklich.«

»Ja.« Sylvia steckte das Messer ein.

Lukas stand mit dem Rücken zur Tür, bereit, Sylvia und sich gegen jeden Angreifer zu verteidigen. Aber niemand rührte sich. Die Sekunden vergingen. Zwei Minuten bis zum Hauptbahnhof, dachte Lukas. Von Hammerbrook bis zum Hauptbahnhof waren es nur zwei Minuten. Jetzt wahrscheinlich nur noch eine. Hoffentlich ging alles gut.

Sylvia sah ihn an. »Und jetzt?«, flüsterte sie. »Was machen wir jetzt?«

»Jetzt erzählen wir der Polizei, was passiert ist«, sagte Lukas.

Sylvia schüttelte den Kopf. »Nein, das machen wir nicht.«

Lukas widersprach. Sylvia antwortete nicht. Der Zug fuhr in den Hauptbahnhof ein. Sylvia drängte sich an Lukas vorbei, entriegelte die Türsicherung, riss die Tür auf und sprang nach draußen. Lukas folgte ihr. Er prallte direkt mit einem dicken Mann zusammen, der auf die S-Bahn gewartet hatte.

»He, he! Nicht so eilig!«

»Entschuldigung!«, rief Lukas. Er rannte weiter, immer hinter Sylvia her.

Sylvia hastete die Rolltreppe hoch, stieß eine Frau zur Seite.

»Unerhört so was!«

»Rechts stehen, links gehen!«, rief Lukas. Er drängte sich ebenfalls an der Frau vorbei.

Ihr Zug war auf Gleis 1 angekommen, im Tunnel außerhalb des Bahnhofsgebäudes. Sylvia stürmte in den Bahnhof hinein, vorbei am Kiosk, an der DB-Lounge, am Laden mit den leckeren Brötchen und an den teuren Klos, die keiner benutzte, weil sie Geld kosteten, und dann wieder nach draußen. Anschließend zurück in den Bahnhof. Alles voller Menschen. Wo war Sylvia? Da war die Treppe zur S-Bahn. Lukas sah gerade noch, wie Sylvia auf der Rolltreppe nach unten verschwand. Er rannte hinterher, bahnte sich einen Weg durch die viel zu behäbigen, viel zu trägen Fahrgäste. Wo war Sylvia? Sie hatte sich nach rechts gewandt, Gleis 4, stand schon auf dem Bahnsteig.

»In einer Minute«, sagte sie. »Der Zug kommt in einer Minute.« Sie behielt die Treppen im Blick. Viele Menschen strebten nach unten, aber ganz offensichtlich war keine Polizei dabei.

»Dein Zeug ist blutig«, sagte Lukas.

Sylvia antwortete nicht. Die S-Bahn kam. Es war der Zug in Richtung Neugraben. Zurück in die Richtung, aus der sie eben gekommen waren. Sylvia wartete ab. Sie beobachtete die Menschen, die ein- und ausstiegen. Erst kurz bevor der Zug abfuhr, rannte sie plötzlich los. Lukas wollte hinterher, kämpfte mit den sich schließenden Türen.

»Zurückbleiben bitte!«, tönte die Stimme aus dem Lautsprecher.

Diesmal schaffte Lukas es nicht mehr. Der Zug setzte sich in Bewegung.

* * *

Lukas fuhr langsam mit der Rolltreppe nach oben, ging in die Wandelhalle, kaufte sich ein Laugenbrötchen und einen Espresso. Seine Hände zitterten. Er setzte sich auf einen der unbequemen Stühle in dem Café und überlegte, was jetzt weiter zu tun sei.

Sylvia hatte es getan. Sylvia hatte es getan, und er hatte es nicht verhindern können. Und jetzt – jetzt war Sylvia auf der Flucht, in Panik, allein unterwegs in Hamburg.

Blanker Mord war das gewesen. – Nein, das stimmte nicht. Tarp hatte Sylvia bedroht. Er hatte sie mit der Pistole bedroht. Und erst da hatte sie ihr Messer gezogen. Oder hatte sie es schon vorher in der Hand gehabt? Nein, hatte sie nicht. Als sie Tarp die Sonnenbrille heruntergerissen hatte, hatte sie das Messer nicht in der Hand gehabt. Dann hatte Tarp die Pistole gezogen, und dann hatte Sylvia zugestochen. Notwehr war das gewesen, reine Notwehr. Aber würde die Polizei ihnen das glauben?

Was jetzt? Lukas griff zum Handy, wählte Sylvias Nummer. Aber sie ging nicht ran.

Das Laugenbrötchen schmeckte nicht. Lag das am feuchtkalten Wetter, oder war das Ding vom Vortag? Lukas kaute und kaute, und er brauchte noch zwei weitere Espressos, um die Bissen hinunterzuspülen. Vielleicht lag es auch daran, dass er noch immer so erschrocken war. Er zwang sich, ganz ruhig zu atmen.

Notwehr war das gewesen, sonst gar nichts. Und schon gar kein Mord. Tarp lebte. Er hatte am Boden gelegen und gestöhnt, also lebte er noch. Aber Tarp war überhaupt völlig unwichtig. Sylvia lebte, das war die Hauptsache. Sylvia war nichts passiert.

Erneut wählte er Sylvias Nummer. Diesmal nahm sie das Gespräch an.

»Hallo, Sylvia!«

Eine Weile geschah gar nichts. Lukas hörte, wie Sylvia atmete.

»Sylvia, wo bist du?«

»In Sicherheit«, sagte sie. »Ich bin in Sicherheit.«

»Sylvia, wir müssen …«, rief Lukas. Aber da hatte Sylvia schon das Gespräch beendet.

* * *

Den Kopf würde er ihnen nicht abreißen, hatte Thomas Brüggmann gesagt. Alexander saß zu Hause in seinem Arbeitszimmer. Auf dem Bildschirm tobte die Schlacht um den Argonnerwald. *»We have lost objective Apple«*, verkündete die Stimme der Kommentatorin. Alexander war nicht bei der Sache. Er hatte den Aufstand gewagt und hatte sich gegen Kastrup durchgesetzt.

Was Bernd und Vincent gemacht hatten, das war ungeheuerlich. Sie hatten wieder und wieder Dienstvorschriften verletzt, und bisher waren sie damit durchgekommen. Aber dies jetzt, das war einfach zu viel. Dass diese Sylvia damals von ihrem Vater missbraucht worden war, das hätte unbedingt gemeldet werden müssen. Dass das nicht geschehen war, das war eindeutig

Strafvereitelung. Jetzt gab es eigentlich nur eine Möglichkeit: Die beiden Beamten wurden zurückgestuft. Es war naheliegend, dass er, Alexander Nachtweyh, der diesen Fall ans Licht gebracht hatte, dann die besten Aussichten hatte, an ihrer Stelle zum Hauptkommissar aufzusteigen.

Aber man wusste nie, was geschehen würde. Den Kopf würde Thomas Brüggmann den beiden nicht abreißen, hatte er gesagt. Vielleicht würde gar nichts passieren. In diesem Fall kam Plan B zum Einsatz. In Berlin war gerade eine Stelle für einen Hauptkommissar frei geworden. Und Alexander würde sich darauf bewerben. Jetzt, wo er offiziell die Ermittlungen im Fall der Schlange von Hamburg führte, konnte er zu Recht darauf hinweisen, dass er über entsprechende Erfahrung mit Führungsaufgaben verfügte. Und dann würde er nach Berlin ziehen – mit oder ohne Jennifer.

Alexander konzentrierte sich auf sein Computerspiel. *»Attack howitzer bunker«,* befahl *Battlefield 1.* Auf dem Bildschirm rannte Alexander mit keuchendem Atem durch den dunklen Wald. Verwundete schrien unsichtbar im Hintergrund. Da war der Bunker. Alexander brachte den Flammenwerfer zum Einsatz. Mit Erfolg. Die Kommentatorin sagte: *»The final objective is within our reach.«*

Blut

Freitag, 11. November 2016

Gabrieles Beerdigung war eine trübe Angelegenheit. Daran änderte auch der strahlende Sonnenschein nichts. Etwa zwei Dutzend Leute waren erschienen, die meisten davon kannte Kastrup nicht. Eine Frau hatte sich ganz in Schwarz gekleidet. Gabrieles Schwester aus München. Sie beachtete ihn nicht. Pastor Rogatzki gab sich große Mühe, aber seine Beschreibung der Verstorbenen hatte wenig gemein mit der tatsächlichen Gabriele. Vielleicht hätte Kastrup ihm mehr über sie erzählen sollen, anstatt sich mit ihm über Gott und die Welt zu streiten.

Kastrup war so gekleidet, wie er normalerweise zum Dienst ging. War das unangemessen? Die meisten Trauergäste waren ähnlich gekleidet. Aber er war schließlich der geschiedene Ehemann der Verstorbenen. War das ein Zeichen von Missachtung, dass er keine Trauerkleidung trug? Konnte das so gedeutet werden?

Zu seinem Ärger spürte Kastrup, dass es ihm nicht egal war, was die anderen von ihm dachten. Niemand sollte glauben, dass Gabriele und er sich nicht nahegestanden hätten. Niemand sollte glauben, dass er nicht traurig war. Er war so traurig, wie er nur sein konnte, auch wenn ihm nicht die Tränen über das Gesicht liefen.

»Herzliches Beileid!«, murmelte die Frau neben ihm.

Er blickte auf. »Danke.« Die Frau war Jennifer Ladiges. Warum war sie gekommen? »Ich hatte nicht gedacht, dass du …«

»Ich weiß, dass es schwer ist für dich«, sagte Jennifer. »Und ich wollte dich nicht allein lassen.«

»Das ist nett von dir.«

»Außerdem wollte ich dir sagen, dass es mich geärgert hat, wie Alexander gestern mit dir umgesprungen ist!«

»Ich bin Polizist, Jennifer. Ich bin es gewohnt, dass Menschen ruppig mit mir umgehen.«

»Wenn du magst, können wir vielleicht einmal ganz in Ruhe …«

Kastrup sah, dass Kerstin Seiler argwöhnische Blicke zu ihnen herüberschickte. Wahrscheinlich fand sie es unpassend, dass er sich schon auf Gabrieles Beerdigung so angeregt mit einer anderen, ganz offensichtlich jüngeren Frau unterhielt. Er sagte: »Das können wir machen, Jennifer. Aber nicht jetzt. Dies ist der falsche Ort und wahrscheinlich auch der falsche Zeitpunkt dafür.«

»Soll ich dich nachher anrufen?«

»Ich melde mich.«

Das klang abweisend. Jennifer nickte und ging davon. Kastrup sah ihr nach, bis sie hinter der nächsten Biegung des Weges verschwunden war.

»Gehst du nicht zum Beerdigungskaffee?«, fragte Kurt Beelitz.

Kastrup schreckte hoch. Er hatte gar nicht bemerkt, dass der Mediziner auch hier war. »Nein«, sagte er. Er wusste nicht einmal, ob es einen Beerdigungskaffee gab. Jedenfalls hatte ihn niemand eingeladen.

»Komm mit, wir machen unseren eigenen Leichenschmaus.«

* * *

Von Ohlsdorf bis nach Eppendorf war es nicht weit. Kurt Beelitz war mit dem Wagen gekommen, und er nahm Kastrup mit. Wenig später saßen sie im Café des Universitätsklinikums. Beelitz hatte für sie beide Kaffee geholt und außerdem einen Cognac für Kastrup. »Den brauchst du jetzt«, sagte er.

Kastrup schüttelte den Kopf.

»Ich bin Mediziner, ich weiß, was du brauchst!«

Kastrup ließ sich überreden. Er leerte das Glas in einem Zug, starrte noch einen Moment lang vor sich hin, dann sagte er: »Wahrscheinlich hätte ich nicht auf deinen Rat hören sollen. Wahrscheinlich ist es falsch, das zu tun, was einem ein Arzt vorschlägt, dessen Patienten allesamt tot sind.«

»Ich sehe, dir geht es schon besser!« Beelitz lachte.

»Nicht wirklich. – Weißt du, so eine Beerdigung, das ist ein Moment, in dem man sich fragt, wo man eigentlich steht in seinem Leben. Ich bin jetzt 53, habe also bloß noch sieben Jahre vor mir bis zur Pensionierung. Die Frau, von der ich gehofft hatte, dass wir den Lebensabend zusammen verbringen könnten, die ist jetzt tot. Ich stehe allein da. Sicher, ich weiß, mit 53 hat man noch viele Jahrzehnte vor sich, wenn alles gut geht, aber andererseits ist man auch nicht mehr jung, und ich weiß genau, dass ich keine Bäume mehr ausreißen kann.«

»Das verlangt auch niemand von dir, Bernd. Im Gegenteil. Jetzt ist nicht mehr die Zeit, Bäume auszureißen. Jetzt ist die Zeit, Bäume einzupflanzen.«

Kastrup schüttelte den Kopf.

»Doch, ganz ehrlich! Ich bin genauso alt wie du, und ich bin ledig. Aber ich tue etwas dagegen. Siehst du die Klavierspielerin da drüben?«

Bernd Kastrup drehte sich um. Er hatte angenommen, die Musik komme vom Band, aber das war nicht der Fall. Die Klavierspielerin konnte er auch jetzt kaum erkennen. Sie war sehr klein, wirkte sehr jung und hatte lange, blonde Haare.

»Was würdest du sagen, wenn ich jetzt behaupte, dass ich sie letzte Nacht bei mir im Bett gehabt habe?«

»Ist die denn nicht minderjährig?«, fragte Kastrup.

»Sie ist über 30.«

Kastrup setzte seine Brille auf. Ja, die Frau war nicht so jung, wie er gedacht hatte. »Und mit der bist du wirklich …?«

Beelitz lachte. »Das habe ich nicht gesagt. Aber es könnte doch sein, oder? – Und dasselbe gilt für dich. Du könntest wieder heiraten, könntest ein halbes Dutzend Kinder haben …«

»Nein.«

»Das solltest du nicht so einfach von dir weisen, Bernd. Ich sage dir jetzt etwas, was du vielleicht nicht gerne hörst, aber als dein Freund und Kollege muss ich das einfach mal loswerden: Gabriele war die falsche Frau für dich.«

»Wie kommst du darauf?«

»Das ist doch ganz offensichtlich. Ich weiß, dass ihr euch gut verstanden habt – bis zu einem gewissen Grade. Und andererseits habt ihr euch auch nicht verstanden, so gut wie gar nicht, weil ihr euch einfach zu ähnlich wart. Du bist es gewohnt, zu bestimmen, was gemacht wird, sowohl in deiner Eigenschaft als Hauptkommissar als auch bezüglich aller privaten Dinge. Und Gabriele war es auch gewohnt, die Zügel in der Hand zu haben, und die hat sie auch nicht aus der Hand gegeben. Sie war eine starke Frau, eine bewundernswerte Frau, aber für dich die falsche Partnerin. Und du warst für sie auch kein idealer Partner. Deshalb die Scheidung.«

Kastrup schüttelte den Kopf. »Wir haben uns gut verstanden. Und wenn jetzt nicht dieser elende Krebs dazwischengekommen wäre, dann hätten wir uns wahrscheinlich wieder …« Aber während er das sagte, wurde Kastrup bewusst, dass es nicht stimmte. Gabriele hatte ihre ironische Überlegenheit immer sehr deutlich zur Schau gestellt, und seine Behauptung, sein Leben ändern zu wollen, war im Grunde nicht viel mehr als eine Behauptung gewesen, die sie amüsiert zur Kenntnis genommen hatte.

»Du brauchst jemand anders«, sagte Beelitz. »Du brauchst eine Frau, die zu dir aufsieht, für die du so eine Art Fels in der Brandung sein kannst, die du beschützen kannst, und die sich von dir sagen lässt, was sie tun soll. – Warum hast du eigentlich vorhin Jennifer Ladiges weggeschickt?«

»Jennifer?« Kastrup sah seinen Freund verblüfft an. »Jennifer ist rund 20 Jahre jünger als ich!«

»Sie war auf Gabys Beerdigung. Auf der Beerdigung einer wildfremden Frau. Sie ist nicht wegen Gabriele da gewesen, sondern wegen dir, Bernd.«

»Ja. – Aber glaubst du wirklich ...?«

»Es ist völlig egal, was ich glaube. Es ist auch völlig egal, was die Nachbarn dazu sagen werden ...«

»Die Nachbarn interessieren mich nicht!«

»Umso besser. Es kommt nur darauf an, was ihr beide glaubt. Und es kommt darauf an, dass ihr das dann auch sagt und entsprechend handelt. – Willst du noch einen Cognac? Ja, ich glaube, jetzt brauchst du noch einen Cognac.«

* * *

»Hier ist Krüger, Bundespolizei«, sagte der Mann am Telefon. »Es geht um den Messerstecher aus der S-Bahn. Bin ich bei Ihnen richtig?«

»Ja, bei uns sind Sie richtig«, sagte Alexander. »Ich leite die Ermittlungen«, fügte er hinzu.

»Dann habe ich etwas, das Sie interessieren wird: Wir haben ihn. Wir haben den Messerstecher auf Video. Es ist übrigens eine Frau.«

»Oh.« Julia Dachsteiger, dachte Alexander. Jetzt hatte sie einen Fehler gemacht. Jetzt hatte sie in aller Öffentlichkeit zugeschlagen, am helllichten Tag.

»Fahrgäste haben uns alarmiert. Sie hat gestern Nachmittag in der fahrenden S-Bahn das Messer gezogen ...«

»Ist jemand verletzt?«

»Das kann man wohl sagen. Es hat ein ziemliches Blutbad gegeben. Kurz vor dem Hauptbahnhof war das. Wir haben natürlich sofort reagiert, und unsere Beamten waren zur Stelle, als der Zug eingelaufen ist.«

»Haben Sie die Frau festgenommen?«

»Nein, leider nicht. Sie ist uns entwischt. Aber wir haben sehr schöne, klare Bilder …«

* * *

Eine gute halbe Stunde später saß Alexander in der Wache der Bundespolizei am Hauptbahnhof und ließ sich den Film aus der fraglichen S-Bahn vorführen.

»Das ist die S31 auf der Fahrt von Neugraben nach Altona. Diese Aufnahmen sind kurz nach der Abfahrt von der Station Veddel gemacht worden, um 13:57 Uhr. Der Zug hatte zwei Minuten Verspätung.«

Das Abteil war gut besetzt. Einige Fahrgäste standen. Alles wirkte vollkommen friedlich.

»Das da, das ist sie!« Der Polizist deutete auf eine Person, die in der Nähe des Ausgangs stand und sich ganz offensichtlich mit einer anderen Person unterhielt. Es war eindeutig nicht Julia Dachsteiger.

»So, und jetzt passen Sie auf!«

Die junge Frau hatte plötzlich ein großes Messer in der Hand und fuchtelte damit durch die Luft.

»Sehen Sie?«

Alexander nickte. Er war ja nicht blind. Der junge Mann, mit dem die Frau sich unterhalten hatte, sagte irgendetwas, und die Frau steckte das Messer wieder ein. Anschließend sah sie sich misstrauisch um.

»Das ist sie«, behauptete der Polizist. »Diese Frau, das ist unser Schlangenmörder.«

Unwahrscheinlich, dachte Alexander. Er kannte die junge Frau nicht. Aber der Mann, mit dem sie sich unterhielt, und mit dem sie ganz offensichtlich zusammen unterwegs war, das war Lukas Weber, der Sohn von Vincent.

»So, jetzt sind wir in Hammerbrook. Und jetzt – jetzt passen Sie auf, was jetzt passiert!«

Die Kollegen hatten die Bilder von verschiedenen Überwachungskameras hintereinander kopiert. Man sah, wie die S-Bahn in Hammerbrook einlief. Das Pärchen stürzte aus dem Zug, rannte zum nächsten Wagen, sprang hinein, und während der Zug sich in Bewegung setzte, zog die junge Frau das Messer und stach einen der Fahrgäste nieder.

»Halt«, sagte Alexander. »Dieses Stück noch einmal bitte. Und in Zeitlupe.«

Der Kollege spielte die Aufzeichnung zurück und dann langsam wieder vor. Jetzt ließen sich die einzelnen Elemente der Handlung klarer unterscheiden. Die Sonnenbrille flog auf den Boden, der Mann zog etwas aus der Tasche …

»Stopp!«, rief Alexander.

»Ist das eine Pistole?«, fragte der Kollege.

Alexander nickte.

Die S-Bahn fuhr weiter. Der Mann lag am Boden und rührte sich nicht.

»Er ist nicht tot«, sagte der Bahnpolizist. »Nur schwer verletzt. Er wird jetzt im UKE behandelt.«

Auf dem Bildschirm sah man, wie der Zug den Hauptbahnhof erreichte. Dort standen zwei Beamte der

Bundespolizei. Man sah, wie die beiden jungen Leute aus dem Abteil stürzten und davonrannten. Irgendeine Reaktion der Bundespolizisten war nicht zu erkennen, denn schon sah man aus einem neuen Blickwinkel, wie die beiden zur Rolltreppe rannten und schließlich nach oben verschwanden.

»Hachmannplatz ist das. Ausgang Hachmannplatz. Die beiden sind dann zunächst in die Wandelhalle hineingerannt …«

»Das sehe ich«, bemerkte Alexander. Die Videoüberwachung des Hauptbahnhofs war lückenlos.

»… aber da sind sie nicht geblieben, sondern gleich wieder nach draußen und dann auf der anderen Seite wieder runter zum Gleis 4. Hier sieht man, wie die junge Frau im letzten Moment in einen Zug einsteigt. Ein sehr auffälliges Manöver, um ganz offensichtlich irgendwelche Verfolger abzuschütteln.«

»Warum hat sie eigentlich niemand verfolgt?«, fragte Alexander.

»Leider haben wir diese Bilder nicht sofort zuordnen können. Sie sehen ja, dass das Pärchen nach der Flucht über die Rolltreppe ziemlich gemächlich weitergegangen ist, und erst bei genauerer Auswertung der Videoaufzeichnungen haben wir sie dann wiedergefunden.«

»Und die Frau ist dann wohin gefahren?«, erkundigte sich Alexander.

»Das wissen wir noch nicht. Aber wenn wir das Video aus der Bahn ausgewertet haben, dann können wir Ihnen auch zu diesem Punkt mehr sagen.«

»Und der junge Mann?«

»Der ist dann zurück in die Wandelhalle, hat in aller Seelenruhe beim Bäcker ein Brötchen gegessen und ist anschließend raus aus dem Bahnhof, Richtung Spitalerstraße.«

Für Alexander sah es nicht so aus, als hätte der junge Mann in Seelenruhe gegessen. Im Gegenteil, er wirkte hochgradig nervös, und er hatte zweimal telefoniert. Mit der jungen Frau vielleicht? »Können Sie das so stark vergrößern, dass wir sehen können, welche Nummer er gewählt hat?«

Nein, das ging leider nicht.

»Und das Messer? – Könnten Sie das bitte noch einmal kurz …«

Der Polizist suchte und fand die richtige Stelle in der Videoaufzeichnung. »Hier. Hier sieht man es am besten. Ein großes, dunkles Messer.«

»Die beiden ersten Opfer der Schlange von Hamburg sind mit einer ganz bestimmten Sorte von Messer umgebracht worden, und zwar mit einem relativ kleinen Messer. Wenn ich jemals die Absicht hätte, irgendjemand zu erstechen, dann würde ich eher so ein Ding nehmen wie das, was die junge Frau hier in der Hand hält. Aber die Schlange hat das nicht getan.«

Der Bundespolizist sah Alexander zweifelnd an. »Das beweist nichts, oder?«

»Nein, Sie haben natürlich recht. Das beweist gar nichts. Jedenfalls danke ich Ihnen, dass Sie so aufmerksam gewesen sind und diesen Vorfall gleich gemeldet haben. Es wäre nett, wenn Sie uns diesen Mitschnitt möglichst schnell zur Verfügung stellen könnten.«

* * *

Alexander Nachtweyh saß in der U-Bahn und fuhr zurück in Richtung Präsidium. Er hatte knappe 20 Minuten Zeit, um über das nachzudenken, was er gesehen hatte. Der junge Mann war eindeutig Lukas Weber, und demnach war das Mädchen wahrscheinlich Sylvia Schröder. Das hieß, Lukas hatte Sylvia gefunden.

Alexander meinte sich zu erinnern, dass diese Sylvia schon früher irrationales Verhalten an den Tag gelegt hatte. Kastrup hatte gesagt, ihr Verhalten sei unberechenbar. Er konnte sich zwar nur schwer vorstellen, dass dieses Mädchen irgendwelche Menschen mit dem Messer angriff. Aber andererseits konnte er sich das von überhaupt niemandem vorstellen. Von niemandem, den er kannte. Von niemandem, der »normal« war. Aber war Sylvia »normal«? Jetzt hatte sie jedenfalls zugestochen.

Wo war Sylvia gewesen, als der erste Mord passierte? Wahrscheinlich in ihrem Bett. Das war ja gewesen, bevor sie den Krach zu Hause gehabt hatte und bevor sie einfach verschwunden war. Das ließ sich sicher leicht nachprüfen.

Wo sie sich am Montag aufgehalten hatte, war nicht ganz so leicht nachzuprüfen. Alexander hatte keine Ahnung, wo sie zurzeit wohnte. Sicher nicht bei ihrer Mutter. Sicher auch nicht bei Lukas zu Hause. Oder vielleicht doch? Alexander hatte Vincents Telefonnummer in seinem Handy gespeichert. Er hörte, wie das Gerät die einzelnen Ziffern einlas, und dann vernahm er das Freizeichen. Nein, bei Vincent war niemand zu Hause. Er versuchte die Mobilnummer. Ebenfalls ohne Ergebnis.

Die Nummer von Gesine Schröder hatte er nicht gespeichert. Er rief Jennifer an; sie suchte sie aus den Akten heraus. Wider Erwarten gelang das innerhalb weniger Minuten, und wider Erwarten ging Gesine Schröder sofort ans Telefon.

»Frau Schröder, hier ist Alexander Nachtweyh, Kriminalpolizei …«

»Haben Sie Sylvia gefunden?«

»Nein, leider noch nicht. – Ich habe eine Frage: Wissen Sie, wo Ihre Tochter am 5. November abends gewesen ist? So gegen Mitternacht?«

»Am 5. November? – Da muss ich erst einmal überlegen. Das war doch der Sonnabend, oder? Ja, das war der Sonnabend. Da ist sie abends noch ausgegangen. Zu irgendeinem Konzert, glaube ich. Eigentlich hatte sie versprochen, spätestens um 22:00 Uhr wieder zu Hause zu sein. Aber – Sie wissen ja, wie das ist mit den jungen Leuten. In Wirklichkeit war es dann doch weit nach Mitternacht, bis sie endlich wieder hier war.«

Damit hatte Alexander nicht gerechnet.

»Warum wollen Sie das wissen?«, fragte Gesine Schröder.

»Eine reine Routinefrage«, behauptete Alexander. Er beendete das Gespräch.

Im nächsten Moment schrillte das Handy erneut los. Kastrup war dran. »Wo bleibst du denn?«, fragte er.

»Ich bin bei der Bahnpolizei gewesen, das weißt du doch! Aber auf dem Video, das ist nicht …«

»Nein, natürlich nicht. Die Kollegen in Geesthacht haben eben angerufen. Die haben etwas Interessantes entdeckt. Bist du schon in der U-Bahn? Vincent und ich sitzen schon im Wagen. Wir sammeln dich unten am Bahnhof ein.«

* * *

»Wie haben Sie denn das gefunden?«, fragte Kastrup.

Tim Hagemann, der Kollege aus Geesthacht, hatte am Eingang des Dünengeländes auf sie gewartet. Gemeinsam waren sie zu dem Bauwerk mit der Nummer 432 gegangen. Vom Weg aus konnte man nichts Besonderes erkennen. Ein gesprengter Bunker wie Dutzende andere. Auch von der Rückseite konnte man nicht viel sehen. Erst wenn man sich die Mühe machte, über den Zaun hinwegzusteigen und in die mit Trümmern übersäte Mulde hinunterzuklettern, in der das Bauwerk stand, dann sah man, dass dieser Bunker anders war als die anderen.

»Kinder sind das gewesen«, sagte Hagemann. »Die klettern überall herum. Vor vier Jahren hat die Stadt einige der gefährlichsten Objekte eingezäunt. Aber Sie sehen ja, was daraus geworden ist.« Der Zaun war an mehreren Stellen heruntergetrampelt.

»Und die Kinder haben sich dann an Sie gewandt?«

»Nein, die Eltern. Die Kinder hatten eigentlich gehofft, in diesem Bunker irgendwelche wilden Graffiti zu finden, wie in so vielen anderen, und sie waren eigentlich ziemlich enttäuscht, dass hier nur Schrift drin war. Aber dann haben sie das mit der Schlange gelesen, und weil sie ja aus der Zeitung wussten, dass diese Schlange von Hamburg polizeilich gesucht wird, da haben sie das alles den Eltern gezeigt, und die haben dann uns informiert.«

Es war also ein glücklicher Zufall gewesen.

»Wir haben erst gedacht, das sei alles Unsinn. Aber als wir diese wirren Texte durchgelesen haben und als wir dann noch die Daten gefunden haben, diesen Kalender, da waren wir uns nicht mehr so sicher, und deshalb haben wir Sie angerufen.«

»Dafür sind wir sehr dankbar.« Kastrup betrachtete die Einträge. Offenbar war der unbekannte Künstler oder die Künstlerin mindestens jede Woche hier gewesen, meistens am Sonnabend. Das Datum vom letzten Sonnabend war zusätzlich mit einem Kreuz markiert. In der Nacht zum letzten Sonnabend hatte die Schlange von Hamburg zum ersten Mal zugeschlagen.

»Haben Sie Spuren sichern können?«

»Nicht viel. Sie sehen ja, wie das hier aussieht. Die Familie ist hier herumgetrampelt – und, um ehrlich zu sein, unsere Kollegen auch. Wir haben ja nicht gewusst, was wir hier finden würden …«

Zersplitterte Sektflaschen hatten sie gefunden, gebrauchte Papiertaschentücher und einen leergeschriebenen, schwarzen Filzstift.

»Und Spuren«, sagte Hagemann. »Autospuren draußen auf dem Weg. – Das Gelände ist natürlich für Kraftfahrzeuge gesperrt, aber darum hat sich die Schlange offenbar nicht gekümmert.«

* * *

»Sven«, sagte Gesa. »Sylvia ist mein Kind. Sie hat ihre Fehler, aber Fehler haben wir schließlich alle. Und so wie du das tust, so darfst du sie nicht behandeln.«

»Tut mir leid«, erwiderte Sommerfeld leichthin. Es tat ihm nicht wirklich leid, aber er wollte es sich mit Gesa nicht verderben.

»Sie hat eine Menge durchgemacht, weißt du? Mein Mann – er hat sie geschlagen. Ich habe es nicht verhindern können. Das war eine ganz schlimme Erfahrung für sie. Und wahrscheinlich ist sie deshalb so geworden, wie sie ist.«

Das war immer eine billige Entschuldigung. »Ich hatte auch eine schlechte Kindheit«, sagte Sommerfeld.

»Ja?«

»Ja, wirklich. Das kannst du mir glauben.«

Gesa war sich nicht sicher, ob sie das glauben konnte. »Sag mal, was suchst du da eigentlich?«

»Hier ist er auch nicht. – Was ich suche? Meinen Pass suche ich.«

»Immer noch?«

»Ja, immer noch. Du hast ihn nicht vielleicht zufällig irgendwo gefunden?«

Gesa schüttelte den Kopf. Kein Zweifel: Sylvia hatte die Papiere. »Wozu brauchst du überhaupt einen Pass?«, fragte Gesa. Sie besaß nur einen Personalausweis.

»Für Fernreisen«, behauptete Sommerfeld.

»Fernreisen!« Gesa stellte sich vor, mit ihrem neuen Freund zusammen eine Fernreise zu unternehmen. Zu den Malediven vielleicht. »Wollen wir zusammen eine Fernreise machen?«

»Warum nicht?«, sagte Sommerfeld.

Gesas Augen leuchteten. Eine Fernreise, dachte sie. Eine Insel in der Südsee, weißer Sandstrand, Palmen und Urlaub ohne Ende. Das wäre etwas! Richtig verreist war sie noch nie. Ein paar Tage an der Ostsee, aber das war ja nichts Besonderes, das zählte nicht. »Wann?«, fragte sie.

»Was?«

»Wann fahren wir los?«

»Nicht jetzt«, bremste Sommerfeld. »Ich muss vorher noch ein paar Dinge erledigen. Aber in ein paar Monaten vielleicht. Dann können wir machen, was wir wollen.« Wenn alles gut ging, dachte er. Und dann wäre er wirklich frei. Vielleicht würde er tatsächlich eine Weltreise machen. Oder auswandern. Aber ohne Gesa.

Christian Sommerfeld gab die Suche auf. Er holte sich ein Bier aus dem Kühlschrank und setzte sich neben Gesa auf das Sofa. Die redete noch immer von ihrer Traumreise in die Südsee. Sommerfeld nickte gelegentlich, aber er hörte nicht mehr zu. Bis jetzt war immer alles gut gegangen. Es würde auch weiterhin alles gut gehen. Niemand suchte nach ihm. Die Behörden hielten ihn für tot.

»… in der Sonne am Strand liegen, ab und zu ins Wasser gehen, in das warme Wasser, und nichts, gar nichts tun müssen! – Ach, Sven, das wäre wunderbar!«

»Ja«, sagte Christian Sommerfeld. »Das wäre wunderbar. – Hat dein Polizist sich eigentlich noch mal gemeldet?«

»Bernd Kastrup? Nein, hat er nicht. Er hat bestimmt auch nicht herausgefunden, wo Sylvia steckt. Wenn er überhaupt nach ihr gesucht hat.«

»Mist! – Wie soll ich mich denn mit ihr versöhnen, wenn sie gar nicht da ist?«

»Vielleicht weiß Leonie etwas«, sagte Gesa zögernd.

»Wer ist Leonie?«

»Ihre Freundin. Ihre beste Freundin – habe ich dir das nicht erzählt«

Nein, das hatte sie nicht. Sommerfeld zwang sich zur Ruhe. »Und wo wohnt diese Leonie?«, fragte er ganz sanft.

* * *

Als Leonie die Tür öffnete, erschrak sie. Draußen stand ein fremder Mann. Sie wollte die Tür schnell wieder schließen, aber der Mann hatte bereits seinen Fuß dazwischen. »Nicht so hastig«, sagte er. Er hatte eine leise, unangenehme Stimme. »Ich möchte mich gern einmal mit dir unterhalten. Darf ich reinkommen?«

»Nein«, sagte Leonie so bestimmt wie möglich.

Der Mann lachte. Er schob sie einfach beiseite und schloss die Wohnungstür hinter sich.

»Ich schreie!«, rief Leonie.

»Das wäre eine ganz dumme Idee«, sagte der Mann. Leonie war sich sicher, dass sie ihn schon einmal hier in der Gegend gesehen hatte, aber sie wusste nicht wo.

Er sagte: »Niemand würde dich hören. Ich weiß, dass du allein im Haus bist. Aber ich mag es überhaupt nicht, wenn jemand schreit. Wenn jemand so völlig ohne Grund schreit, verstehst du? Dann verspüre ich einen ganz starken Drang, dafür zu sorgen, dass er einen Grund zum Schreien bekommt.«

Leonie sagte nichts. Sie wusste, dass sie gegen den Kerl keine Chance hatte.

Der Mann sagte: »Du brauchst keine Angst zu haben. Wenn du alles tust, was ich von dir will, dann passiert dir gar nichts. Dann bist du mich ganz schnell wieder los. Hast du das verstanden?«

Leonie nickte.

»Ich bin ein Freund von Sylvia«, behauptete der Mann. »Ein Freund von Sylvia Schröder. Ich muss sie unbedingt finden. Deine Freundin Sylvia ist in großer Gefahr, weißt du, und wenn ich sie da nicht rechtzeitig herausholen kann, dann schnappt sie die Polizei. Und was die mit ihr macht, das kannst du dir ja vorstellen.«

»Ich weiß nicht, wo Sylvia ist«, sagte Leonie verzweifelt. Ihr war klar, dass der Fremde sich mit dieser Antwort nicht zufriedengeben würde.

Der Mann grinste. »Denk noch einmal nach«, sagte er. »Vielleicht fällt es dir ja noch ein.«

»Ich weiß es wirklich nicht.«

»Du als ihre beste Freundin weißt das nicht? Das kann ich gar nicht glauben …«

Der Mann machte einen Schritt auf sie zu. Leonie wich in die hinterste Ecke des Flures zurück. Ihr war klar, dass sie in der Falle saß. Sie konnte nicht entkommen, und auf Hilfe konnte sie auch nicht hoffen – jedenfalls nicht innerhalb der nächsten Stunden.

»Vielleicht ist sie in Bostelbek«, sagte Leonie schnell. Sie starrte auf das Messer, dass der Mann jetzt in der Hand hielt.

»Ein ›vielleicht‹ reicht mir aber nicht«, sagte der Mann. Seine Messerspitze berührte Leonie jetzt am Kinn.

»Sie ist in Bostelbek«, rief Leonie in Panik. »Ich weiß es ganz sicher. Dort gibt es ein altes Munitionsdepot.

Mit halb verfallenen Bunkern. Da ist Sylvia. Da hat sie sich versteckt.« Gut, dass ihr das im letzten Moment noch eingefallen war. Da war Sylvia jetzt ganz bestimmt nicht mehr.

Einen Augenblick lang geschah gar nichts. Leonie spürte nach wie vor die Messerspitze am Kinn. Niemand rührte sich. Schließlich sagte der Mann: »Das ist dir ja gerade noch rechtzeitig eingefallen. – Zeig es mir auf der Karte!«

Leonie rief GoogleMaps auf. Sommerfeld registrierte, dass sie zitterte. Schade, dachte er. Er klappte das Messer zusammen. Es wäre schön gewesen, dieses Verhör noch ein bisschen in die Länge zu ziehen. Aber die Zeit hatte er nicht. Er klappte das Messer zusammen.

Er sagte: »Leider bin ich etwas in Eile. Ich fahre jetzt nach Bostelbek und besuche deine Sylvia. Und wenn ich sie da nicht finde, dann komme ich zurück und frage noch einmal etwas gründlicher nach. Du verstehst sicher, dass ich dich hier so lange ein bisschen festbinden muss, damit du keine Dummheiten machst ...«

* * *

Sylvia war in Bostelbek. Irgendwo musste sie ja hin. Wahrscheinlich war hier auch ihr Feuerzeug. Wahrscheinlich hatte sie es hier in dem alten Bunker verloren. Ein Feuerzeug war nicht viel wert – jedenfalls würden das die meisten Menschen sagen, aber in diesem Fall war das anders. Dieses Feuerzeug hatte ihr Vater ihr geschenkt, in einem der seltenen Momente, wo er wirklich wie ein Vater zu ihr gewesen war.

»Das geht doch nicht«, hatte ihre Mutter gesagt. »Du kannst doch dem kleinen Mädchen kein Feuerzeug schenken!«

Ihr Vater hatte es trotzdem getan, und Sylvia war stolz darauf gewesen, dass er sich durchgesetzt hatte, und dass er ihr obendrein noch gezeigt hatte, was man tun musste, um mit diesem Feuerzeug eine sehr, sehr große Flamme zu erzeugen. Sylvia liebte Feuer. Sie hatte das Feuerzeug verwendet, um alte Zeitungen zu verbrennen und ab und zu auch ein paar Schulhefte, in denen Zensuren standen, die ihre Mutter nicht sehen sollte. Und sie hatte damit das nasse Holz in diesem Bunker in Brand gesetzt. Dieses Feuerzeug musste wieder her.

Es regnete. Das machte Sylvia nicht viel aus. Der Regen schluckte alle Geräusche. Sylvia stieg in den Bunker hinein und leuchtete mit der Taschenlampe den Boden ab. Da lagen die verkohlten Knüppel, die von ihrem Feuer übrig geblieben waren. Das Buch war verschwunden. Vielleicht hatte Lukas es eingesteckt. Oder jemand anders war hier gewesen und hatte es gefunden. Und das Feuerzeug? Das Feuerzeug lag direkt beim Eingang. Es musste ihr aus der Tasche gefallen sein, als sie in aller Eile vor dem Qualm geflüchtet war. Sylvia steckte das Feuerzeug ein. Als sie aufblickte, bemerkte sie, dass sie nicht allein war. Draußen war jemand.

* * *

»Hallo, Lukas!«

Beinahe gleichzeitig mit Vincent Weber war sein Sohn im Präsidium eingetroffen.

»Hat alles geklappt?« Lukas sah seinen Vater besorgt an.

Vincent nickte. Hier konnten sie nicht reden. Gemeinsam warteten sie, bis die Besucherbescheinigung ausgefüllt war. Die Klammer mit dem Besucherausweis haftete nicht auf dem Anorak von Lukas; er nahm die Plastikkarte in die Hand. Sie gingen zum Fahrstuhl.

»Wo ist Lana? Wo sind die anderen?«

»Noch in Frankreich. Aber es ist alles geklärt. Ich denke, sie sind in ein bis zwei Wochen wieder hier.«

»Papa, du bist ein Zauberer!«

Vincent lächelte. Beamte ließen sich nicht verzaubern. Knapp genug war es gewesen, aber als Polizist und mithilfe eines Anwalts hatte Vincent sein Anliegen mit dem nötigen Nachdruck vertreten können, und es war ihm gelungen, die Familienzusammenführung mit den Angehörigen seiner Frau sozusagen im Eilverfahren bewilligt zu bekommen.

»Und du? Wie ist es dir ergangen?«

Lukas zögerte. »Sylvia hat etwas gefunden«, sagte er schließlich. »Zwei Pässe.«

»Was denn für Pässe?«

»Zwei Pässe für ein und dieselbe Person. Zwei verschiedene Pässe.«

»Dann ist einer davon falsch«, sagte sein Vater.

»Der eine ist auf einen gewissen Alfred Sturm ausgestellt.«

Den kannte Vincent nicht.

»Der andere gehört angeblich einem Doktor Jan-Felix Blumberg.«

»Blumberg?« Das war Sommerfeld. Christian Sommerfeld!

»Sylvia hat gesagt, dass er in Wirklichkeit Christian heißt. Ihre Mutter nennt ihn Sven, aber er heißt Christian.«

»Christian Sommerfeld. Gesucht wegen Mordes. Und der ist jetzt bei Sylvias Mutter?«

Lukas nickte.

Die Tür zu Alexanders Zimmer stand offen. Vincent rief: »Hallo, Alexander! – Lukas hat Christian Sommerfeld gefunden!«

»Vincent! Gut, dass du wieder da bist! Was macht deine Erkältung?«

»Was? – Ach so, ja, alles wieder in Ordnung. Hier, das ist jetzt viel wichtiger. Lukas hat Christian Sommerfeld gefunden!«

»Was ist denn hier los?« Jennifer und Bernd kamen zur Tür herein. »Ihr macht ja einen Krach …«

»Sommerfeld«, sagte Alexander. »Lukas hat zwei Pässe von Christian Sommerfeld.«

»Lukas«, sagte Vincent. »Dieser Sommerfeld ist ein Mörder. Ein mehrfacher Mörder. Ein äußerst gefährlicher Bursche. Wir haben bis vor Kurzem geglaubt, dass er im letzten Jahr bei seinem Sprung in die Elbe ums Leben gekommen sei. Aber jetzt, wo ihr diese Pässe gefunden habt …«

»Ich habe die Pässe nicht«, sagte Lukas. »Sylvia hat sie. Sie hat sie gefunden. Bei sich zu Hause. Sie gehören dem neuen Freund ihrer Mutter.«

»Oh!«, sagte Kastrup erschrocken. Gesche hatte wirklich ein Talent darin, sich immer die falschen Partner auszusuchen.

»Ihre Mama glaubt, dass er Sven heißt«, wiederholte Lukas. »Aber in Wirklichkeit heißt er Christian. Sylvia hat den Namen gehört, als Gesa nicht da war, und als er telefoniert hat.«

»Wisst ihr, mit wem er telefoniert hat?«

Lukas schüttelte den Kopf. Er hatte nicht weiter nachgefragt.

»Das wird jetzt gefährlich für Gesa«, sagte Kastrup. »Wenn der Kerl herausfindet, dass seine Pässe verschwunden sind, dann weiß ich nicht, was er tut.« Kastrup zückte sein Handy und tippte Gesas Nummer ein.

Jennifer fragte: »Und wo ist Sylvia jetzt?« Es war klar, dass es für Sylvia mindestens so gefährlich wurde wie für ihre Mutter.

»Ich weiß es nicht. Sie hat verschiedene Verstecke …«

»Können wir sie über Handy erreichen?«

Lukas versuchte es. Sie warteten einen Moment, aber es meldete sich nur die Mailbox.

»Wir haben in der Speicherstadt übernachtet.«

»In meiner Wohnung?«

Lukas nickte. »Aber ich glaube nicht, dass sie da jetzt ist«, fügte er hinzu.

Kastrup griff zum Handy und rief den Teppichhändler an. »Könntest du mal bitte oben in meiner Wohnung nachsehen, ob da ein junges Mädchen ist? – Was sagst du? Sylvia? – Ja, ja, diese Sylvia. Ist sie da? – Schade. – Ruf mich bitte an, wenn sie doch noch auftaucht.«

Sylvia war also nicht in der Speicherstadt.

»Sie ist nach dem Mordversuch in die S-Bahn in Richtung Süden gesprungen«, sagte Alexander zögernd. »Wilhelmsburg – Harburg – Neugraben und so weiter.«

»Mordversuch? Was denn für ein Mordversuch?« Vincent wusste nicht, wovon die Rede war.

Alexander erklärte es ihm.

»Das glaube ich nicht!« Vincent war bestürzt.

Lukas empörte sich: »Nein, das stimmt auch nicht. Es war Notwehr. – Sie könnte übrigens vielleicht in Bostelbek sein.«

»Bei Gesine Schröder meldet sich niemand!«, sagte Kastrup.

»Okay. Bernd und ich, wir fahren jetzt sofort nach Wilhelmsburg und gucken nach, was da los ist«, entschied Alexander. »Oliver geht in die Speicherstadt. Jennifer und Vincent, ihr fahrt nach Bostelbek. Nehmt am besten Lukas mit, der zeigt euch, wo Sylvia stecken könnte.«

»Bestimmst du jetzt, was hier gemacht wird?«, fragte Kastrup. Er klang verärgert.

»Ja. Thomas Brüggmann hat angeordnet, dass ich die Ermittlungen leite, also leite ich sie. Und du bist praktisch im Urlaub. Hast du das vergessen?«

Kastrup ignorierte das. »Für Wilhelmsburg brauchen wir Verstärkung«, sagte er. »Ich traue mir ja eine ganze Menge zu, und dir auch, Alexander, aber wenn Sommerfeld zusammen mit Gesa in der Wohnung steckt, dann kann es ganz schnell zu einer Geiselnahme kommen, und da ist es schon besser, wenn wir das nicht allein machen.«

»Halt, eine Frage sollten wir noch rasch klären«, rief Alexander.

»Wir sind in Eile!«, unterbrach ihn Kastrup.

Alexander ließ sich nicht abwürgen. »Lukas, du bist doch die letzten Tage mit Sylvia zusammen gewesen, ist das richtig?«

»Die meiste Zeit, ja.«

»Und am Montagabend?«

»Am Montag?« Lukas überlegte. »Da waren wir noch nicht zusammen. Da hatte ich Sylvia noch nicht gefunden … – Wieso fragst du?«

»Das sage ich dir später.« Damit stand fest: Sylvia hatte für den zweiten Mord in der S-Bahn auch kein Alibi. Und für den dritten Mord – das konnte niemand wissen. Bis jetzt wusste niemand, wann Carl Dachsteiger zu Tode gekommen war. Aber fest stand, dass Sylvia den Benjamin Tarp niedergestochen hatte. War Sylvia die Schlange von Hamburg?

* * *

Es ging relativ rasch, bis das Sondereinsatzkommando zur Stelle war. Kastrup und Alexander waren zunächst zum Zuschauen verdammt. Sie sahen mit an, wie die schwarz gekleideten, vermummten Gestalten sich von beiden Seiten an das Gebäude heranpirschten.

»Es gibt auch einen Hinterausgang«, sagte Kastrup.

Die Einsatzleiterin nickte. »Den haben wir schon besetzt«, sagte sie.

»Soll ich noch einmal versuchen, da oben anzurufen?«

»Besser nicht. Sonst wird der Mann möglicherweise gewarnt.«

Kastrup nickte. Er stellte sich vor, dass jetzt gleich die Herrschaften vom SEK die Wohnungstür aufbrechen und in die Wohnung stürmen würden, die Waffen schussbereit im Anschlag, und Gesa – Gesa würde zu Tode erschrecken. Arme Gesa. Aber die Hauptsache war natürlich, dass ihr nichts passierte. Aber alles blieb ruhig.

»So, Sie können jetzt«, sagte die Einsatzleiterin. »Wir haben alles unter Kontrolle.«

Kastrup und Alexander machten sich auf den Weg nach oben. Es sah aus wie in einem Actionfilm. Die Wohnungstür hing schief in den Angeln. Mehrere dunkel maskierte Männer hatten sich über die verschiedenen Räumlichkeiten verteilt.

»Hier ist niemand«, sagte der eine.

Nein, hier war niemand.

* * *

Sie jagten über die A 7 nach Bostelbek. Vincent fuhr so schnell er konnte. Der Weg von der Ausfahrt bis zu dem ehemaligen Munitionsdepot erschien Jennifer endlos. Sie mussten einen riesigen Bogen fahren, bis sie schließlich auf der Betonstraße den steilen Berg hinunterjagten und durch den Tunnel, bis vor die Schranke, die den weiteren Weg für Autofahrer versperrte.

»Warum dauert das alles so lange!« Auch Vincent war nervös.

Jennifer dachte, sie hätten einfach den Wagen an der Autobahnausfahrt stehen lassen und den Abhang hinunterrennen sollen. Doch dazu war es jetzt zu spät.

»Hoffentlich ist sie noch da«, sagte Lukas.

»Ja, schon gut. Alles ist gut.«

Sie stiegen aus. Lukas lief voraus, die beiden anderen folgten ihm, so schnell sie konnten. Vincents Handy schnarrte.

»Ja, was gibt's?«

Kastrup war dran. »Hör zu«, sagte er. »Wir sind jetzt in der Wohnung in Wilhelmsburg. Hier ist keiner zu Hause. Ich hoffe, dass die beiden nicht ausgerechnet …«

»Da vorn ist es!«, rief Lukas.

»Später. Ich muss jetzt abbrechen.« Vincent tastete nach seiner Pistole.

»Sylvia!«, rief Lukas. »Sylvia, wo bist du?«

Sylvia war nicht da. Sie stapften durch das tiefe Laub. Jennifer ging rechts um den Bunker herum, Vincent links. Beide hatten jetzt ihre Pistolen in der Hand. Aber hier war niemand. Sie kamen zu dem Loch in der Mauer. Jennifer leuchtete mit der Taschenlampe in den Innenraum. Nichts.

»Sylvia!«, rief Lukas noch einmal. »Sylvia, wo steckst du?«

Keine Antwort.

»Hier ist niemand«, sagte Vincent.

»Sylvia!« Lukas lief ein paar Schritte in den Wald hinein.

»Warte!«, rief Jennifer.

Da entdeckte Vincent die Blutflecke im Laub.

* * *

Es hatte nichts genützt, dass Sylvia sich so tief wie möglich in ihren Bunker zurückgezogen hatte. Die

Schritte waren näher und näher gekommen, und Sylvia hatte begriffen, dass der unbekannte Besucher genau hierher wollte. Zum Weglaufen war es zu spät. Schon sah sie von ihrem Versteck aus die Stiefel des Unbekannten. Stiefel, die sie kannte. Sie gehörten zu dem Mann, der sich ihrer Mutter und ihr als Sven vorgestellt hatte.

Der Mann bückte sich, und er sah ihr direkt ins Gesicht: »Na, wen haben wir denn da?«, fragte er von oben herab.

Das war etwas, das Sylvia überhaupt nicht leiden konnte. »Ich bin Sylvia Schröder«, rief sie wütend. Sie zwängte sich durch das Loch in der Wand nach draußen. »Aber wer bist du? Bist du nun Sven oder Christian Sommerfeld oder Jan-Felix Blumberg oder Alfred Sturm oder noch ganz jemand anders?«

Sven schwieg einen Moment. Sylvia begriff, dass sie eine Dummheit begangen hatte.

»Du hast also meine Papiere«, stellte er fest. Daran gab es nichts zu zweifeln.

»Das sind so wenig deine Papiere wie meine«, erwiderte Sylvia trotzig. »Die sind alle falsch!«

»Her damit!«

Sylvia schüttelte den Kopf.

»Du gibst mir sofort meine Papiere!«, brüllte der Mann. Erst jetzt registrierte Sylvia, dass er eine Pistole in der Hand hielt. Die richtete er jetzt auf sie.

»Schieß doch!«, sagte sie. »Ich habe die Papiere nicht hier, und wenn du mich erschießt, dann findest du sie nie!« Das war glatt gelogen. Warum um alles in der Welt hätte sie diese Ausweise irgendwo verstecken sollen? Und wo hätte das sein sollen? Der sicherste Platz für etwas, das kein anderer stehlen sollte, war immer noch am eigenen Körper. Aber würde der Mann das durchschauen?

»Stell dich hier vor den Bunker«, bestimmte Sven. »Gesicht zur Wand, Hände über den Kopf, Beine breit, und dann ...«

Weiter kam er nicht. Sylvia war schneller, als der Mann gedacht hatte. Er stand ihr viel zu nahe. Mit der linken Hand schlug sie seine Waffe zur Seite, in der Rechten hatte sie das Messer, und damit stach sie zu.

Es knallte. Im selben Moment spürte sie einen stechenden Schmerz im rechten Arm. Sie schrie auf. Ihr Messer war zu Boden gefallen, sie sah das Blut, und erst jetzt begriff sie, dass sie angeschossen war. Sven war nicht verletzt. Der Stich war in seiner Jacke hängen geblieben. Jetzt stürzte er sich auf Sylvia, stieß sie zu Boden, schlug auf sie ein.

»Mein Arm!«, schrie sie. »Aufhören! Mein Arm!«

Sven hörte auf, sie zu verprügeln; er durchsuchte ihre Taschen. Da waren die Ausweise! Erleichtert steckte er die Papiere ein. Schlagartig wurde Sylvia bewusst, dass ihr Schicksal jetzt besiegelt war. Sylvia konnte sich nicht wehren. Sie konnte sich nicht einmal rühren. Der Mann kniete auf ihr. Dann hob er das Messer auf und warf seinem Opfer einen hasserfüllten Blick zu. »Gleich bist du dran, mein Schatz«, murmelte er. »Gleich bist du dran!« Plötzlich hielt er inne. Er hatte ein Geräusch gehört.

Einen Moment lang passte Sven nicht auf, und Sylvia rollte sich zur Seite, sprang auf und hastete davon. Es fielen Schüsse. Sven rannte hinter ihr her. Sylvia schrie. Das Blut lief ihr den Arm herunter. Sven kam näher.

»Was ist denn hier los?«, rief plötzlich eine kräftige Männerstimme.

Da vorn, da war der Weg, und auf dem Weg standen drei Reiter mit ihren Pferden.

»Hilfe!«, rief Sylvia. Als sie sich umsah, war Sven verschwunden.

»Was ist denn hier los?«, wiederholte der Mann, jetzt wesentlich sanfter.

»Nichts«, behauptete Sylvia. Ihr war plötzlich bewusst geworden, dass die Männer wahrscheinlich die Polizei holen würden.

»Nichts?«, fragte der Reiter.

Sylvia reagierte nicht. Sie ging und sammelte das Messer ein.

»He, hallo!«

Sylvia sah sich um. Der Abstand war jetzt groß genug. Sie wusste nicht, wo Sven abgeblieben war. Wahrscheinlich hatte er sich hier irgendwo in der Nähe versteckt. Sylvia rannte schräg über den Weg und den Abhang hoch.

»Bleib doch stehen!«

Sie blieb nicht stehen. Da war die Autobahn. Bremsen kreisten, als sie quer über die Fahrbahn lief. Jemand hupte empört. Aber schon war sie auf der anderen Seite und verschwand im dichten Unterholz.

* * *

»Mein Gott, was ist denn hier passiert?« Gesa war entsetzt.

»Sind Sie Frau Gesine Schröder?«, fragte die Einsatzleiterin.

»Ja, das ist Gesine Schröder«, bestätigte Kastrup.

»Was habt ihr denn mit meiner Tür gemacht?«

»Gesche, tut mir leid, aber wir mussten die Tür aufbrechen. Wir sind auf der Suche nach Christian Sommerfeld, und wir haben den Hinweis erhalten, dass er sich bei dir in der Wohnung aufhält. Sommerfeld ist ein äußerst gefährlicher Mann …«

»Sommerfeld? Hier ist kein Sommerfeld!«

»Der Mann, mit dem du – mit dem du befreundet bist. Dein neuer Freund.«

»Sven? Der heißt nicht Sommerfeld.«

»Doch, Gesche, dieser Mann, der sich dir als ›Sven‹ vorgestellt hat, der heißt in Wirklichkeit Sommerfeld, und er wird wegen Mordes gesucht. Und Sylvia …«

»Was ist mit Sylvia? Habt ihr Sylvia gefunden?«

»Nein, noch nicht …«

»Ja. – Ach, ich hab auch ein Pech, Bernd! Immer gerate ich an die falschen Männer! Dabei hatte ich gedacht, diesmal – diesmal, wäre es ganz bestimmt der richtige. Ich habe ihn beim Tanzen kennengelernt, weißt du, und er war so – so locker und so fröhlich, und nun ist das alles wieder nichts. Und du bist dir sicher, dass das ein Mörder ist?«

»Ganz sicher. Du bist jetzt in Sicherheit. Aber wir machen uns große Sorgen um Sylvia …«

»Ja, Sylvia.«

Kastrup berichtete, was geschehen war, aber er hatte das Gefühl, dass Gesche gar nicht begriff, dass ihr überhaupt nichts passiert war. Dass ihre Tochter derweil irgendwo durch Hamburg irrte, das schien sie kaum zu berühren. »Ich muss aufräumen«, murmelte sie. »Wie soll ich das hier nur wieder in Ordnung bringen?«

Kastrup packte Gesche mit beiden Händen am Kragen. Er schrie sie an: »Begreifst du denn nicht, dass hier ganz andere Dinge in Ordnung gebracht werden müssen als deine verdammte Wohnung?«

Die Einsatzleiterin legte ihm die Hand auf die Schulter. »Herr Kommissar, bitte!«

Kastrup ließ Gesche los. »Dir ist einfach nicht zu helfen«, sagte er.

Gesche weinte.

Alexander sagte: »Bernd, diese Dinge können wir später klären, wenn sich alle wieder ein bisschen beruhigt haben. Im Augenblick geht es um etwas anderes. Im Augenblick sind wir auf der Suche nach dem Mann, der die letzten Wochen hier gewohnt hat. Frau Schröder. Können Sie uns sagen, wo wir den finden?«

Gesine schüttelte den Kopf. »Er heißt Sven«, murmelte sie. »Er hat gesagt, dass er Sven heißt.«

»Hast du eine Ahnung, wo er sich aufhalten könnte?«

»Nein.«

Kastrup verdrehte die Augen. Alexander warf ihm einen warnenden Blick zu: Er sollte den Mund halten. »Frau Schröder, wissen Sie, ob dieser Sven sich hier in Hamburg mit irgendjemand getroffen hat?«

»Nein. – Was er tagsüber gemacht hat, das weiß ich natürlich nicht. Ich war ja bei der Arbeit. Aber – doch, ja, er hat telefoniert.«

»Mit dem Handy?«

»Nein, hier mit meinem Telefon. Vorgestern ist das gewesen. Vorgestern Abend. Aber ich weiß nicht, wer das war. Ich hab nicht nachgefragt. Das war ja seine Privatsache. Ich bin nicht neugierig.«

»Also waren Sie beide hier zu Hause, und er hat auf einmal gesagt: ›Ich muss mal telefonieren‹?«

»Nein, er war schon am Telefonieren, als ich nach Hause gekommen bin. Er hat ungefähr gesagt: ›Also bleibt es dabei. Wir treffen uns Sonnabend in deinem Bunker.‹ Und dann hat er aufgelegt.«

Kastrup konnte sich nicht länger zurückhalten. »In deinem Bunker? Und du hast nicht nachgefragt, mit wem er gesprochen hat, und was das für ein merkwürdiges Treffen sein sollte?«

Gesine schüttelte den Kopf.

Alexander sah Kastrup an. Sie dachten beide dasselbe. Christian Sommerfeld hatte Julia Dachsteiger angerufen, und er hatte sich für den nächsten Tag mit ihr verabredet. Und Julias Bunker – das war ganz eindeutig der Bunker in Geesthacht.

* * *

Oliver Rühl hatte in der Speicherstadt niemanden angetroffen. Als die anderen zurückkamen, saß er zusammen mit Thomas Brüggmann am Tisch. Die beiden blickten auf. Brüggmann sagte: »Bernd, ich muss mit dir reden.«

»Worum geht es denn? – Wir haben gerade nicht viel Zeit. Wir müssen eine gemeinsame Aktion mit den Kollegen aus Schleswig-Holstein vorbereiten …«

Thomas unterbrach ihn. »Nein, Bernd, das ist nicht richtig. Vielleicht habe ich mich gestern nicht deutlich genug ausgedrückt, vielleicht hast du mich auch nicht verstehen wollen. Fest steht jedenfalls, dass du im Augenblick keine Aktion vorbereitest, mit wem auch immer. Ich habe angeordnet, dass Alexander Nachtweyh die Untersuchungen führt.«

»Aber das kann doch nicht bedeuten, dass Bernd jetzt nicht mehr mit uns reden darf!« Jennifer war empört.

»Frau Ladiges, halten Sie sich da bitte raus. – Ich habe nicht gesagt, dass ihr nicht mehr miteinander reden dürft, aber ich habe gesagt, dass Alexander Nachtweyh die Untersuchungen leitet. Und jetzt habe ich erfahren, dass du, Bernd, dich ganz offensichtlich nicht daran hältst und dich jedenfalls Alexanders Anweisungen widersetzt.«

»Blödsinn.« War es denn nicht mehr erlaubt, dass man seine eigene Meinung kundtat? »Wie kommst du überhaupt darauf?« Kastrup warf Oliver Rühl einen misstrauischen Blick zu. »Hast du ihm das erzählt?«

Alexander sagte: »Ich war das. Ich habe Thomas angerufen und ihm gesagt, was los ist. Ich habe ihm gesagt, dass du vorhin bei der Vernehmung von Gesine Schröder regelrecht ausgerastet bist. – Versteh mich bitte nicht falsch, Bernd, so etwas passiert einfach, wenn man persönlich stark engagiert ist, aber ich denke, so etwas darf nicht passieren. Und deswegen habe ich Thomas gebeten, noch einmal mit dir zu sprechen.«

Jennifer warf Alexander einen wütenden Blick zu.

Thomas sagte: »Bernd, angesichts deiner Verwicklung in diese Geschichte möchte ich, dass du dich aus der Ermittlung heraushältst. Es darf nicht passieren, dass du gegenüber einem Zeugen handgreiflich wirst, aus welchen Gründen auch immer. Es ist zu deinem eigenen Schutz, wenn ich jetzt anordne, dass du nach Hause gehst.«

Kastrup schwieg.

Vincent sagte: »So schlimm ist das doch wohl nicht gewesen vorhin. Und ich möchte noch einmal daran erinnern, dass wir aufgrund der Vorbereitungen für die OSZE personell wirklich sehr knapp dran sind …«

Kastrup fiel ihm ins Wort: »Lass es!«

Thomas Brüggmann sagte: »Herr Weber, in diesem Zusammenhang fällt mir ein, dass Ihre Krankmeldung noch nicht vorliegt. Die ärztliche Bescheinigung der Arbeitsunfähigkeit und deren voraussichtliche Dauer muss spätestens nach drei Kalendertagen vorgelegt werden, und heute ist der vierte Tag.«

* * *

Lagebesprechung. Alexander war mit Vincent und Jennifer zusammen nach Geesthacht gefahren, um mit den Kollegen aus Schleswig-Holstein das für den nächsten Tag geplante Vorgehen abzustimmen. Die Stimmung war gedrückt. Auf der Fahrt sagte niemand etwas.

Tim Hagemann begrüßte sie. Er stellte ihnen seine Kollegen vor. Alexander berichtete: »Nach unseren Erkenntnissen werden sich morgen zwei Personen auf dem Gelände der ehemaligen Pulverfabrik in Düneberg treffen. Die eine ist der mehrfache Mörder Christian Sommerfeld, der uns im letzten Jahr durch einen Sprung in die Elbe entkommen ist. Die andere ist seine wahrscheinliche Komplizin Julia Dachsteiger. Sie wollen sich beim Bauwerk mit der Nummer 432 treffen.«

»Das ist der Bunker mit diesem Schlangentext?«

Alexander nickte.

»Das ist ein schwieriges Gelände«, sagte Hagemann.

»Ja, das ist es. Wir sind deshalb der Meinung, dass es am sichersten ist, wenn wir zweigleisig fahren. Wenn uns die Festnahme in dem sogenannten Bunkerwald nicht gelingen sollte, schneiden wir den beiden einfach den Fluchtweg ab. Es gibt ja nur wenige Möglichkeiten, das ehemalige Werksgelände mit dem Auto zu erreichen und auch wieder zu verlassen. Entweder kommt man von Süden über die Straße *Am Schleusenkanal*. Dann kann man über den *Schwarzen Weg* ein Stück weit in das Dünengelände hineinfahren. Diese Zufahrt lässt sich bequem direkt am Parkplatz bei Transportbeton Nord absperren.«

»Wenn man den *Schwarzen Weg* zu Ende fährt«, sagte Hagemann, »dann kann man unter der B 404 hindurch und landet dann entweder im *Heuweg* oder im *Verschwisterungsring*. Das ist hier auf der Karte falsch dargestellt.«

Sein Kollege schüttelte den Kopf. »Mit dem Auto kommst du da nicht durch, Tim.«

»Wirklich nicht?«, fragte Vincent.

»Das kommt auf den Wagen an. Und auf die Entschlossenheit des Fahrers. Aber auf jeden Fall sollten wir die Unterführung ebenfalls sperren.«

»Gut. – Wahrscheinlich kann man auch über den Schwarzen Weg nach Westen wegkommen. Dann landet man am *Altengammer Hauptdeich*. Das ist schon Hamburger Gebiet. Da sorgen wir dann für die Absperrung. Dasselbe gilt natürlich für die nördliche Randstraße *Am Knollgraben*.«

Vincent sagte: »Das mit den Absperrungen, das erscheint mir reichlich kompliziert.«

»Es ist ja nur eine Sicherungsmaßnahme. Unsere erste Priorität muss es sein, die beiden direkt bei diesem gesprengten Bunker festzunehmen.«

Vincent nickte.

Alexander sagte: »Ich schlage vor, dass wir drei, also Jennifer, Vincent und ich, den Zugriff vornehmen. Aber falls jemand von Ihnen dabei sein möchte, oder falls Sie das ganze lieber selbst machen möchten …«

Hagemann schüttelte den Kopf. »Wir überlassen Ihnen gern den Vortritt«, sagte er.

* * *

Bernd Kastrup sah auf die Uhr. »16:55 Uhr ab Landungsbrücken, Linie 61«, hatte der Anrufer gesagt. Ja, das müsste klappen. Kastrup hatte vorsichtshalber auf den Dienstwagen verzichtet und die U-Bahn genommen. Ihm würde gerade genug Zeit bleiben, das Schiff zu suchen. Die Landungsbrücken waren etwa 700 Meter lang; Kastrup nahm an, dass die Hafenfähren irgendwo in der Mitte abfuhren. Jetzt saß er in der U-Bahn und hatte Zeit, noch einmal darüber nachzudenken, was er hier eigentlich tat.

Der Anrufer hatte seinen Namen nicht genannt, nur diesen einen Halbsatz geäußert und dann aufgelegt. Aber Kastrup war sich sicher, dass das der Albaner war. Der sogenannte Albaner. In Wirklichkeit hatte dieser

Mann die deutsche Staatsbürgerschaft. Sie hatten sich schon früher an ungewöhnlichen Orten getroffen. Warum es dabei so konspirativ zugehen musste, war ihm ein Rätsel. Andererseits – ganz so rätselhaft war es nun auch wieder nicht. Der Albaner war nun einmal ein zwielichtiger Bursche. Thomas Brüggmann hatte Kastrup unmissverständlich klargemacht, dass irgendwelche Besprechungen oder gar Absprachen mit dem Albaner nicht infrage kamen.

Bernd Kastrup hatte sich nicht an diese Anweisung gehalten. Und im Augenblick sah er überhaupt keinen Grund, sich an irgendwelche Anweisungen seines Vorgesetzten zu halten. Immerhin war er ja zurzeit zwangsweise beurlaubt, und wer vom Dienst suspendiert war, der konnte machen, was er wollte – jedenfalls war das Kastrups Interpretation. Vorsichtshalber hatte er seine Pistole eingesteckt, aber er war sich sicher, dass er die nicht brauchen würde.

Die U-Bahn kam aus dem Tunnel heraus, und einen kurzen Moment lang sah Bernd Kastrup das nächtliche Panorama des Hamburger Hafens von oben. Im nächsten Moment lief der Zug in den Bahnhof Landungsbrücken ein, und er musste aussteigen. Er hastete über die Fußgängerbrücke, eilte die Treppe hinunter, dann über Brücke 3 auf den Ponton der eigentlichen Landungsbrücken. Die Linie 61 fuhr von Brücke 2. Das Schiff lag schon da. Kastrup drückte den Knopf für die Türöffnung und ging an Bord.

Das Schiff war fast leer. Unten in der Kabine saß lediglich eine junge Frau, die eine riesige Tasche vor sich auf den Tisch gestellt hatte. Wo war der Albaner? Hier jedenfalls nicht. Das letzte Mal, als sie sich auf einer der Hafenfähren getroffen hatten, hatte der Albaner oben an Deck gestanden. Aber da hatte es auch nicht geregnet. War er jetzt trotzdem oben? Kastrup stieg die steile Treppe hinauf. In dem Augenblick legte das Schiff ab und steuerte schwungvoll in das Fahrwasser. Die Fahrt ging elbabwärts. Kastrup hatte Mühe, die Balance zu halten. Er schwankte hin und her wie ein Betrunkener. Hier oben war niemand. Hatte der Mann ihn zum Narren gehalten?

Als Kastrup wieder in die Kabine zurückkam, hatte die junge Frau ihren Mantel ausgezogen. Darunter trug sie einen schwarzen Gymnastikanzug, und jetzt machte sie tatsächlich Gymnastik.

»Achten Sie nicht auf die Frau!« Kastrup fuhr herum. Der Albaner saß gleich beim Eingang auf der rechten Seite an der Wand, sodass Kastrup ihn nicht sofort entdeckt hatte. »Sie gehört zu mir. Sie dient nur zur Ablenkung.«

»Eine erfreuliche Ablenkung«, sagte Kastrup.

»Eine reine Vorsichtsmaßnahme. Wer hier hereinkommt, der sieht zunächst einmal sie.«

Ja, das war richtig. Auch Kastrup hatte nur die junge Frau gesehen. Den Revolver, den der Albaner vor sich auf dem Tisch liegen hatte, bemerkte er erst jetzt. »Ist das nötig?«

»Nur zur Sicherheit. Man weiß nie, was passiert.«

»Eine Smith & Wesson?«

Der Albaner nickte.

Kastrup fragte: »Ihr Leibwächter damals, der erschossen worden ist, was hat der für eine Waffe gehabt?«

»Zwei Waffen. Eine Smith & Wesson und eine *Desert Eagle*. – Warum fragen Sie?«

»Die *Desert Eagle* haben wir wahrscheinlich gerade gefunden. – Ihr Leibwächter hatte dafür natürlich einen Waffenschein?«

»Das weiß ich nicht.«

»Haben Sie einen Waffenschein?«

»Ja, natürlich. Wollen Sie ihn sehen?«

Kastrup winkte ab. »Hier werden Sie die Waffe nicht brauchen. Außer uns ist niemand an Bord. Das ganze Schiff ist leer.«

»Glauben Sie?«

Der Albaner deutete auf die Glastür, durch die Kastrup eben gekommen war, und als der Kommissar sich umdrehte, sah er, dass dort ein Mann mit einer Aktentasche stand. Wo zum Teufel hatte der gesteckt? Auf dem Klo vielleicht?

»Der ist harmlos«, sagte der Albaner. »Der nimmt immer diese Fähre. Er fährt nur eine Station bis zum Fischmarkt.«

»Das lohnt sich doch gar nicht«, sagte Kastrup.

Der Anleger Fischmarkt war so nahe bei den St. Pauli Landungsbrücken, dass man sehr bequem zu Fuß hätte gehen können, und in der Tat dauerte es keine Minute mehr, bis das Schiff dort anlegte.

Der Albaner gab keine Antwort. Er wartete ab, bis der Mann von Bord gegangen war und das Schiff wieder abgelegt hatte, dann sagte er: »Es ist dunkel in Hamburg, aber der Hafen arbeitet weiter. Das Schiff da drüben im Dock ist die *Oriana*. P&O Cruises. Stapellauf 1994. Bei der Meyer-Werft natürlich. Wird jetzt gründlich überholt und renoviert.«

Kastrup nickte. Er hatte das große, weiße Schiff wohl bemerkt.

»Sie wissen wahrscheinlich, dass P&O Cruises seit 2003 nicht mehr zur *Peninsular and Oriental Steam Navigation Company* gehört, sondern zur *Carnival Corporation.*«

Kastrup wusste es nicht, und es war ihm völlig egal. »Ich nehme an, Sie haben mich nicht hierher bestellt, um mir eine Lektion in maritimer Geschichte zu erteilen«, sagte er.

Der Albaner lächelte. »Ich würde schon gern«, sagte er. »Die Geschichte der Seeschifffahrt ist außerordentlich interessant, und gerade die Entwicklung der P&O ist ein wundervolles Beispiel für die dramatischen Veränderungen, die sich seit dem Ende des Zweiten Weltkriegs vollzogen haben. Aber Sie haben recht – deswegen sitzen wir nicht hier.«

»Nein.« Kastrup war ein Mensch, der seine Ungeduld nur schwer verbergen konnte. Er war sich bewusst, dass andere ihn damit gelegentlich aufzogen, und bemühte sich daher, den Eindruck zu erwecken, als hätte er unendlich viel Zeit. Aber das gelang ihm nicht.

»Sie haben mir bei unserem Gespräch neulich angedeutet, wo Ihnen der Schuh drückt«, sagte der Albaner. »Ich habe das durchaus ernst genommen. Ihre Sorgen sind in gewisser Weise auch meine Sorgen. Sie verstehen sicher, was ich meine?«

Ja, das verstand Kastrup nur zu gut. Wenn Sommerfeld und Dachsteiger wieder aktiv werden sollten, dann würde das auf jeden Fall Unruhe in das Drogengeschäft bringen, und das war etwas, was der Albaner unbedingt vermeiden wollte. Kastrup zog es vor, zu diesem Punkt im Augenblick nicht Stellung zu nehmen. Er tat so, als beobachte er die gymnastischen Verrenkungen der jungen Frau.

»Ich habe also meine Fühler ausgestreckt. Da habe ich festgestellt, dass in der Tat unser Freund Sommerfeld noch immer am Leben ist. Ich habe außerdem festgestellt, dass Julia Dachsteiger zu ihm Kontakt aufgenommen hat. Und ich habe festgestellt, dass die beiden ein Treffen vereinbart haben …«

»Wie haben Sie das festgestellt?«

»Die beiden haben miteinander telefoniert.«

»Soll das heißen, Sie wissen, wo Sommerfeld sich aufhält?«

Der Albaner schüttelte den Kopf. »Ich weiß nur, wo Julia Dachsteiger sich aufhält. Das genügt. Und Bekannte von mir, deren Namen mir im Augenblick entfallen sind, haben ein bisschen mit ihrer technischen Ausrüstung herumgespielt und ausprobiert, was man damit so alles machen kann. Ich glaube, das Gerät, das sie haben, das heißt IMSI-Catcher, oder so ähnlich. Und – Sie werden es nicht glauben, Herr Kommissar – damit kann man doch tatsächlich Telefongespräche abhören!«

»Das ist verboten«, knurrte Kastrup.

»Das weiß ich auch. Darauf habe ich meine Bekannten natürlich sofort hingewiesen. Und die waren ganz zerknirscht, als sie das erfahren haben. Und sie haben mir versichert, dass sie das ganz bestimmt nie wieder tun werden …«

»Ich lasse mich nicht zum Narren halten!«

»Nein. Aber als ich die Leute darauf hingewiesen habe, dass man so etwas nicht tun darf, da war es natürlich schon zu spät. Da hatten sie jedenfalls dieses Telefongespräch schon mitgehört, in dem Sommerfeld und Dachsteiger ein Treffen vereinbart haben ...«

»In den Bunkern in Düneberg«, warf Kastrup ein, um zu zeigen, dass die Polizei ebenfalls gut informiert war. »In den Besenhorster Sandbergen.«

»In Besenhorst? Wie kommen Sie denn darauf? – Nein, Herr Kommissar, das ist völlig falsch. Bunker ist richtig, aber Besenhorst ist falsch. Nach dem, was ich gehört habe, treffen sie sich in dem Bunker in der Neuhöfer Straße. Wissen Sie, wo das ist?«

»Wilhelmsburg«, brummte Kastrup.

»Ja, Wilhelmsburg. Sie treffen sich morgen um diese Zeit.«

Die Fähre näherte sich dem Anleger Altona-Dockland. Die junge Frau beendete ihre Gymnastik, zog ihren Mantel wieder an und ging zum Ausgang. Der Albaner steckte seine Pistole ein und erhob sich. »Es war wie immer eine Freude, sich mit Ihnen zu unterhalten«, sagte er.

Kastrup nickte. Er brachte es nicht über sich, sich bei dem Kerl zu bedanken, den er für einen der ganz großen Bosse der Hamburger Unterwelt hielt. Wenn diese Information stimmte, dann kamen sie mit der Aufklärung der gegenwärtigen Mordserie ein erhebliches Stück weiter. Aber stimmte sie wirklich? Oder wollte der Mann sie nur auf eine falsche Fährte locken, und in Wirklichkeit fand das Treffen doch in Besenhorst statt?

* * *

Julia Dachsteiger war unterwegs nach Besenhorst. Bis jetzt war alles gut gegangen, aber nun kam der entscheidende Punkt. Das große Finale. Noch einmal wollte sie vorher ihren kleinen privaten Tempel aufsuchen. Noch einmal eine Flasche Sekt leeren auf den künftigen Erfolg – auf den unmittelbar bevorstehenden Erfolg.

Sie hatte von Anfang an befürchtet, dass Sommerfeld noch am Leben sein könnte. Und als sie endlich die Gewissheit gewonnen hatte, dass ihre Befürchtung zutraf, stand ihr Entschluss fest: Sommerfeld musste weg. Und nicht nur Sommerfeld. Auch die beiden Dachsteigers. Und ihr Plan war aufgegangen. Der Mord an dem Studenten hatte die falsche Fährte gelegt. Die Polizei suchte nach dem Schlangen-Mörder, dem dann – zufällig! – auch noch Jutta Dachsteiger zum Opfer gefallen war. Begreiflich, dass ihr Mann sich aus dem Staub gemacht hatte. Sicher suchte die Polizei inzwischen bundesweit nach ihm, und womöglich hielt sie ihn gar für den Täter.

Sie selbst, Julia Dachsteiger, hatte ein unerschütterliches Alibi: Sie war zur Tatzeit in Berlin gewesen. Und außerdem war die Polizei offensichtlich auf die Haarbürste ihrer Mutter hereingefallen, sodass inzwischen wahrscheinlich auch per DNA-Analyse kein Zweifel mehr daran bestehen konnte, dass sie nicht etwa Alix Bolschakowa, sondern wirklich Julia Dachsteiger war. Die Presse hatte berichtet, dass eine unbekannte Leiche im Duvenstedter Brook entdeckt worden war. Das war zwar ein Schönheitsfehler, aber eigentlich spielte es keine Rolle. Solange die Polizei nicht wusste, wer das war, war für sie Carl Dachsteiger immer noch auf der Flucht.

Nun musste nur noch Sommerfeld weg. Der war am schwierigsten. Julia war klar, dass sie sich nicht auf eine Messerstecherei mit ihm einlassen konnte. Der Kerl war zu stark und zu wachsam, und außerdem lief er ständig mit einem Schießeisen durch die Gegend. Dagegen half nur eins: Sie brauchte selbst eine Pistole. Die hatte sie sich inzwischen besorgt.

Sie hatte leichte Zweifel gehabt, ob sie damit umgehen könnte. Das letzte Mal, dass sie eine Schusswaffe benutzt hatte, war in Russland gewesen, als einer aus ihrer Bande einen Revolver angebracht hatte. Also hatte sie Schießübungen veranstaltet, draußen im Duvenstedter Brook. Das Ergebnis war besser ausgefallen, als sie erwartet hatte. Sie hatte keinen Zweifel daran: wenn sie auf Christian Sommerfeld schießen würde, dann würde sie ihn auch treffen.

Sie hatte nicht gewusst, wo sie ihn finden könnte, sie hatte viele Male vergeblich in seiner Künstlerwohnung in Travemünde angerufen, aber jetzt hatte er sich selbst telefonisch gemeldet. Er hatte etwas davon gefaselt, dass er die guten alten Zeiten wieder aufleben lassen wolle, aber Julia hatte keine Sekunde daran geglaubt. Er wollte sie töten, genauso, wie sie ihn töten wollte. Und so würde es geschehen. Er würde zum Treffpunkt kommen, und sie würde ihn erschießen.

Julia blieb abrupt stehen. Da war jemand. Damit hatte sie nicht gerechnet. Sie war viele Male im Dunkeln hier im Bunkerwald gewesen, und niemals hatte sie einen anderen Menschen getroffen. Gut, dass sie jetzt die Pistole hatte. Sie nahm die Waffe in die Hand und umrundete die Ecke des gesprengten Bunkers. Mit der linken Hand schaltete sie die Taschenlampe ein. Das junge Mädchen, das dort unter der geknackten Betondecke kauerte, schrak zusammen und hielt sich geblendet die Hände vors Gesicht.

»Keine Angst«, sagte Julia. »Du brauchst keine Angst zu haben.«

Sylvia hatte keine Angst. Sie hatte einen Menschen getötet, jedenfalls glaubte sie, dass er tot war, und sie war angeschossen worden. Sie konnte nirgendwo mehr hin. Sie hatte das Gefühl, dass ihr Leben zu Ende war. Sie war vollkommen verzweifelt, und ihr Arm tat weh.

»Du blutest ja!«, stellte die Frau fest.

»Das ist nur eine Schramme«, behauptete Sylvia.

»Zeig mal.«

Zögernd ließ Sylvia es zu, dass die fremde Frau ihren Arm begutachtete.

»Das ist eine Schussverletzung«, sagte Julia. »Damit ist nicht zu scherzen. Du solltest ins Krankenhaus gehen.«

»Ich kann nicht ins Krankenhaus.«

»Warum nicht?«

Sylvia zeigte der Frau das blutige Messer.

»Oh«, sagte Julia. Sie zögerte einen Augenblick, dann sagte sie: »Hier kannst du nicht bleiben. Hier draußen ist es viel zu kalt; am Ende erfrierst du noch. Komm mit, du kannst bei mir zu Hause schlafen.«

Das wollte Sylvia nicht, aber erfrieren wollte sie auch nicht.

»Komm!«

Sylvia erhob sich und folgte der fremden Frau. Die war mit dem Geländewagen bis dicht vor den Bunker gefahren. Sylvia wunderte sich, dass sie das nicht gehört hatte. Sie musste fest geschlafen haben. Sie hatte Glück gehabt, dass die Frau sie gefunden hatte. Sonst wäre sie vielleicht nie wieder aufgewacht.

»Ich heiße übrigens Julia«, sagte die Frau.

»Ich bin Sylvia.« Im Auto war es warm – jedenfalls schien es Sylvia so. Zumindest war es viel wärmer als draußen. Und die Heizung lief. Gut, dass die Frau sie gefunden hatte. Was hatte diese Julia hier draußen ...? Plötzlich begriff sie es. »Diese Schrift im Bunker – hast du das geschrieben?«

Julia nickte.

Sylvia starrte sie an. Die Frau war wahnsinnig. Aber was machte das schon? Sie selbst war auch wahnsinnig. Ihre Mutter hatte das oft genug behauptet, und wahrscheinlich stimmte es. Sicher war es die normalste Sache von der Welt, wenn sich zwei Wahnsinnige nachts in einem Wald voller gesprengter Bunker trafen.

Julia sagte: »Ich habe Sekt dabei. – Du magst doch Sekt, oder?«

Ja, Sylvia mochte Sekt. Sie trank ihn direkt aus der Flasche, genau wie Julia, verschluckte sich, hustete, japste nach Luft.

Julia lachte.

Als die Flasche leer war und Julia mit ihr zurück in Richtung Hamburg fuhr, dachte Sylvia, dass das hier das Verrückteste war, was sie je erlebt hatte. So was gab's auf der ganzen Welt nicht noch einmal. Vielleicht war sie im Himmel. Oder in der Hölle.

* * *

Sylvia schlief. Julia hatte ihr vorhin ganz vorsichtig den Arm neu verbunden. Es war zum Glück nur ein Streifschuss, den Sylvia abbekommen hatte. Damit musste man nicht unbedingt zum Arzt oder gar ins Krankenhaus. Ein Schmerzmittel wäre gut gewesen, aber das hatte Julia nicht. Sekt half auch, wenn man nichts anderes hatte. Und Sylvia war ganz offensichtlich keinen Alkohol gewohnt. Julia hatte amüsiert zugesehen, wie das Mädchen immer fröhlicher und betrunkener wurde und schließlich mit einem zufriedenen Lächeln einschlief.

Julia war mit sich und der Welt zufrieden. Die Polizei war ihr noch immer nicht auf der Spur. Sie war vorsichtig gewesen, hatte das Auto nicht vor dem Haus geparkt, sondern am Deich, gut 100 Meter entfernt, und zusammen mit Sylvia hatte sie erst einmal erkundet, ob die Luft rein war. Die Luft war rein. Weit und breit war niemand zu sehen, der wie ein Polizist aussah. Bis jetzt war alles gut gegangen, und es würde auch weiterhin alles gut gehen.

Auf dem Tisch lag das Messer, das Sylvia mitgebracht hatte. Julia kannte das Messer. Es war ungefähr 30 Zentimeter lang, Klinge und Griff in mattem Schwarz. Auf der einen Seite der Klinge stand Ворон-3, auf der anderen Кизляр und HRC 57-58. Ein russisches Armeemesser. Kizlyar, das war die Firma in Dagestan, die diese Messer herstellte.

Dieses Ворон-3 – auf Deutsch *Rabe-3* – hatte allerdings keinem Soldaten gehört. Dass dieses Exemplar nicht für die russische Armee bestimmt war, das belegte schon die Inschrift HRC 57-58. HRC stand für die

Rockwellhärte des Stahls, und die war auf den normalen Armeemessern nicht angegeben. Die normalen Messer waren überhaupt nicht beschriftet. Sie waren vollkommen schwarz, nichts durfte von ihrer matten Oberfläche reflektieren.

Dieses Messer hatte Christian Sommerfeld gehört. Er hatte seinerzeit behauptet, er habe es einem russischen Soldaten abgenommen, was aber nicht stimmte. Julia wusste, dass er es für 80 Euro im Internet gekauft hatte. Dieses Messer war ein ideales Mordinstrument. Auf YouTube konnte man sehen, wie jemand damit einen kleinen Baum fällte. Im wirklichen Leben hatte Julia gesehen, wie man damit jemandem die Kehle durchschnitt.

Sylvia hatte erzählt, wie sie zu dem Messer gekommen war und was sie damit gemacht hatte. Sie war ein eindrucksvolles Mädchen. Und so viel stand fest: Sie hatte einen Hass auf Christian Sommerfeld. Einen Hass, der nur allzu berechtigt war. Julia war sich sicher, dass sie ihr helfen würde, Sommerfeld zur Strecke zu bringen. Sommerfeld war ein gefährlicher Gegner, und es wäre riskant gewesen, sich allein mit ihm anzulegen. Julia hätte es dennoch gewagt, aber so war alles viel einfacher. Zusammen mit Sylvia würde sie diesen Kerl zur Strecke bringen.

Die Schlange

Sonnabend, 12. November 2016

Ich sollte jetzt nicht hier sein«, stellte Alexander fest. Er fühlte sich unbehaglich. Er wollte den Konflikt mit Kastrup nicht auf die Spitze treiben, aber dieses morgendliche Treffen stellte einen klaren Bruch der Anweisungen dar, die Thomas Brüggmann ihnen erteilt hatte.

»Ja, ich weiß. Aber ich muss mit dir reden, und ich will das nicht übers Telefon tun.« Das Gerede des Albaners von IMSI-Catchern hatte ihn erschreckt. Wenn die Unterwelt private Telefongespräche abhören konnte, dann hörte sie womöglich auch ihre Diensttelefone ab.

Sie hatten sich am Modellbootteich am Eingang zum Stadtpark getroffen. Alexander starrte missmutig auf das Betonbecken des kreisrunden Teiches; das Wasser war vor dem Winter abgelassen worden. »Worum geht es denn?«

»Ich habe mich mit dem Albaner getroffen.«

Alexander Nachtweyh sagte gar nichts. Er starrte Kastrup nur auf eine Weise an, die auszudrücken schien, was er dachte: Du Idiot!

»Ich weiß, dass das problematisch ist. Aber der Mann hat mich angerufen. Und immerhin hat er mir Informationen gegeben, die für die Lösung unseres Falles von entscheidender Bedeutung sein dürften: Er hat gesagt, dass das Treffen zwischen Sommerfeld und Dachsteiger nicht in Besenhorst stattfinden soll, sondern in Wilhelmsburg. Heute am späten Nachmittag.«

»Und woher hat er diese Informationen?«

»Illegales Abhören von Telefongesprächen.«

Alexander nickte. »So ähnlich habe ich mir das gedacht«, sagte er. »Ich kann eigentlich nur das wiederholen, was dir ja Thomas schon früher mal gesagt hat: Der Albaner hat nichts zu verschenken. Wenn der Mann uns Informationen zuspielt, dann geschieht das einzig und allein aus dem Grunde, dass wir seine schmutzige Arbeit für ihn machen sollen. Und in diesem Fall denke ich, dass es sehr naheliegend ist, was der Albaner von uns wünscht. Er möchte, dass wir dieses Pärchen aus dem Verkehr ziehen.«

»Aber da decken sich doch unsere Interessen!«

»Nicht ganz, Bernd. Unsere Motive sind andere als die des Albaners.«

»Trotzdem sollten wir diesen Hinweis nicht ignorieren.«

»Ja. – Bernd, diese Geschichte ist mir unheimlich. Ich möchte nichts damit zu tun haben. Ich möchte gar nichts davon wissen. Ich möchte in absolut keiner Weise mit diesem Mann in Verbindung gebracht werden, verstehst du das?«

»Ja. Mit anderen Worten: Dieses Gespräch zwischen uns hat nie stattgefunden.«

»Genau. Und wir werden so, wie wir das geplant haben, nach Geesthacht fahren. Wenn du stattdessen nach Wilhelmsburg fährst, dann ist das deine eigene Sache, und dann tust du das auf dein eigenes Risiko. Aber wenn du noch ein Fünkchen Verstand hast, dann gehst du nicht allein zu diesem Treffpunkt. Das sind zwei äußerst gefährliche Leute, mit denen wir es zu tun haben. Und wenn die wirklich in Wilhelmsburg auftauchen sollten, was ich nicht glaube, dann brauchst du mindestens einen zweiten Mann.«

»Und wo soll ich den hernehmen?«

»Frag doch Oliver, ob er nicht mitkommen will!«

»Oliver?« Es war klar, dass Alexander die Unternehmung in Besenhorst ohne Oliver Rühl durchziehen würde.

»Warum nicht? – Und jetzt entschuldige mich bitte, ich muss die Festnahme in Geesthacht vorbereiten.«

Kastrup wog die Vor- und Nachteile gegeneinander ab. Alexander hatte recht; wenn er allein ginge, wäre das eine große Dummheit. Nein, er würde den Schrebergärtner mitnehmen. Er ging noch eine Runde um den Stadtparksee, dann machte er sich auf den Weg zum Präsidium.

* * *

»Wir bewegen uns im Kreis«, sagte der Schrebergärtner.

»Wie meinst du das?«, fragte Kastrup.

»Ist dir das noch nicht aufgefallen? Wir bewegen uns im Kreis. Es sind immer wieder dieselben Verbrecher, mit denen wir es zu tun haben. Wir nehmen sie fest, und dann lassen die Richter sie wieder laufen, und dann nehmen wir sie wieder fest – und immer so weiter. Wir drehen uns im Kreis«, wiederholte er. »Immer nur im Kreis. Und wenn du genau hinguckst, dann siehst du, dass wir uns dabei immer weiter abwärts bewegen.«

Bernd Kastrup schüttelte den Kopf. »Jetzt bewegen wir uns aufwärts«, sagte er. »Ich möchte, dass du dich mit mir zusammen aufwärts bewegst, und zwar heute Nachmittag. Da hast du doch noch nichts vor, oder?«

»Ich mache pünktlich Schluss. 16:30 Uhr, dann ist hier Feierabend.«

»Und wenn du etwas früher aufhörst? Sagen wir schon um drei? Und dann fahren wir zusammen nach Wilhelmsburg und steigen ganz hoch nach oben. So hoch, wie du in Wilhelmsburg überhaupt nur kommen kannst!«

»In Wilhelmsburg? Meinst du den Energieberg? Der ist im Winter geschlossen.«

»Nicht ganz so hoch. Nur genau 30 Meter. Auf den Energiebunker.«

Oliver Rühl lachte. »Energie überall, wohin du nur guckst! Dabei ist der Energieberg die alte Mülldeponie Georgswerder, und die war früher nicht gerade ein Ort der Sauberkeit und Frische. Und der sogenannte Energiebunker, das ist der Flakturm VI aus dem Zweiten Weltkrieg.«

»Ich sehe, du bist im Bilde. – Kommst du nun mit?«

Oliver Rühl sah Bernd Kastrup zweifelnd an. »Das ist jetzt wieder irgend so eine nicht abgestimmte Privataktion von dir, oder?«

»Es geht um die Festnahme von Christian Sommerfeld und Julia Dachsteiger«, behauptete Kastrup. »Ich hatte gedacht, dass du da gern mit dabei wärest.«

* * *

Sie waren früh draußen. Alexander, Jennifer und Vincent betrachteten Sylvias Unterschlupf mit der Nummer 432. Ganz offensichtlich war Julia Dachsteiger kürzlich noch einmal hier gewesen. Sie hatte die Inschrift an der Decke durch eine große Zeichnung ergänzt. Es war die Abbildung einer riesenhaften Schlange.

»Diese Julia – sie kann nicht jetzt plötzlich hier auftauchen, oder?«, fragte Jennifer besorgt.

Alexander schüttelte den Kopf. Sie hatten an allen Zugängen zur ehemaligen Pulverfabrik Posten aufgestellt, die sofort Alarm schlagen würden, wenn Julia Dachsteiger oder Christian Sommerfeld sich näherten. Es war unmöglich, unbemerkt nach hierher vorzustoßen.

Die Zentrale meldete sich.

»Ja, hier Alexander. Was gibt es?«

»Zwei Reiterinnen sind im Bereich der ehemaligen Werkstatt in das Gelände der Pulverfabrik eingedrungen. Sie wenden sich nach rechts, Richtung Flugsandflächen.«

»Verstanden, Ende.«

Zwei Reiterinnen – das bedeutete keine Gefahr.

Vincent war in Gedanken weit weg. All diese Verwicklungen hätte es nicht gegeben, wenn Sylvia einfach zu Lukas nach Hause gekommen wäre. Es wäre überhaupt gar nicht nötig gewesen, irgendwo draußen in der Natur einen nur mäßig geschützten Unterschlupf zu suchen. Alle hätten zu Hause in der Wärme in ihren Betten schlafen können. Und jetzt?

»Vielleicht sollte ich das jetzt nicht sagen.« Alexander zögerte. Er sah Vincent an.

Der schreckte hoch. »Was gibt es?«

»Es ist nur so ein ganz blöder Gedanke. Sylvia hat für die Morde der Schlange von Hamburg kein Alibi.«

»Was willst du damit sagen?«

»Dass – dass Sylvia kein Alibi hat. Mehr nicht.«

»Das besagt überhaupt nichts. Ich habe auch kein Alibi.«

»Ja, weil du krank im Bett gelegen hast. Aber Sylvia hat nicht krank im Bett gelegen. Sie war putzmunter, und sie hätte sehr wohl die Gelegenheit gehabt, sowohl den Studenten als auch die beiden Dachsteigers zu erstechen … – Moment mal!«

Die Kollegen aus Geesthacht meldeten sich: »Eine Gruppe von Spaziergängern hat gerade die Brücke über die B 404 überquert und geht jetzt in das Dünengelände hinein. Sie haben ein kleines Mädchen und einen Kinderwagen dabei …«

»Wir hätten doch alles absperren sollen!«, murmelte Vincent.

Alexander schüttelte den Kopf. »Wo steht ihr?«

»Bei dem Pferdestall direkt hinter der Brücke. Die Spaziergänger wenden sich jetzt nach rechts. Wahrscheinlich folgen sie dem Verlauf der ehemaligen Vierländer Eisenbahn.«

Damit kamen sie ihrem eigenen Standort bedrohlich nahe. Alexander sagte: »Das ist nicht gut. Sie sollen bitte das Gelände verlassen.«

»Verstanden.«

Einen Augenblick herrschte Stille. Dann sagte Vincent: »Sylvia Schröder ist ein harmloses kleines Mädchen…«

Alexander widersprach: »Sylvia ist 16 Jahre alt. Und sie ist weder harmlos noch klein.«

»Du spinnst.«

»Bitte, Vincent! Es geht mir nicht darum, einen Streit anzufangen. Aber fest steht doch jedenfalls, dass Sylvia mit einem großen Messer in der Hand in der S-Bahn unterwegs gewesen ist, und fest steht, dass sie diesen Tarp niedergestochen hat. Lukas hat das bestätigt, und das Video habe ich selbst gesehen.«

»Das war Notwehr. Sylvia hat niemand erstochen!«

Alexander zuckte mit den Schultern und schwieg.

Vincent wandte sich ab. Tarp hatte eine Waffe gezogen. Er hatte Sylvia damit bedroht. Sie hatte in Notwehr zugestochen. Die Befragung der Zeugen würde das bestätigen. Und die Morde der Schlange – er war überzeugt davon, dass das Mädchen niemanden getötet hatte. Aber da war eine kleine, hässliche Stimme, die Alexander geweckt hatte, und die sagte jetzt: Wenn nun doch, Vincent? – Wenn nun doch?

* * *

Julia steuerte den Geländewagen über die Elbbrücke. Grauer Dunst lag über dem Wasser. Die Sonne hatte es bisher nicht geschafft, den Nebel zu durchbrechen. Das machte nichts. Das Wetter spielte keine Rolle. Alles war vorbereitet. Sie kam sich großartig vor.

Sylvia saß auf dem Beifahrersitz, und sie sah missmutig aus. Sie fühlte sich in ihrer Freiheit eingeschränkt, nicht nur durch den Sicherheitsgurt. Das Zeug, dass Julia ihr geliehen hatte, war ihr zu groß. Sie hatte die

Arme des Anoraks umkrempeln müssen. Aber was ihr noch viel weniger passte als das Zeug, das war das Vorhaben, auf das sie sich eingelassen hatte. Gestern war ihr alles gut und logisch erschienen, aber heute früh, als sie mit leichten Kopfschmerzen aufgewacht war, hatte alles anders ausgesehen. Sicher, dieser Sommerfeld hatte auf sie geschossen, und er hatte den Tod verdient. Aber Sylvia hatte die Schnauze voll vom Töten. Lukas hatte recht gehabt: Es war falsch gewesen, diesen entsetzlichen Tarp umzubringen. Das ließ sich jetzt nicht mehr rückgängig machen. Aber das reichte auch.

Aber jetzt – jetzt wusste sie nicht, was sie machen sollte. Sie hatte das Gefühl, dass sie für Julia eine Art Gefangene war, zumindest jemand, der zu tun hatte, was sie ihm sagte. Julia hatte sie nicht bedroht, in keiner Weise, aber dennoch hatte sie ihr unmissverständlich klargemacht, was jetzt zu geschehen habe. Sylvia war es nicht gewohnt, das zu tun, was ihr jemand sagte. Sie war es gewohnt, ihren eigenen Willen durchzusetzen. Hier fiel es ihr schwer. Vorhin hatte sie versucht, Lukas anzurufen, aber ihr Handy ging nicht. Vielleicht hatte es keinen Empfang in Rothenburgsort.

»Da drüben ist es«, sagte Julia.

Ja, da war dieser riesige Betonklotz. Sylvia war in der Nähe dieses Monstrums aufgewachsen, und sie hatte verblüfft zur Kenntnis genommen, wie dieser Schandfleck auf einmal zu einem schützenswerten Objekt aufgewertet worden war und heute als Energiebunker geradezu als ein Musterbeispiel für die Nutzbarmachung brachliegender Bausubstanz angesehen wurde. Sie war noch nie oben gewesen, weder während der Bauausstellung noch hinterher, und sie hatte keine genaue Vorstellung davon, wie dieser Klotz von innen aussah.

Julia fuhr nicht bis vor den Bunker, sondern parkte bei der Raststätte Stillhorn. Sie sah auf die Uhr. Sie waren viel zu früh dran, aber das machte nichts. Besser zu früh als zu spät. »Komm!«, sagte sie. »Sehen wir es uns an.«

* * *

Draußen in Besenhorst hatte sich inzwischen nichts getan. Einige Male waren Reiter oder Spaziergänger gemeldet worden. In die Nähe gekommen war niemand. Die Warterei wurde allmählich langweilig.

»Ich sehe mir noch ein bisschen die Gegend an«, sagte Alexander.

Vincent sah auf die Uhr. »Bleib nicht zu lange weg.«

Alexander schüttelte den Kopf. Wenn es wirklich ernst wurde, würden sie rechtzeitig alarmiert werden. Er stapfte davon.

»Wann kommt eigentlich deine Familie?«, fragte Jennifer. Sie wusste inzwischen, dass Vincent in Frankreich gewesen war.

Ihr Kollege zuckte mit den Schultern. »Die Behörden arbeiten nicht besonders schnell«, sagte er. »Weder in Frankreich noch in Deutschland. Aber die Hauptsache ist natürlich, dass sie überhaupt kommen. Die Hauptsache ist, dass sie nicht wieder in den Krieg zurückgeschickt werden.«

Die Nachrichten aus Syrien waren wenig ermutigend. Niemand schien es besonders eilig zu haben, diesen Krieg zu beenden.

»Ich freue mich, dass das jedenfalls geklappt hat.«

Vincent nickte. »Das wäre alles nicht möglich gewesen, wenn Bernd mich nicht gedeckt hätte«, sagte er. »Bernd ist ein großartiger Mensch. Weißt du eigentlich, wie sehr er sich dafür eingesetzt hat, dass du wieder zu uns gekommen bist? Dass jemand über ein Jahr lang beurlaubt gewesen ist, das hat es vorher noch nie gegeben. Aber er hat es geschafft, das durchzusetzen. Und ich freue mich, dass du wieder da bist.«

»Ich freue mich auch.« Jennifer war es nicht bewusst gewesen, dass Kastrup so für sie gekämpft hatte. Sie sagte: »Dieser Konflikt mit Alexander ist blöd.«

»Ja, das ist er.«

»Ich verstehe überhaupt nicht, warum er diesen Streit angefangen hat!«

»Alexander ist ehrgeizig. Ich denke, er will sich ein kleines bisschen profilieren. Wenn er die Ermittlungen in diesem Fall in der entscheidenden Phase geleitet hat, dann ist das schon so eine Art Qualifikation. Und er möchte Hauptkommissar werden.«

»Aber es gibt doch gar keine freien Stellen?«

»Nicht hier bei uns in Hamburg, aber vielleicht woanders. Wer aufsteigen will, der muss bereit sein, sich zu bewegen.«

* * *

Bernd Kastrup saß im *Café vju* im obersten Stockwerk des Energiebunkers in Wilhelmsburg. Nachdem die Gruppe gegangen war, die hier ihre vorgezogene Weihnachtsfeier veranstaltet hatte, war er der einzige Gast.

Es war lausig kalt im Raum. Offenbar wurde die Energie, die in diesem Betonklotz erzeugt wurde, nicht dafür verschwendet, das Café zu heizen. Die Bedienung hatte sich in die hinteren Räume verzogen; vielleicht war es dort wärmer. Kastrup hatte seinen Mantel nicht abgelegt.

Gleich nachdem er gekommen war, hatten Oliver und er einen Rundgang um die Aussichtsplattform gemacht. Kunststoffmöbel luden zum Verweilen ein. Sie waren kakelbunt und aus Recyclingmaterial gemacht. Die Aussichtsplattform zog sich wie ein Balkon in wechselnder Breite um das ganze Obergeschoss herum. Sie wurde überragt von den ehemaligen Flakstellungen, auf denen wiederum die Anlage zur Gewinnung der Solarenergie montiert war. Den Blick nach Süden versperrte das eindrucksvolle Gerüst der Photovoltaik-Anlage.

Oliver war noch immer draußen auf dem Balkon. Offenbar war er weniger kälteempfindlich. Kastrup war es recht. Er dachte an Jennifer und an das, was Kurt Beelitz behauptet hatte.

»Was für ein herrlicher Ausblick!« Oliver kam zur Tür herein und brachte einen Schwall arktischer Kaltluft mit sich.

Kastrup nickte. Er hatte den Ausblick vorhin auf seinem Rundgang genossen. Da war es noch einigermaßen hell gewesen; jetzt wurde es dunkel.

»Aber kalt ist es draußen!«

Auch das war Kastrup nicht entgangen.

Der Schrebergärtner deutete auf Kastrups Tasse: »Ist das Kaffee? Wo hast du den her?«

»Wenn du die jungen Leute rufst, dann werden sie dir sicher gern einen kochen.«

Der Kaffee hieß *Waterkant-Kaffee*, und Kastrup hatte zunächst befürchtet, der Name sei ein dezenter Hinweis auf ein ziemlich flaues Getränk, aber das war nicht der Fall. Der Kaffee war gut, und dass er inzwischen kalt geworden war, war nicht die Schuld der Bedienung.

»Ah, ja, Waterkant-Kaffee! – Das habe ich im Internet gelesen. Der wird hier in Hamburg hergestellt. Sie sagen, er wird ganz sanft geröstet, also sozusagen umweltneutral. Natürlich verbrauchen sie bei der Herstellung Trinkwasser, aber um das auszugleichen, fördert die Firma ein Trinkwasserprojekt in Uganda. Ich finde, das ist eine sehr gute Idee!«

Kastrup hatte das Gefühl, dass es keine so gute Idee gewesen war, den Schrebergärtner mitzunehmen.

Oliver ging die Bedienung suchen.

Kastrup dachte an Jennifer. War sie schon einmal hier oben gewesen? Wahrscheinlich nicht. Vielleicht sollte er sie ganz einfach hierher einladen. Vielleicht zum *LaDouce Abendbrot über den Dächern der Stadt*? Das könnte nett sein.

* * *

Sylvia hockte hoch oben im Gerüst der Photovoltaik, vielleicht zehn Meter über der Aussichtsplattform. Der Aufstieg war einfach gewesen. Wenn man auf das Geländer stieg, konnte man ohne Mühe die untere Strebe der Anlage mit beiden Händen packen und sich daran emporziehen. Zur Not reichte dazu auch ein gesunder Arm aus. Die doppelten T-Träger boten gute Griffmöglichkeiten, und wenn das nicht ausreichte, konnte man sich immer noch an den Stahlseilen festhalten, mit denen die einzelnen Elemente kreuzweise verspannt waren. Sylvia war schwindelfrei. Sie hatte keine Angst, etwa von hier oben herunterzufallen. Unangenehm waren nur die Kälte des Metalls und die Kälte überhaupt, obwohl die Anlage jetzt voll im rötlichen Licht der untergehenden Sonne lag.

Sylvia sah hinüber zum anderen Ende des Gerüsts. Dort hockte Julia in gleicher Höhe. Sie trugen beide graue Overalls, sodass sie in der hellgrau getönten Anlage wenig auffielen. Dennoch würde jemand, der einen Blick nach oben warf, sie unweigerlich entdecken. In der Tat schaute genau in diesem Moment einer der Besucher der Aussichtsplattform nach oben und entdeckte Julia. Sylvia hielt den Atem an. Julia blieb gelassen. Sie winkte dem Mann zu; der Mann winkte zurück. Alles in Ordnung. Er hatte keinerlei Verdacht geschöpft.

Schade eigentlich. Einen Moment lang erwog Sylvia, das Messer einfach fallen zu lassen. Das Messer sollte sie eigentlich Sommerfeld vor die Füße schmeißen. Er würde dann in ihre Richtung blicken, und Julia würde von der anderen Seite auf ihn schießen. Sylvia ließ das Messer nicht fallen. Sie wusste nicht, wie Julia darauf reagieren würde. Sie würde keine Schwierigkeiten haben, sie auf die relativ kurze Entfernung vom Gerüst zu schießen, und wer hier ins Straucheln geriet, der stürzte unweigerlich über die schrägen Lamellen der Anlage nach draußen in den Tod.

Noch einmal versuchte Sylvia, Lukas zu erreichen. Um das Handy aus der Tasche zu ziehen, musste sie einen Moment lang den Träger loslassen, an dem sie sich festhielt. Aber das Handy war tot. Sylvia warf einen Blick hinüber zu Julia; die sah nach unten, wo wieder ein einsamer Besucher die Plattform umrundete. Sylvia öffnete das Handy. Die SIM-Karte fehlte. Julia musste sie herausgenommen haben, als sie geschlafen hatte.

* * *

Oliver kam mit einer jungen Frau zurück, die sich daran machte, seinen Kaffee zu brauen. »In 30 Metern Höhe sitzen wir hier«, sagte er. »Ich habe nachgefragt. 30 Meter! – Die Aussichtsplattform der Elbphilharmonie ist natürlich etwas höher. 37 Meter. Aber dafür steht dieses Gebäude hier völlig isoliert, und hat einen absolut freien Blick in alle Richtungen.«

»Außer nach Süden«, widersprach Kastrup.

»Außer nach Süden«, musste Oliver Rühl zugeben. »Aber hier vom Café aus sieht man einfach alles! Den Michel, den Fernsehturm, die Elbphilharmonie – siehst du die Elbphilharmonie?«

Kastrup nickte. Klein und unschuldig sah sie aus der Entfernung aus. 866 Millionen Euro hatte der Umbau des Kaispeichers zu dem Konzertsaal nach neuester Schätzung gekostet, einschließlich der Spenden. Dagegen war der Energiebunker mit seinen 27 Millionen Euro geradezu ein Schnäppchen gewesen.

»Hast du schon Karten?«

»Was?«

»Eintrittskarten für die Elbphilharmonie. Mitte Januar geht es los. Ich hab mir gleich Karten gesichert. Jetzt sind die ersten Veranstaltungen natürlich alle schon ausverkauft.«

Draußen auf der Aussichtsplattform ging ein Mann vorbei. Er blickte in das Café hinein, zögerte, ging weiter. Das war nicht Sommerfeld.

»Schade, dass sie immer schon um 18:00 Uhr zumachen!«

»In der Elbphilharmonie?« Kastrup hatte einen Moment lang nicht zugehört.

»Nein, hier im Energiebunker. Dieser herrliche Blick auf die Stadt bei Nacht, der muss doch einfach wunderbar sein …«

Kastrup wies darauf hin, dass es auch jetzt schon fast dunkel sei.

»Und dazu all die Informationen auf diesen Würfeln draußen. Hast du die Informationstafeln gelesen?«

»Einige«, sagte Kastrup unbestimmt.

»Nach dem Krieg, im Oktober 1957, haben die Engländer versucht, den Turm zu sprengen. Dabei sind die ganzen inneren Stockwerke des Gefechtsturms eingestürzt. Nur noch die Außenmauern sind stehen geblieben. Und man hat lange nicht gewusst, wozu man den Betonklotz sinnvollerweise verwenden könnte, bis dann jemand auf den Gedanken gekommen ist, daraus einen Energiebunker zu machen. Anlässlich der Bauausstellung ist das gewesen.«

»Oliver, könntest du bitte mal einen Augenblick ruhig sein?« Draußen war wieder jemand vorbeigegangen, jemand, der nicht ins Café hineingeschaut hatte, und Kastrup hätte nicht sagen können, ob das nun ein Mann oder eine Frau gewesen war.

»Bitte.«

Oliver trank einen Schluck von seinem Kaffee. Kastrup fragte sich, wie lange es der Schrebergärtner wohl aushalten würde, einfach nur dazusitzen und nichts zu sagen. Auch er trank jetzt einen Schluck kalten Kaffee. Oliver schwieg noch immer. Kastrup dachte an Jennifer.

»Weißt du eigentlich, warum sie die Ruine nicht vollständig beseitigt haben?«

»War wahrscheinlich zu teuer«, brummte Kastrup.

Oliver schüttelte den Kopf. »Wegen der baugeschichtlichen Bedeutung. Das Denkmalschutzamt hat gesagt, dies sei ein schönes Beispiel für echte Nazi-Architektur, und außerdem sei es ein Mahnmal gegen Krieg und Faschismus, und deshalb sei es im öffentlichen Interesse, den Gefechtsturm zu erhalten.«

»Aha.«

Oliver Rühl rutschte auf dem Stuhl hin und her. »Diese schusssicheren Westen sind wirklich lästig«, sagte er. »Glaubst du wirklich, dass wir die nötig haben?«

»Ja«, erwiderte Kastrup knapp.

Wieder ging draußen jemand vorbei. Ganz offensichtlich ein junges Pärchen, eng umschlungen. Auch das waren weder Christian Sommerfeld noch Julia Dachsteiger. Die beiden blickten in das Café hinein, zögerten einen Moment und gingen dann doch weiter.

Oliver war inzwischen beim Zweiten Weltkrieg angelangt: »Als Bewaffnung vier 12,8-Zentimeter-Flak-Zwillinge, Feuergeschwindigkeit 24 bis 28 Schuss pro Minute. Und der Feuerleitstand war auf einem eigenen

Bunker untergebracht, ungefähr 160 Meter von hier. Würzburg-Riese und solche Sachen.«

Kastrup fragte: »Oliver, hast du eigentlich dein Schießeisen dabei?«

»Ja, natürlich. – Wieso?«

»Es geht los.« Eben war draußen Christian Sommerfeld vorbeigegangen. »Komm mit!«

»Aber wir müssen doch erst zahlen …«

»Später.«

Die beiden Polizisten gingen nach draußen. Auf der Aussichtsplattform war niemand – jedenfalls nicht in dem Bereich, den sie von hier aus einsehen konnten.

»Sommerfeld ist nach links gegangen«, sagte Kastrup. »Jetzt ganz vorsichtig. Denk dran, er darf uns nicht sehen. Denk dran, wir wollen sie beide haben – den Sommerfeld und die Julia Dachsteiger.«

»Ja, natürlich.«

»Du gehst links rum, ich gehe rechts rum!« Wahrscheinlich waren sie auf der Südseite. Dann würde Kastrup sie zuerst sehen und entscheiden können, was zu tun sei. Kastrup zückte sein Handy, tippte Vincents Nummer ein: »Ihr könnt abbrechen; Sommerfeld ist hier im Energiebunker!«

»Was?«

»Energiebunker!«, wiederholte Kastrup. Dann brach er das Gespräch ab.

Oliver zog seine Waffe und wandte sich nach links; Kastrup eilte in die Gegenrichtung. Auch er hatte seine Pistole in der Hand. Er fluchte. Beinahe wäre er über einen der Hohlsteine gestolpert, die als Aschenbecher auf der Aussichtsplattform herumstanden. Schritt für

Schritt arbeitete er sich an der runden Außenwand des Unterbaus der Flakstellung entlang. Jetzt konnte er die Südseite der Aussichtsplattform einsehen.

* * *

Da kam Sommerfeld. Julia hatte ihn auch entdeckt; sie hob den Arm zum Zeichen. Sylvia bückte sich und ergriff das russische Messer, das sie auf dem Träger abgelegt hatte. Es fühlte sich eiskalt an. Sommerfeld kam langsam näher. Er studierte eine der Informationstafeln, dann schlenderte er weiter. Als er bis zur Mitte der Südseite gekommen war, ließ Sylvia das Messer los. Es schlug einige Meter vor dem Mann auf den Beton auf. Sommerfeld zuckte zusammen, sprang zur Seite und blickte nach oben. Er hielt jetzt eine Pistole in der Hand. Es war klar, dass er Sylvia entdeckt hatte. Worauf wartete Julia? Warum zum Teufel schoss sie nicht? Ein Mann kam von der anderen Seite. Den hatte Julia gesehen. Auch der hielt eine Pistole in der Hand. Ein Polizist? Sylvia warf ihm das tote Handy vor die Füße. Aus den Augenwinkeln sah sie, wie Sommerfeld die Pistole hob.

* * *

In dem Augenblick fiel ein Schuss.

Ein Mann schrie. Weitere Schüsse. Der Schütze steckte ganz offensichtlich irgendwo oben im Gerüst der Photovoltaik-Anlage. Jetzt erschien Oliver am anderen Ende der Aussichtsplattform. Er blickte nach oben.

»Vorsicht!«, rief Kastrup. »Er steckt oben im Gerüst!«

Ein weiterer Schuss. Oliver brach zusammen.

»Oliver!«, schrie Kastrup. Er gab mehrere Schüsse auf gut Glück schräg nach oben ab, rannte über die Aussichtsplattform. Auch er wurde beschossen, aber zum Glück nicht getroffen. Oliver lag am Boden, rührte sich nicht. Kastrup packte ihn und wollte ihn aus dem Gefahrenbereich zerren. Da gab es über ihm ein Geräusch. Eine Gestalt löste sich aus dem Gerüst, hing einen Moment lang mit einer Hand an einem der Träger und stürzte dann herunter. Es war Sylvia.

Kastrup zerrte Oliver hinter sich hier.

»Mein Bein!«, schrie Sylvia. Gott sei Dank hatte sie den Sturz überlebt. Sie kroch hinter Kastrup her.

Das Schießen hatte aufgehört. Sie waren alle in Sicherheit – für den Moment jedenfalls. Sylvia saß da und jammerte. Sie lehnte mit dem Rücken an der Wand des Bunkers. Es war klar, dass sie Schmerzen hatte. Der Schrebergärtner lag am Boden und rührte sich nicht.

»Was geht hier vor?« Die beiden jungen Leute aus dem Café standen plötzlich hinter Kastrup.

»Eine Schießerei. Es gibt Verletzte. Rufen Sie Polizei und Unfallwagen und bleiben Sie bitte im Inneren des Gebäudes. Niemand soll nach draußen kommen, hören Sie? Alle drinnen bleiben. Hier draußen wird geschossen.«

Die beiden eilten davon. Kastrup beugte sich über seinen Kollegen. Oliver war bei Bewusstsein. »Es ist nur das Bein«, sagte er.

Es war nicht nur das Bein. Es war die Hüfte. Die Kugel hatte den Schrebergärtner knapp unterhalb der schusssicheren Weste erwischt. »Alles in Ordnung«, behauptete Kastrup.

»Ja. – Ich hab sie gesehen. Die Dachsteiger. Ich hab sie gesehen. Sie steckt oben im Gerüst. Das Mädchen hat mich gewarnt. Ich wollte … – Sie hat zuerst geschossen. Wo ist sie hin? Ist sie noch da oben?«

Kastrup schüttelte den Kopf. »Unwahrscheinlich.«

»Und er, dieser Sommerfeld?«

»Der liegt in der Nische zwischen den beiden Flakstellungen und rührt sich nicht. Ich glaube, der ist tot.«

»Willst du nicht nachsehen?«

»Jetzt nicht. Ich bleibe bei dir, Oliver.«

»Das ist zu gefährlich. Sie braucht doch nur um die Ecke zu gucken, und dann hat sie uns, dann erschießt sie uns beide …«

Ja, es war zu gefährlich. Bernd Kastrup spähte vorsichtig nach rückwärts. Nichts rührte sich. »Hilfe ist unterwegs«, sagte er. »Jetzt ist es vor allen Dingen wichtig, dass du wach bleibst.«

»Ich bin müde, Bernd.«

»Du musst aber wach bleiben. Warum erzählst du mir nicht einfach noch ein bisschen über diesen Flakturm und über den Krieg, all diese Dinge, die du vorhin angedeutet hast …«

»Mir fällt nichts mehr ein.«

»Von diesen Flakhelfern, wie war das, das habe ich vorhin gesehen bei meinem Rundgang, die Tafel, aber ich habe den Text nicht durchgelesen. Da war das Foto von diesem Jungen, mit der großen Granate im Arm …«

»Ich habe Schmerzen, Bernd. Lass mich einfach hier liegen …«

Sylvia räusperte sich. »Sie will nach Stillhorn«, sagte sie. »Julias Wagen steht in Stillhorn.«

»Die ist längst weg«, sagte Kastrup.

In dem Augenblick bog Julia Dachsteiger um die Ecke. Sie sah Kastrup, und er sah sie. Kastrup riss die Pistole hoch, aber schon war die Frau wieder verschwunden. Jetzt hatte er keine Wahl. Er lief los. »Stehen bleiben!«

Sie blieb nicht stehen. Kastrup schoss. Im nächsten Moment war die Frau am anderen Ende der Aussichtsplattform verschwunden. Kastrup rannte hinter ihr her, vorbei an dem noch immer reglos am Boden liegenden Sommerfeld hetzte er, bremste erst ab, als er um die nächste Ecke bog, aber Julia Dachsteiger war weg.

Hier auf der Westseite war der Eingang, der ins Innere des Bunkers und zum Fahrstuhl führte. Vorsichtig drang Kastrup nach innen vor. Er lauschte. Stille. Hier war niemand. Und der Fahrstuhl? Der Fahrstuhl stand im Erdgeschoss. Julia konnte unmöglich so schnell nach unten gelangt sein. Also war sie im Treppenhaus. Kastrup wollte sie mit dem Fahrstuhl überholen, aber der Fahrstuhl kam nicht.

Kastrup rannte zum Treppenhaus, da war die Tür mit der Aufschrift *Zutritt verboten*, er riss sie auf und stürmte nach unten. Ja, die Dachsteiger war vor ihm. Er hörte ihre Schritte weit unten.

»Stehen bleiben!«, rief er noch einmal.

Keine Antwort. Die Tür im Erdgeschoss wurde geöffnet und fiel wieder ins Schloss.

Als Kastrup endlich unten angelangt war, war Julia Dachsteiger verschwunden. Unschlüssig sah Kastrup sich um. Wahrscheinlich war sie zu Fuß auf dem Weg nach Stillhorn.

* * *

Ja, Julia war auf dem Weg nach Stillhorn, und sie war in Panik. Es war leicht gewesen, Sommerfeld auf den Energiebunker zu locken, und es war leicht gewesen, ihn zu töten. Aber dass die Polizei anwesend war, damit hatte sie nicht gerechnet. Was jetzt? In ihre Wohnung in Rothenburgsort konnte sie nicht zurück. Wahrscheinlich wurde jetzt schon nach ihr gefahndet. Ihre einzige Chance bestand darin, sich so schnell wie möglich abzusetzen. Ihr Wagen stand in Stillhorn. Am einfachsten wäre es natürlich, mit dem Taxi nach Stillhorn zu fahren, aber das war auch am gefährlichsten. Der Taxifahrer würde sich an sie erinnern, und so würde man auf ihre Spur kommen. Der Bus war sicherer. Erst bis Mengestraße, dann in den 34er umsteigen und weiter nach Kirchdorf Süd. Von dort waren es keine 500 Meter mehr bis zur Raststätte.

Kein Zweifel – alles, was sie jetzt nicht bei sich trug, würde sie zurücklassen müssen. Was in der Wohnung war, das war verloren. Auch ihre Stellung war verloren, und – was viel schwerer wog – ihre Identität. Sie würde sich eine neue beschaffen müssen. Sie würde sich wieder unter die Drogenabhängigen mischen müssen und nach einer jungen Frau suchen, die ihr ähnlich war. Jedenfalls so ähnlich, dass sie als ihre Doppelgängerin würde durchgehen können. Es war riskant, aber es könnte funktionieren. Es musste einfach funktionieren.

Bis jetzt hatte immer alles funktioniert, was sie sich vorgenommen hatte.

Sie war allein – nicht zum ersten Mal in ihrem Leben. Sie hatte sich immer wieder mit anderen zusammengetan, von der Zusammenarbeit profitiert, aber letzten Endes war sie jedes Mal enttäuscht worden. Von diesem merkwürdigen Pfaffen in Russland zum Beispiel, und jetzt wieder von Christian Sommerfeld. Christian hatte geglaubt, dass er sie ausbooten könnte. Am Ende hatte er die Zeche dafür bezahlen müssen.

Ihr bisheriges Leben musste sie zurücklassen, aber dafür wurde sie gleichzeitig einige Sorgen los. Diese Polizistin zum Beispiel. Jetzt spielt es keine Rolle mehr, dass Jennifer Ladiges nachweisen konnte, dass sie nicht Julia Dachsteiger war. Sie war jetzt sowieso nicht mehr Julia Dachsteiger. Sie war wieder Alix, die »Rote Alix«, keine brave Bürgerin mehr, sondern eine Räuberin, die sich außerhalb des Gesetzes würde durchschlagen müssen. Das würde ihr gelingen, daran hatte sie keinen Zweifel.

»Endstation!«, sagte der Busfahrer.

Julia schreckte hoch. Sie hatte einen Moment lang nicht aufgepasst. Sie sprang auf und eilte zum Ausgang. Einen Augenblick brauchte sie, um sich zu orientieren, aber dann wusste sie, wo sie war. Karl-Arnold-Ring, ein Stück geradeaus, dann die kleine Brücke über den Graben, und schon war sie am Parkplatz. Der Wagen blinkte, als sie den Schlüssel bediente. Als sie gerade einsteigen wollte, legte ihr jemand die Hand auf die Schulter.

Jennifer sagte: »Frau Dachsteiger, Sie sind …«

Julia fuhr herum. Sie riss ihre Pistole aus der Tasche, aber Jennifer war schneller. Die Waffe flog in hohem

Bogen durch die Luft, und schon lag Julia Dachsteiger am Boden und konnte sich nicht mehr rühren. Jennifer legte ihr Handschellen an.

Jennifer setzte erneut an: »Frau Dachsteiger, Sie sind verhaftet.«

* * *

Sie hatten Sylvia ins UKE gebracht. Dort waren die Schusswunde und das gebrochene Bein versorgt worden, und die Ärzte hatten ihr ein Schmerzmittel gegeben. Sylvia hatte nicht damit gerechnet, dass sie Besuch bekommen würde, aber plötzlich klopfte es an der Tür, und Lukas kam herein.

»Lukas!«

»Pst!«, sagte Lukas leise. »Kranke sollen nicht schreien. Wenn du schreist, dann kommt sofort eine Krankenschwester und schickt mich aus dem Zimmer.«

»So ein Unsinn!« Oder stimmte es am Ende doch?

Nein, es stimmte nicht. Lukas lachte. Dann sagte er: »Hast du schon in der Schule angerufen, dass du morgen nicht zum Unterricht kommst?«

Nein, das hatte sie noch nicht.

»Und deine Mutter? Hast du mit der telefoniert?«

Auch nicht. Sylvia hatte einfach dagelegen und abgewartet, was weiter passieren würde. Ob sich irgendjemand für sie interessieren würde. Oder ob sie einfach weglaufen sollte. Was schwierig geworden wäre mit dem Bein in Gips. Und jetzt war Lukas gekommen.

»Lukas!«, sagte sie noch einmal. Und dann: »Wie siehst du denn aus?«

Lukas hatte sich die Haare blond gefärbt. »Wegen der Grenze«, sagte er.

»Was?«

»Wir müssen doch durch die Grenzkontrollen. Mit dir ist das kein Problem. Du siehst so aus, als ob du mindestens 18 bist. Und ich, ich bin zwar über 18, aber ich sehe aus wie ein Araber, und das ist schlecht. Ich bin ein Araber – ein halber Araber zumindest, und ich bin stolz darauf, aber ich will nicht, dass wir deswegen an der Grenze angehalten werden.«

»Du spinnst!«

»Das glaubst du! Ein Klassenkamerad ist aber diesen Sommer zwei Stunden lang festgehalten worden …«

»An was für einer Grenze denn überhaupt?«

»Wir haben doch drüber gesprochen, dass wir in den Weihnachtsferien gemeinsam nach Schweden fahren würden. Papa hat nichts dagegen.«

»Ist das wahr?«

Lukas nickte. Seine Mutter hatte er nicht gefragt. Er war sich ziemlich sicher, dass sie gar nicht begeistert von diesem Plan sein würde, aber sie würde sich am Ende doch damit abfinden und es erlauben. »Wir nehmen uns eine kleine Hütte irgendwo im Wald. Vielleicht haben wir Glück, und wir kriegen sogar Schnee.«

»Das wäre schön.« Sylvia war noch nie im Ausland gewesen, und Schweden – das klang wunderbar exotisch. Dort gab es Elche und Rentiere und … »Was ist mit den Trollen?«, fragte sie.

Lukas lachte. »Der einzige Troll, den es da gibt, das bist du«, sagte er.

* * *

Wieder in der Speicherstadt. Bernd Kastrup hätte natürlich bequem in seinem eigenen Haus schlafen können, aber das wollte er nicht. Hier auf dem Speicherboden war jahrelang sein Zuhause gewesen, und hier wollte er jetzt auch den Abschluss dieses schwierigen Falles mit einem Glas Wein begehen.

Es war einer der verrücktesten Fälle seiner Laufbahn gewesen. Die »Schlange von Hamburg« war gefasst, die »Hyäne von Hamburg« war endgültig tot, und das alles durch einen Tipp vom »Wolf von Hamburg«, von Sylvias Vater. Ja, das war es wert, mit einem Glas Wein gefeiert zu werden. Oder mit zwei Gläsern. Oder mit einer ganzen Flasche. Das Dumme war nur, dass es niemanden gab, mit dem er zusammen feiern könnte.

Kurt Beelitz hatte schon recht: Es war nicht gut, allein zu sein. Bis jetzt hatte er wenigstens Gabriele gehabt; nun war sie tot. Bis jetzt hatte er auch den Kater gehabt, aber der hatte sich in den letzten Tagen nicht mehr sehen lassen.

Trübselig betrachtete Kastrup seine Ausstellung. Sollte er sich davon trennen? Ja, wahrscheinlich wäre es das Beste. Er hatte ohnehin in den letzten Jahren kaum noch daran gearbeitet. Fast hätte es eine neue Katastrophe gegeben, aber zum Glück war Sylvia mit relativ leichten Blessuren davongekommen, und die Schussverletzung des Schrebergärtners nicht lebensgefährlich. Kastrup würde ihn am nächsten Tag im Krankenhaus besuchen, und er nahm sich fest vor, sich alle Geschichten geduldig anzuhören, die Oliver Rühl ihm erzählen würde. Und er würde ihm empfehlen, den Schrebergarten zurückzukaufen.

Alexander würde nach Berlin gehen. Das war für ihn das Beste. Fürs Erste würde Oliver ihn vertreten müssen. Und irgendwann würde ein jüngerer Kollege nachrücken. Oder eine Kollegin.

Fast alle Probleme waren gelöst, aber jetzt war noch eine Entscheidung fällig. Kastrup zögerte, aber dann griff er doch zum altertümlichen Telefon und hob den Hörer ab. Das Freizeichen ertönte. Sollte er wirklich? Die Nummer konnte er auswendig. Er hörte es am anderen Ende läuten. Keiner da. Wahrscheinlich war sie nicht zu Hause.

»Ja?« Das war ihre Stimme.

Kastrup zögerte noch immer. Schließlich sagte er: »Jennifer?«

KBV KRIMINALROMAN

Martin Schöne

WOLF SPIELT DAS LIED VOM TOD

Taschenbuch, 416 Seiten
ISBN 978-3-95441-361-4
11,95 EURO

Operation Gemini – Die Stasi lebt

Gerade zurück aus Malta entgeht Ex-BKA-Zielfahnder Tom Wolf in Berlin nur knapp einem Anschlag auf sein Leben. Als der MAD mit der Forderung an ihn herantritt, er solle für ihn arbeiten, ist es endgültig vorbei mit dem Wunsch nach einem bürgerlichen Leben. Wolf hat die Wahl: Entweder er schafft es, seinen Ziehsohn Philip und verschwundenes Stasi-TNT aufzuspüren, oder Philip wird als Staatsfeind Nummer 1 zum Abschuss freigegeben.

Die Spur führt ihn nach Moskau, wo er auf die ominöse Stasi-Operation Gemini stößt: Schläfer, die seit Jahrzehnten im Untergrund darauf warten, aktiviert zu werden, um koordinierte Anschläge auf dem Gebiet der Bundesrepublik Deutschland durchzuführen. Schon bald befindet sich Wolf inmitten eines neuen Kalten Krieges –die Stasi lebt, und es scheint, als könnte nur er sie stoppen.

»Mike Hammer lässt grüßen ... Schnelle Autos, erstklassige Waffen und eine Verschwörung von ungeahnten Ausmaßen sorgen für ein unterhaltsames Spektakel, dessen abgedrehter Plot das einzige Indiz dafür ist, dass sich jemand hier einen großen Spaß erlaubt hat, den wir Leser gerne mit ihm teilen.«

(CulturMag, Joachim Feldmann zu »Wolf hetzt die Meute«)